文學背後的世界

民國文人寫作、出版秘事

姚一鳴——著

目次

文人書事

序言

我大學時代讀的是古文字專業，照例應是對古代文獻有興趣，但偏偏鍾情於中國的新文學，幾年以來，閱讀了大量有關新文學的著作，平時也搜集一些民國的版本，在閱讀過程中漸漸有了一些心得，開始關注新文學主流文學史之外的人和事，一些以前受批判和不被重視的作家，他們的作品，為什麼幾十年後還有人在閱讀和研究？另有疑惑在於，新文學的發展並不是一帆風順的，與之共存的舊派文學為什麼在市民階層中有著不小的影響力？舊文學作家們又是怎樣的一種狀況？一些新文學史上的論爭是怎樣產生的？其前因後果的論斷在現在看來有無可商議之處？種種的問題使之看書有了一種方向，有了一些思索。也是我文章中所要體現的。

不惑之年後，隨著年齡的增長，閱讀興趣也開始發生了明顯的變化，開始拒絕一些虛構類的文學作品，更多時候閱讀傾向於歷史人文傳記類和現代文人的回憶錄、日記之類，對於書本之外的歷史真相，對於現代文人在社會歷史大環境下的生存和思想，特別感興趣。閱讀之後便有了強烈的寫作慾望。但真正要寫，對於我來說並非易事。

在這其中，讀到了散木和邵建刊登於報刊的一些文章，給予我很多的啟示，他們在文章中，對於新文學中的人和事，用現代的眼光去認識，去鉤沉一些史實，很耐看。寫這樣的文章，資料的運用很重要，因為對於我們來說，都不是當年的經歷者，即使是當年的經歷者，寫同一件事也會有出入的，更何況是幾十年後的我們。怎樣去使用和辨別資料，這就需要善於判斷，如果人云亦云，則失去了自己的觀點，就沒有意義了。在構思和查找資料的過程中，要觸類旁通，有時需要找到一個點，再從點到面，再到層。這個點有時是一篇文章，有時又是一封信，而擴展到社會背景，以及人物在特定時間環境下的狀況，寫作便有了一個基本面。接下去就是圍繞這個基本面，逐層的展開。在這個過程之中，查找相關資料的環節很重要，要對所見資料進行篩選；對於構思的環節來說，有時是艱難的，甚至是痛苦的，盤旋在心頭的人物和故事時時出現，到一旦成熟，找到一個切入點以後，真正到寫作時，相對倒可能會輕鬆一些。

就拿書中的「斷鴻記」來說，先是從蘇曼殊的「斷鴻零雁記」中得到的靈感，那時正在寫有關沈從文的文章，讀了他的很多作品。在孔另境編的《現代作家書簡》中有一封他和施蟄存的往來書札，其中所敘可反映當年兩人的心境。面對上世紀三十年代中期文壇的紛繁景象，沈從文和施蟄存都有了某種失落感，一北一南兩位文人，在信札中惺惺相惜，更令人關注的是兩人對於當年主流文壇的態度。由此構成了文章的框架。通過一系列的創作和論爭中的情形，來反映沈從文和施蟄存的境遇。又如「李涵秋的上海一年」，文章寫作的起因是一本《半月》雜誌中的「李涵秋紀念號」，能出版紀念號，說明了李涵秋在舊派小說界的地位，而仔細讀刊中紀念和回憶文章，發現李涵秋唯一一次到上海，發生了許多笑話，從中正好說明了舊派文學的沒落之勢，由此從李涵秋的上海一年，來折射舊派文人創作的局限。紀念和回憶文章大量的第一手資料，構成了文章的主線。

幾年下來，也完成了好幾十萬字的文章。在這裡，要特別感謝青島的薛原和臧杰兩位，以及「良友書坊」，我的第一篇長文〈邵洵美和《萬象》畫報〉，即是在「良友書坊」的《閒話》輯刊上發表的，那篇有些稚幼的文章能刊出，正是薛原和臧杰兩位支持鼓勵的結果，也使得我有了寫下去的信心。薛原和臧杰的「良友書坊」，以傳承和發揚老良友的精神，編輯和出版了不少相關輯刊和書籍，能夠忝列其中，也是我的一種榮幸。

作為一個業餘的寫作者，唯有努力才能有所成績，在漸漸養成了寫作習慣的同時，把業餘時間幾乎都用在了看書和寫作上，享受著這個過程所帶來的快樂。平時不得不捨棄一些愛好，一個人的精力畢竟是有限的，如果不專注，不孜孜以求，難成其事。我所能做的，就是合理安排好業餘時間，努力的把文章寫好，給讀者一定的啟示。

收在這裡的文字，分為兩大部份，是民國文人的舊事和書事，其實兩者很難區分，只不過各有側重罷了。文章之中，既有反映文人一年生活的斷年史，亦有反映在編書和寫作的過程；既有通過信函來表現兩位作家的境遇，亦有從同題文章來體現作家的心路歷程。其中寫得較多的是沈從文、俞平伯、周瘦鵑、曾樸等幾位，他們有的是新文學作家，有的是舊派文學作家，一個共同點是都是非主流的作家，但在當年的文壇有著一定的影響力，他們的命運都大起大落過，甚至如沈從文、周瘦鵑解放以後都不再從事文學創作。他們在民國時期的創作和生活，則成了我研究的對象，寫作過程其實也是一個學習的過程，民國文人們深遂的思想深深地感染了我。

收在這本集子中的文字還很幼稚，也有些雜，還有很多缺點，這些文章只是表達了對民國文人的一己之見。

是為序。

姚一鳴

二〇一二年元旦

文人舊事

風雨飄渺獨自在（辛亥革命前後的周作人）

辛亥革命爆發那年，周作人二十七歲。

一

周作人一九〇六年從南京水師學堂畢業，進而考取了公派出國留學，於同年九月到日本東京，在中國留學生會館私人組織的講習班學習日語。初到日本，周作人是和魯迅住在一起的，對此周作人在文章〈留學生活的回憶〉中寫道：「我初到東京和魯迅在一起，我們在東京的生活是完全日本化的。有好些留學生過不慣日本的生活……我們覺得不能吃苦何必出外，而且到日本來單學一些技術回去，結局也終是皮毛，如不從生活上去體驗，對於日本事情便無法深知的。」

在日本留學期間，周作人除繼續學習日語以外，又先後學習了俄語和希臘語，其中和魯迅、許壽裳、陳子英、汪公權等六人去神田學俄語，因學費負擔大，僅維持了數月。而周作人在日本立教大學美國人所辦的教會學校學習希臘語，所用教材是懷德的《初步希臘文》，周作人學希臘文的目的是：「正如嚴幾道努力把赫胥黎弄成周秦諸子，林琴南把司各得做得像司馬遷一樣，我也想把《新約》或至少是四福音書譯成佛經似的古雅的。」周作人的努力並沒有白費，如其後所譯《希臘擬曲》，就顯示了其希臘文的翻譯水準。

在日本本鄉西片町十番地呂字七號，周作人結識了來作女傭的羽太信子，兩人由此相戀，並於一九○九年三月十八日結婚。羽太信子原籍東京，出身貧寒，共有兄妹五人。對於周作人的此門婚事，其母魯瑞並不看好，因為魯迅與朱安的婚姻並不幸福，魯瑞為此很內疚，就不再干涉周作人的婚事了。羽太信子和周作人結婚後，隨周作人回國生活，後又把其四妹羽太芳子介紹於三弟周建人結識並成婚，此乃後話。

周作人在魯迅一九○九年回國以後，又在日本待了將近兩年的時光，除繼續學習語言和從事創作翻譯以外，由於結婚以後家庭負擔的加劇，周作人除自已勉力著書譯文以外，大哥魯迅對他進行了接濟，魯迅曾對好友許壽裳說：「你回國很好，我也只好回國去，因為起孟將結婚，從此費用增多，我不能不去謀事，庶幾有所資助。」（許壽裳《亡友魯迅印象記》）可見作為大哥的魯迅對於家庭的一份責任。

但魯迅還是催促周作人盡快回國，當得知周作人原擬留日本繼續學習法文後，就去信催其回國，「起孟來書，謂尚欲略習法文，僕擬即速之返，援法文不能變米肉也，使二年前而作此語，當自擊，然今茲思想轉變實已如是，頗自閔歎也。」（魯迅致許壽裳信）

對於在日本的留學生活，周作人是如此評說的：「老實說，我在東京這幾年的留學生活，是過得頗為愉快的，既然沒有遇見公寓老闆或是員警的欺侮，或有更大的國際事件，如魯迅碰到的日俄戰爭中殺中國偵探的刺激，而且最初的幾年差不多對外交涉都是魯迅替我代辦的，所以更是平穩無事。這是我對於日本生活所以印象很好的理由了。」（《知堂回想錄》上冊）留學期間的周作人，思想上受大哥魯迅的影響轎大，曾隨魯迅一起去聽章太炎的國學講座，並隨同章太炎學習梵文，因太難而放棄。

歸國後的周作人對於留學生活是如此敘說的：「居東京六年，今夏返城，雖歸故土，彌益寂寥；追憶昔遊，時有悵觸，宗邦為疏，而異地為親，豈人情乎？心有不能自假，欲記其殘缺以自慰焉，而文情不副，感興已隔。用知懷舊之美，如虹霓色，不可以名。一已且爾，若示他人，更何能感？故不復作，任其飄泊太虛，時與神會，欣賞其美，或轉褪色，徐以消滅；抑將與身命俱永，溘然相隨，以返虛浩，皆可爾。……」（《知堂回想錄》上冊）可見周作人當時複雜的心情。

二

和魯迅的留學目的有所不同，周作人留學就是為了更好地學習知識，以便做好翻譯和創作。而在留學期間，其創作和翻譯兩端，用力甚勤，且有不少著述問世，在一九〇七年三月，周作人和魯迅合譯了英國哈葛德、安特路朗合著的小說《世界欲》，譯後易名為《紅伶佚史》，由商務印書館作為說部叢書第七十八輯出版，署名周逴。書中有十六節詩歌，由周作人口譯，魯迅筆述，其餘部份均由周作人翻譯。同年冬天，又和魯迅合譯了俄國阿歷克賽・托爾斯泰的歷史小說《克虐支綏勒勃良尼》（又名《銀公爵》），從英譯本轉譯，由周作人翻譯起草，魯迅修改謄正並作序。因已有別人譯出等原因，輾轉幾次未能出版。同時周作人又單獨翻譯了匈牙利育珂摩耳所著小說《匈奴奇士錄》，並由商務印書館出版，署名「周作人」。一九〇七年在東京創刊的《河南》雜誌上發表了周作人的〈論文章之意義暨其使命因及中國近時論文之失〉（第四、五號）、〈哀弦篇〉（第九號）等。《河南》雜誌是由河南留東同人所辦，月刊，共出九期後終刊，是當時重要的有革命傾向的刊物。為此周作人在致友人信中也談到：「我們為《河南》寫文章，純粹由我的友人孫竹丹介紹，孫係安徽人，後因搞革命，為清廷所害。大概因革命關係與河南人程克相識，程在辛亥後為議員，當時在日本留學，為《河南》雜誌的經理人。我們與程克也不相識，不曾見面，始終由孫竹丹收稿付款，亦不知雜誌社設在何處，編輯人為劉申叔，劉名光漢，係江蘇人，與河南無關，不過因其學問而聞名，且其時亦搞革命，故請其擔任編輯。據說河南留學生其時不多，且無甚能寫文章的，適有富人的兒子在故鄉因受親戚人敲詐，逃至日本求學，其孀母亦同來，願意捐款於同鄉會辦公益事業，且求庇護，同鄉會因擬仿照各省的例，辦起雜誌來，此即《河南》刊行的由來。但因人才缺乏，故稿件多由外來，此我們應邀撰稿的來由。至我們撰稿其目的固然其一在於發揮文學上的主張，其一則重在經濟，冀得稿費補助生活。」從周作人的信中不難看出，周氏兄弟為《河南》大量寫稿的原因，以及《河南》創辦前後的一些情況。

而此時期最有影響力的翻譯是周作人和魯迅合譯了《域外小說集》，一集和二集分別於一九〇九年出版，共選譯五國二十一篇短篇小說，其中周作人承擔了絕大部份的譯作，《域外小說集》由東京神田印刷所印刷，東京群益書店和上海廣隆綢緞莊發售。魯迅在序言中寫道：「《域外小說集》為書，詞致樸訥，不足方近世名人譯本，特收錄至審慎，迻譯亦期弗失文情。異域文術新宗，自此始入華土。使有士卓特，不為常俗所囿，必將犁然有當於心，按邦國時期，籀讀其心聲，以相度神思之所在。則此雖大濤之微漚，而性解思惟，實寓於此。中國譯界，亦由是無遲莫之感矣。」從中可看出魯迅兄弟翻譯此書的目的。《域外小說集》出版以後，《日本與日本人》雜誌刊登了一則消息：「在日本等地，歐洲小說是大量被人購買的。中國人好像並不受此影響，但在青年中還是常常有人在讀著。住在本鄉的周某，年僅二十五、六歲的中國人兄弟倆，大量地閱讀英、美兩國語言的歐洲作品。而且他們計劃在東京完成一本名叫《域外小說集》，約賣三十錢的書，寄回本國出售。現已出版了第一冊，當然，譯文是漢語。一般中國留學生愛讀的是俄國的革命虛無主義的作品，其次是德國、波蘭那裡的作品，單純的法國作品之類好像不太受歡迎。」

此時的周作人在創作和翻譯兩端顯示了其旺盛的精力，其前期的創作和譯介受到了章太炎等民主思想影響較深，比較關注被壓迫和弱小民族的文學，但周作人在創作和翻譯過程中，也並非一帆風順的，其所譯波蘭顯支微克的小說《炭畫》的出版，就一波三折的。《炭畫》所敘「記一農婦欲救其夫於軍役，至自賣其身，文字至是，已屬絕技，蓋寫實小說之神品也。」《炭畫》是周作人在東京時所譯，經魯迅修改謄正後，於幾年後投寄《小說月報》、《中華讀書界》等刊物，均以原稿不符合要求而退稿，其主要原因是周作人的直譯稿，不如林琴南等的意譯稿圓潤。後是魯迅通過關係找到文明書局才得以出版的。

三

在一九一一年夏，經魯迅去日本催促後，周作人結束在日本的留學生活，攜妻羽太信子回紹興。這年辛亥革命爆發了。

周作人曾在文章中描述了辛亥革命：「辛亥這一年。這實在是不平常的一個年頭，十月十日武昌起義，不久全國響應，到第二年便成立了中華民國，人民所朝夕想望的革命總算實現了。……在當時革命的前夜，雖是並沒有疾風暴雨的前兆，但陰暗的景象總是很普遍，大家知道風暴將到，卻不料會到得這樣的早罷了。這時清廷也感到日暮途窮，大有假立憲之意，設立些不三不四的自治團體，企圖敷衍，我感到中國的村自治如辦起來，才有前程。……至於回到故鄉來一看，十月十日霹靂一聲，各地方居然都動了起來，不到一個月功夫，大勢已經決定，中國有光復的希望了……」（《知堂回想錄》上冊）

那麼這一年歸國回來的周作人又在幹什麼呢？

周作人攜家眷是一九一一年九月回國的。而時逢辛亥革命爆發，而周作人是躲在紹興家中，也沒有去關心過或看過，周作人在文章中是如此回憶的：「辛亥革命起事前後的幾個月裡，我在家裡閒住，所做的事情大約只是每日抄書，抄錄《古小說鉤沉》和《會稽郡故書雜集》的材料，還有整本的《幽明錄》之類。……」（《知堂回想錄》上冊）似乎周作人對於革命是隔膜的，也無法參與其中，在家中抄書看書的結果是進一步加強了他的國學底蘊，為他在散文領域的獨樹一幟打下了基礎。

辛亥革命的爆發，各省紛紛宣佈獨立，一九一一年十一月六日紹興獨立，為此周作人於《紹興公報》上發表文章〈慶賀獨立〉，欣悅之情躍然文中：「美哉！洋洋星旗飄揚，今日何日，非我紹興之新紀元耶。今日之紹興，已非昨日之紹興。昨日之紹興，人心驚悸，猶為奴隸之紹興；今日之紹興，熙熙攘攘，已為自由之紹興。如火如荼，一躍千丈，紹興人之幸福耶？紹興之魄力也。」第二年周作人以「獨應」的筆名，又在《越鐸日報》上發表了大量文章，擁護新政，抨擊封建，計有〈望越篇〉、〈望華國篇〉、〈爾越人勿忘先民之訓〉、〈民國之徵何在〉、〈庸人之責任〉、〈代師濫校牛教員致前監督肚君書〉等。對於辛亥革命，周作人還是有著自己的看法的。

周作人在〈民國之徵何在〉中寫道：「昔秋女士被逮，無定讞，遽遭殘賊，天下共憤，今得昭復。而章介眉以種種嫌疑，久經拘訊，亦獄無定讞，而議籍其家。自一面言之，易何解於以暴易暴乎？此矛盾之一例也。更統觀全域，則官威如故，民瘼未蘇。翠輿朝出，荷戈警蹕；高樓夜宴，倚戟衛門；兩曹登堂，桎梏加足；雄師捉人，提耳流血。保費計以百金，酒資少亦十角。此皆彰彰在人耳目者，其他更何論耶！……昔為異族，今為同氣；昔為專制，今為共和；以今較昔，其異安在？」看來躲在家中的周作人並未光抄書看書而停止了思考，在其晚年的《知堂回想錄》中，有不少章節提到了辛亥革命中的人和事；發表於《越鐸日報》中的〈民國徵征何在〉一文是當時周作人對辛亥革命的看法，其中有擔心和不解，對於「以暴易暴」的做法認為是換湯不換藥。

對於辛亥革命，周作人這些看法未必準確，但也顯現了當時知識階層對於革命的一些態度。「壬子年總算安然的過去了，『中華民國』也居然立住，喜是可喜的事，可是前途困難正多得很，這也是很明顯的。新建設的一個民國，交給袁世凱去管理，而他是戊戌政變的罪魁禍首，怎麼會靠得住呢？到了癸丑年的春天，便開始作怪了，第一件便是三月二十日的暗殺宋教仁，這事大概在當時很令人震驚，因為宋遁初這人在民黨裡算是頂溫和的，他主張與袁合作，現在卻拿他來開刀，那下文是可想而知了……」（《知堂回想錄》上冊）

四

周作人是一九一二年六月間到浙江省軍政府教育司任職的。是朱逷先介紹的，其時沈鈞儒在教育司任司長，而沈鈞儒在兩級師範當校長時的一班人馬，都轉來了教育司。周作人最初擔任的是課長，後又轉為浙江省視學。同事中有錢玄同等。周作人在浙江省軍政府教育司的生活頗為舒適。看看書報，終日有些閒得發慌。

「……視學的職務是在外面跑的，但是平常似乎也該有些業務，可是這卻沒有，所以也並沒有辦公的座位，每日就只是在樓上坐地，看自己帶來的書，看得倦了也可以臥倒在床上，我因為常是如此，所以錢玄同就給我加了一句考語，說是在那裡『臥治』。在樓下的客廳裡，有些上海的日報，有時便下去閱看。不過那裡實在暗黑得可以，而且蚊子太多，整天在那裡做市的樣子，看一會兒報就要被叮上好幾口。因此我『臥治』的結果，沒有給公家辦得一點事，自己卻生起病來了。……」（《知堂回想錄》）周作人也因被蚊蟲咬後生病，而辭去了浙江省軍政府教育司的工作。在工作將近一個多月的時間裡，周作人僅領過九十元的「軍用票」，因為是初次見到，擔心不能用，就到清和坊抱經堂買了一部朱墨套印的《陶淵明集》，才算放心下來。因周作人之妻即將分娩，他便匆匆趕回家鄉。

其後在一九一三年的秋天，周作人受聘於浙江省立第五中學，在學校擔任外國語科教授，學生為二三年級，每周上十六小時課，月俸墨銀五十元。周作人在浙江省立第五中學一干就是四年，其間共換了三任校長。對於教學，由於課時並不多，每週才上十六小時的課，所以周作人也有時間可以幹點「自己的工作」。如翻譯一些外國作家的作品，為紹興的地方報紙寫點文章。但創作和翻譯上並不順利，常常遭遇退稿，為此周作人頗感失望。紹興因為離風暴中心較遠，一時倒也平靜。

除在浙江省立第五中學教書以外，周作人還擔任了紹興縣教育學會會長一職，並起草教育會章程，召開教育評論會等一系列活動，並印行了一種教育雜誌。還辦過一次審查教科書的事，即對所用商務和中華兩家出版社的教科書進行選擇，經審定國文一科是中華書局當選，結果引起了商務的大為不滿，指責教育會受賄種種，讓周作人頗為難，原來這等差事也不是那麼好辦的。但總的來說，教育學會的工作還算清閒，拿了俸銀總要辦事的，但有些事情真的不太好辦，周作人對此有深刻的體會。

五

周作人輾轉求學乃至出國，歸來後恰遇辛亥革命，周作人蝸居鄉閒後，又在教育界任職，一直到一九一七年才到北京大學任職，其時周作人已經三十三歲了，距辛亥革命發生也已過去了將近六年。

五四以前的劉半農

一

一九一七年劉半農二十九歲，他春節前回老家養病並度年。之前劉半農已辭去中華書局的編輯工作，在南洋公學（上海交通大學前身）和中華鐵路學校任教員。在江陰鄉下養病度年期間，劉半農依然堅持寫作，曾和向愷然合譯小說《丹墀血》、和成舍我合譯《日光殺人案》等，投寄上海《小說海》雜誌。而最主要的寫作任務為《新青年》寫稿，並在一九一七年二月一日出版的《新青年》二卷六期上，發表了譯作〈靈霞館筆記・阿爾薩斯之重光〉，介紹了法國著名的《馬賽曲》。

而在一九一七年一月一日出版的《新青年》二卷五期上，便發表了胡適的〈文學改良芻議〉，提出了文學改良的八點主張。陳獨秀在《新青年》二卷六期上，發表了〈文學革命論〉，提出了「三大主義」，呼應了胡適的文學改革主張。轟轟烈烈的新文化運動便拉開了帷幕。《新青年》原名《青年雜誌》，由陳獨秀於一九一五年九月十五日獨立創辦，群益書社出版。並自二卷一期起改名為《新青年》，吸引了一大批一流的知識份子為之撰文，其中包括《甲寅》舊友和北大教授，使《新青年》成為代表一個時代的著名刊物。

劉半農最初在《新青年》二卷二期上發表了〈靈霞館筆記・愛爾蘭愛國詩人〉，後又分別發表了〈靈霞館筆記・歐洲花園〉、〈靈霞館筆記・拜倫遺事〉等。對於劉半農《靈霞館筆記》，周作人有如此評價：「原是些極普通的東西，但經過他的安排組織，卻成為很可通讀的散文，當時就很佩服他的聰明才力。」

一九一七年五月一日出版的《新青年》三卷三期上，發表了劉半農的〈我之文學改良觀〉，為剛剛興起的新文化運動推波助瀾。文章的觀點有，自造新名詞及輸入外國名詞，對於提倡白話文也不能棄用文言文，主張使用標點符號，增加多種詩體改用今韻，以及「文學之文」和「應用之文」的差別。劉半農的文章得到了陳獨秀、胡適、錢玄同的贊同。同年七月一日劉半農又在《新青年》三卷五期上發表了〈詩與小說精神上之革新〉，探討詩歌和小說的改革。認為做詩本意，需將思想中最真的一點，用自然音響節奏寫將出來；認為「小說為社會教育之利器，有轉移世道人心之能力。」

一九一七年的劉半農，睜開了一雙曾經朦朧的眼睛，看到了新文化的曙光。曾經賣文為生，曾經寫過大量文言小說的劉半農，似乎從《新青年》上看到了自己在過去創作中的局限和未來寫作的希望，也看到了一個可以自由馳騁的舞臺。

二

劉半農一八九一年五月二十七日出身於江蘇省江陰縣（今無錫市），名壽彭，後改名劉復。曾就讀於常州府中學堂。辛亥革命期間隻身赴清江參加革命軍，任文牘與翻譯工作。一九一二年劉半農和弟劉天華一起來到上海，在上海開明劇社當編輯。曾編譯上演了劇本《好事多磨》，並由此而結識了《時事新報》館的徐半梅（徐卓呆），並由其推薦到《中華小說界》，刊發了劉半農最初的兩篇譯稿。並根據自己的經歷作為素材，創作了小說〈假髮〉，發表於《小說月報》第四卷第四期上，由此開始他的創作生涯。開明劇社解散後，經徐卓呆介紹，劉半農到中華書局編輯部任編譯員。同時劉半農在徐卓呆編輯的《時事新報》上發表小說〈秋聲〉，榮獲該報懸賞的第三十三次一等獎。從而堅定了劉半農以創作為生的信心。

劉半農最初寫文和譯稿，是為了兄弟兩個能生存下去。而到創作翻譯漸入正軌以後便一發而不可收拾。在短短的三、四年時間裡劉半農創作和翻譯了大量的小說，分別發表於《中華小說界》、《禮拜六》、《時事新報》、《小說月報》、《小說海》等，所用的筆名有「瓣農」「半儂」等。其中有創作小說〈未完工〉、〈影〉、〈我矛我盾〉等（《中華小說界》），翻譯小說《奉贈一元》（《禮拜六》）、《憫彼孤子》、《頑童日記》、《財奴小影》、《情悟》、《英皇查理一世喋血記》、《倫敦之質肆》、《帳中說法》、《此何故耶》、《黑行囊》（《中華小說界》）、《二十六人》（《小說海》）等。劉半農的作品大多用文言寫作，極受讀者和鴛鴦蝴蝶派的歡迎。

劉半農創作的小說《稗史罪言》，深刻地揭示了「官遇百姓勝，老百姓畏官也；洋鬼子遇官勝，官畏洋鬼子也；老百姓遇洋鬼子勝，洋鬼子畏老百姓毀教也」的社會現實，批判了社會的醜惡。劉半農的翻譯作品，作者都為世界文壇的名家，如英國狄更斯、俄國列夫•托爾斯泰、屠格涅夫、丹麥安徒生、日本德富盧花、美國華盛頓•歐文等，且取材都是具有進步意義的作品，對開拓國人視野、吸收外國優秀文化，針貶時政批判社會、啟迪民眾社會都起到了一定的作用。

一九一五年十月，劉半農和中華書局的嚴獨鶴、程小青、陳小蝶、天虛我生（陳蝶仙）、周瘦鵑、陳霆銳、許天侔、常覺、漁火等十人，在《中華小說界》上合譯了《福爾摩斯大失敗》，這是柯南道爾《福爾摩斯探案全集》中的一部分。劉半農除翻譯外還負責全書的校閱，並寫了「跋」和〈英國勳士柯南道爾先生小傳〉，是我國較早介紹柯南道爾的《福爾摩斯》作品，發表以後曾引起不小的轟動。

劉半農在最初上海的幾年時間，正是鴛鴦蝴蝶派發展的全盛時期，各種鴛鴦蝴蝶派的報刊充斥了上海的文壇，既有《銷魂語》、《香豔雜誌》、《黃花旬刊》等這些消品味低俗的期刊，也有《時事新報》、《中華小說界》、《小說海》等注重批判和吸收外來優秀文化的期刊，還有如《禮拜六》、《小說叢報》、《繫華雜誌》等以刊發言情小說為主的刊物。劉半農的早期作品大多數發表於鴛鴦蝴蝶派的刊物上，其創作的文言小說和翻譯的作品，卻和鴛鴦蝴蝶派的才子佳人作品有所不同。為此劉半農好友北大教授錢玄同有如此評說：「半農在上海任日報編輯，整日寫那些所謂紅男綠女派的小說，普通人即渭之為禮拜六派人物，但實際說來，半農寫小說，絕不與那禮拜六派相同，他有他的主張，絕不與他們同流合污。」

此時劉半農那雙觀世的眼睛是朦朧的，他找到了一個可以實現自我文學主張的方法，卻未必找尋到了一種好的形式。在濁流之中努力使自己的眼睛擦亮，不再被蒙蔽。惜那時的世間那時的文壇，也是混濁的，何能要求一個以賣文為生的半農能闢出蹊徑來！

三

劉半農的改變，緣於認識了陳獨秀。《青年雜誌》改為《新青年》以後，陳獨秀開始在上海招兵買馬，作為光復會成員的陳獨秀對活躍上海文壇多年的劉半農早已注意，通過約稿等成為了至交。每期《新青年》陳獨秀必約劉半農的翻譯稿件，從第一篇〈靈霞館筆記‧愛爾蘭愛國詩人〉開始，劉半農從譯稿到文論，漸漸成為《新青年》的同人之一，並時常應陳獨秀之邀審閱稿件。

一九一七年秋天，《新青年》第三卷起改在北京出版，由於劉半農經常向《新青年》投稿，加上時已任北京大學文科學長的陳獨秀的推薦，北大校長蔡元培向劉半農發出邀請，聘劉半農到北大文科任教。劉半農隻身北上前，曾於家鄉江陰作詩〈遊香山並作紀事〉表達心情：「揚鞭出北門，心在香山麓。朝陽燭馬頭，殘露濕馬足。」

劉半農到北大以後主要擔任國文教員，同時還教授小說科。學生們也喜歡聽劉半農的寫作課，水準提高很快，也都嘗試寫作新文學。當時的北京大學自陳獨秀任學長以後，雲集了一大批著名的學者，如胡適、周作人、沈尹默、錢玄同、沈兼士、周豫才等。無論新老教員都能把新文化的傳播作為己任，並且嘗試用白話文作詩和寫散文，以圖形成文學革命和思想自由的風氣。劉半農除正常的教課以外，還兼任《新青年》的編輯工作，並在北大文科院從事詩、小說、文典編撰法、語典編撰法的研究。雖然很忙但很充實。

創作已不再是劉半農的唯一，他還從事文體改革、應用文的寫作、歌謠的搜集。而為了新文化運動的深入，劉半農和化名「王敬軒」的錢玄同，在《新青年》上一唱一和，在〈復王敬軒書〉中劉半農不僅批駁了「王敬軒」錯誤主張和觀點，並且對於新文化運動中的文學革命進行了重要闡述。劉半農著名的〈復王敬軒書〉在青年中影響很大，為此不少青年走上了新文學的道路。在劉半農至錢玄同的信中，有一段關於劉半農和《新青年》的回顧：「先生說『本是個頑固黨』，我說我們這班人，大家都是『半路出家』，腦筋中已受了許多舊文學的毒。即如我，國學雖少研究，在一九一七年以前，心中何嘗不想做古文家，遇到幾位前輩先生，何嘗不以古文家相助；先生試取《新青年》前後所登各稿比較參觀之，即可得其改變之軌轍。故現在自己洗刷自己之外，還要替一般同受此毒者洗刷，更要大大的用些加波力克酸，把未受毒的清白腦筋好好預防，不受毒菌侵害進去；這種事，說是容易，做就很難。比如做戲，你，我，獨秀，適之，四人，當自認為『台柱』，另外再請些名角幫忙，方能壓得住座。」在這段信函中，劉半農十分明確地表現了對以前一段時間寫作的不滿意，這自然是指在向《新青年》投稿之前，在鴛鴦蝴蝶派期刊發表的文稿。這種悔其少作體現在劉半農身上並不奇怪。到一九三四年劉半農出版《半農雜文》（北京星雲堂書店）時，基本沒收一九一七年以前的舊作。

在《新青年》的舞臺上，劉半農的眼睛是犀利的，似乎可以一掃以前的混沌和陰蒙。在那雙可以感知新文化空氣的眼睛裡，透現出的是一個舊知識份子向新知識份子過渡時的衝動和激情。

四

劉半農的人生因加入《新青年》而發生根本性改變，這種變化如此的堅決，使人必對劉半農以前的創作生涯產生一定的疑惑。劉半農在〈我之文學改良觀〉中說道：「余贊成小說為文學之大主腦，而不認今日流行之紅男綠女之小說為文學。（不佞亦此中之一人，小說家幸勿動氣）。」這種和原來鴛鴦蝴蝶派的徹底決裂，並且反戈一擊的態度，顯示了劉半農創作和思想上的大轉變。這和當時的時代變遷大有關係，從晚清至民國，舊知識份子試圖通過政治改良來建立理想社會之信念，一直感昭和影響著社會。辛亥革命以後，隨著外來先進文化的湧入和現代知識份子的形成，對於舊文化的革命已勢在必然，《新青年》的出現則承擔了文學革命的重任。

自「五四」運動爆發，中國的新文學從此邁入了一個新的軌跡。劉半農除在北大任教以外，後又出國留學，擔任過輔仁大學教務長等職。在文學革命中，劉半農依舊探索新詩的創作，研究音韻和現代語言學，進行民謠的搜集和整理，在這些方面的成就加快了新文化運動的進程。在上世紀三十年代出版的《初期白話詩稿》、《揚鞭集》、《瓦釜集》、《半農雜文》、《半農雜文二集》、《半農談影》、

《海外民歌選》等著作，充分體現了劉半農在一九一七年以後創作上的成就。

一九一七年《新青年》的出版，改變了新、舊文化新、舊文學的格局；同樣是一九一七年也成了劉半農思想和文學創作的分水嶺。這種變化從表面看來是劉半農的社交朋友發生了變化，從徐卓呆、包天笑、周瘦鵑等舊時文人，到陳獨秀、胡適、錢玄同等先進知識份子。而本質上是隨著文化革命的發生，劉半農在一個新的形式下，找到了一個可以渲泄自己文學主張的方法。同時也是舊時代文人在新的思潮感染下，向現代知識份子轉變的一個必然的過程。更何況劉半農之前的文言創作和翻譯，充滿了強烈的批判性，這也是轉變的是他而不是別人的原因。劉半農在一九三四年因病去逝以後，同樣被認為是鴛蝴派的張恨水的一番話，很說明問題：「在二十年前，君本一海上零落賣文之人，近今普羅作家指斥為禮拜六派者，事乃近之。旋君幡然覺悟，袱被北上，為北京大學教授。「五四」以來，乃與胡適、錢玄同，陳獨秀等努力於文化之改革，所謂新青年派者，君固其中巨臂，雖其主張與當時諸彥不盡符合，然自有其不可磨滅之光榮在。」（〈哀劉半農先生〉）張恨水之言，或許可從另一個角度來看劉半農的轉變。

劉半農在《半農雜文》自序中，亦有關於他創作轉變的認識：「一個轉變的思想感情，是隨著時代變遷的，所以梁任公以為今日之我，可與昔日之我挑戰。但所謂變遷，是說一個人受到了時代的影響所發生的自然的變化，並不是說抹殺了自己專門去追逐時代。」劉半農所言是他思想的一個表述，未必釋解從舊派文人到新文化大家的變化，但從中分明可以看出一些端倪來。

劉半農從一個以寫文言小說和翻譯的舊時文人，到成為新文化運動的大將，在白話文和白話詩的普及和創造，在文法和標點符號的使用上，在民間歌謠的搜集和整理上都作出了重要的貢獻。對於此種轉變的疑問，幾十年來從未中斷過，也並不簡單地認為劉半農早期的創作和翻譯都刊登在鴛鴦蝴蝶派的期刊上，或和鴛糊派文人交往密切，就認為他是鴛蝴派文人。相反劉半農在新文化運動中所作的貢獻，遠勝於其早期的創作和翻譯；同時劉半農的文學審美和主張都是具有進步性的，分析劉半農的早期作品，無論是小說《假髮》、《奴才》、《催租叟》、《歇浦陸沉記》等，還是翻譯作品《黑肩井》、《乾隆英使覲見記》、《歐陸縱橫秘史》等，都具強烈的社會批判性和歷史史料性，和鴛蝴派作品還是有根本區別的。而劉半農的這種變化，也是現代知識份子產生的必然過程。

五

一九一七年以前，曾經有雙眼睛是迷惘的。他看清了這個社會的某些醜惡現象和陰暗面，試圖通過自己的筆來鞭撻，他自以為可以以賣文為生的同時也可以渲泄自己的不滿。可惜那時混沌的社會充滿了烏煙，那雙眼睛於是也被蒙蔽，似乎憤怒和譏諷也未能引起共鳴，在消閒和遊戲文學的氛圍中，那雙眼睛從迷惘到朦朧，依舊看不清未來的希望。

一九一七年那雙眼睛終於看到了未來的希望，從《新青年》到文學革命，他看清了可以實現自己文學主張和文法變革的可能。於是那雙眼睛開始閃出火一樣的激情，煥發出了他渾身潛在的對於文學革命的熱情和主張。那雙眼睛也開始融入千百雙渴望未來的眼睛之中，並開始把所見所思傳遞給他們。那雙眼睛後又觀察過世界，又流連於鄉野民間，為人們傳遞著新的資訊。

透過一九一七年的那雙眼睛，彷彿可以回到將近一個世紀以前，去感受劉半農和他「新青年」的同道們，毅然用一種和過去決裂的姿態，為之譜寫了中國文學史和思想史上新的一章。

紅黑時光（一九二八至一九二九年沈從文在上海）

一

在沈從文的一生中，對於上海這個現代文人聚集的城市，一直沒有太好的印象。一九二八年初，沈從文由海路到達上海，住在法租界善鐘路上的一個亭子間裡。這是沈從文第一次到上海　，時年沈從文二十六歲。上世紀二十年代末，軍閥政府控制了北京政局，文化空氣變得緊張起來，許多文化人紛紛南下上海，新文化運動的中心已從北京南移上海，包括魯迅、胡適、郁達夫、郭沫若等紛紛移居上海，一些重要的出版機構也遷往上海。而一九二八年的上海正發生著關於革命文學的論爭。論爭方為創造社、太陽社和魯迅。

沈從文在《記胡也頻》中表述了他南下上海的緣由：「中國的南方革命已進展到南京，出版物的盈虛消息已顯然由北而南，北京城的好天氣同公寓中的好習慣，都不能使我們待在一個地方不動為得計。在上海，則正是一些新書業發軔的時節，

《小說月報》因為編者的方向略改，用了我們的文章，《現代評論》已遷上海，北新書局已遷上海，北新書局和新月書店各為我印行了一本書，所以四月裡就離開了北京，從海道把一點簡單的行李同一個不甚結實的身體，搬移到上海一個地方住下來。」沈從文的南下和文化大環境的南移有較大的關係，而主要原因是他出於創作和出版上的考慮。

沈從文初時到上海的生活並不習慣，一個靠稿費來維持生計的年青人，在大上海這個花花世界裡顯得有些不入流。雖然此時的沈從文已在報刊上發表了不少的作品，也有幾本書出版，但在上海還沒有什麼名氣，生活也比較艱難。在寫給胡也頻、丁玲、徐霞村等的信中，沈從文表達了初到上海的感受，「到處是大樓，樓上很寬綽，但不比北京，這裡燒火也是不容易，炭九毛一簍，抵北京一半多罷了。上海女人頂討厭，見不得。男人也無聊，學生則不象學生，鬧得凶。」「我打算要過了年才會轉運，是寂寞也罷，我不怕。在一種類乎作僧的寂寞生活中，我卻看出我是真正在活。」「若說藝術是一條光明的路，這應當拒他安置在國家觀念之上。憑了人的靈敏的感覺，假借文字夢一樣的去寫，使其他人感到一種幽美的情緒，悲憫的情緒。」（署名璇若〈南行雜記〉刊於一九二八年《晨報副刊》）

之前沈從文已在北京住了有好幾年，創作上也處於上升期，由於徐志摩等的知遇之恩，在徐志摩主編的《晨報副刊》上發表了大量的作品，《晨報副刊》是沈從文創作的搖籃。偶也在《小說月報》、《現代評論》等刊物上發表作品。做一個一流的小說家是沈從文的夢想，從北京到上海，沈從文正在一步一步的接近自己的夢想。

二

一九二八年三月胡也頻和丁玲也來到了上海。

沈從文和胡也頻相識於一九二五年的三月。因為沈從文初居北京期間，用「休芸芸」的筆名常向《京報・民眾文藝》投稿。引起了編輯胡崇軒（胡也頻）和項拙的注意，兩人還特地至寓所看望沈從文，對於他的創作給予了一定的鼓勵，遂成為文章上的知己。並且接連在《京報・民眾文藝》上發表了〈狂人書簡〉和〈市集〉。沈從文曾寫道，「我那時的文章是沒有人齒及的。我在北京等於一粒灰塵。這一粒灰塵，在街頭或任何地方停留都無引人注目的光輝。但由於我的冒險行為，把作品各處投去，我的自信，卻給一個回音證明了。當時的喜悅，使我不能用任何

適當語說得分明，這友誼同時也決定了我此後的方向。」（《記胡也頻》）

沈從文又因胡也頻的關係認識了丁玲。那是胡也頻帶著丁玲到沈從文的寓所，沈從文只知胡也頻帶來的略胖的女人姓蔣，後來寫小說成名以後又姓丁。是唯一一個誇獎沈從文英俊好看的女人，給沈從文留下了深刻的印象。漸熟後才知丁玲和沈從文是同鄉，也是湘西人，雙方的朋友中有不少認識，有些還是親戚。

沈從文和胡也頻、丁玲相識以後，常有交往。或許是共同的文學興趣把他們聚到了一起；或許是胡也頻幫沈從文走上了文學之路，沈從文很感激。在沈從文的窄而黴小齋中，在沈從文工作過的香山慈幼院圖書館中，在碧雲寺下的一條小路上，常可見到他們仨人的身影。共同議論詩作或文章。討論著他們作為文學青年所有的夢想，辦報刊，出書和寫小說。

而其間發生的一件事令沈從文頗為尷尬：丁玲因為在北京找不到工作，而給魯迅寫了一封求援的信，魯迅誤以為是沈從文化名所寫，未予理會。隔不久，胡也頻自稱為「丁玲的弟弟」去拜訪魯迅，又被魯迅認為是沈從文玩的把戲而拒之門外。知道此事後沈從文頗傷自尊，就此也和魯迅不相往來。

在上海碰上胡也頻和丁玲，沈從文很高興。可惜他們從《小說月報》處拿到稿費以後又到杭州西湖住了三個月。沈從文的創作到了上海以後並未中止，為了生計和生病的母親，沈從文流著鼻血也拼命的寫作，可惜不久《晨報副刊》和《現代評論》相繼停刊，對沈從文的投稿產生了影響。所幸不久《新月》創刊了，沈從文又有稿可投了。在他的內心深處，多麼希望自己來辦一份雜誌，使自己的作品都能發表。沈從文曾寫道，「因此怎樣來辦一個刊物，是我們常常皆打算到的一個事情。我們做夢也只想有那麼一個刊物，由自己編排，自己校對，且自己發行，寄到中國內地各處地方各個讀者的手中去。」（沈從文《記丁玲》）

三

而沈從文的這個夢想，因著胡也頻、丁玲之助，在一九二八年得以實現。

當初沈從文他們首先編輯的是《中央日報》的副刊「紅與黑」。《中央日報》上海的總編輯彭學沛，原是《現代評論》的熟人，因投稿關係結識了沈從文和胡也頻，現急需找人來辦一副刊，於是便找到了胡也頻。胡也頻便找沈從文和丁玲商量，把副刊取名為「紅與黑」。出刊以後取得了不錯的效果，沈從文曾在《中央日報‧紅與黑》上刊有：〈上城裡來的人〉（第十期署名茹椒）、〈不死日記〉（第十四至十七期署名甲辰）、〈有學問的人〉（第二十四期署名沈從文）、〈屠夫〉（第三十至三十二期署名巴庫）、〈某夫婦〉（第三十四期署名沈從文）、〈採蕨〉（第三十九期署名沈從文）等。沈從文在《中央日報‧紅與黑》上刊登的大量文稿，似乎實現著他寫作的理想。特別是〈不死日記〉，記錄了沈從文從北京到上海的心境。「看到了在中央副刊發表的不死日記，就得哭。想不到是來了上海以後的我，心情卻與在北京時一樣的……無意中，翻出了三年前的日記來，才明白我還是三年前的我。在這三年中，能幹的人，莫不成家立業生兒育女了，盛名與時間俱增，金錢和女人同來，屈指難以計數。」

此刻的沈從文是痛苦和矛盾的。一方面傾注於大量心血的創作除維持生計以外，如何成為一個主流的小說家似欠火候，同時風起雲湧的革命文學又和沈從文格格不入；另一方面，看到身邊的胡也頻和丁玲的卿卿我我，沈從文又有些許的惆悵。二十六歲了，成家和立業都沒有著落，沈從文彷徨著。

一九二八年十月二十六日沈從文與胡也頻、丁玲在《中央日報‧紅與黑》第四十七期上刊出了《紅黑》月刊和「紅黑叢書」預告，暗示了「紅與黑」即將停刊和

《紅黑》月刊的創刊。「事實使我們綢默，我們暫時把這工作停頓。」十月底「紅與黑」停刊後，沈從文和胡也頻等從胡也頻父親處借了一千塊錢作為資本，借薩坡賽路租房成立了「紅黑出版處」，開始籌備自辦《紅黑》月刊，並有一系列出版的計劃，包括出版「紅黑叢書」和沈從文、胡也頻、丁玲的一系列作品。可惜很多的計劃之後並未實現。

沈從文在籌辦《紅黑》月刊期間，因為經常向創刊不久的《新月》投稿，從而結識了胡適先生，並得到了胡適的賞識，對於沈從文之後的創作和人生道路產生了重要的影響。包括一九二九年秋天被胡適聘為中國公學的講師。

四

一九二九年一月十日，《紅黑》月刊正式創刊。為什麼取名「紅黑」？在《紅黑》月刊創刊號的「釋名」中有所說明：自然在讀者方面，都有他自己的權利把紅黑下一個定義，或者所下的竟是個個不同。紅黑兩個字可以象徵光明和黑暗，或激烈與悲哀，或血與鐵，現代那勃興的民族就利用這兩種顏色去表現他們的思想——這紅與黑，的確是恰恰適當於動搖時代之中的人性的活動，並且也正合宜於文藝上的標題，但我們不敢竊用，更不敢掠美，因為我們自信並沒有這樣的魄力。正因為我們不圖自誇，不敢狂妄，所以我們取用紅黑為本刊的名稱，只是根據於湘西的一句土話。例如「紅黑要吃飯的！」這一句土話中的紅黑，便是「橫直」的意思，「左右」的意思，「無論怎樣都得」的意思。這意義是再顯明沒有了！

在《紅黑》創刊號上刊登的文章有，桂山（葉聖陶）的〈李太太的頭髮〉、沈從文的〈龍朱〉、胡也頻的〈子敏先生的功課〉和〈便宜貨〉、沉默的〈生計〉、丁玲的〈慶雲里的一間小房裡〉等。而胡也頻在「編後附記」中不僅再度闡明了辦刊的方向是以創作為主，且道出了辦刊的艱難和不易。沈從文曾在文中回憶過辦刊的過程：

「為了《紅黑》的事情，我們於是都顯得忙起來了。其中最忙的還是海軍學生（胡也頻），從編輯到去印刷所跑路，差不多全是他理。他去送稿，去算帳，去購買紙張同接洽書店，直到刊物印出時，我才來同丁玲把刊物分派到各處，清理那些數目，或者付郵到外埠去，或者親自送到四馬路各書鋪去。我記得刊物封面上十分醒目『紅黑』兩個大字，是杭州美院教授劉阮溧先生作的。」「第一期的刊物，本埠在一個禮拜內就將近賣去一千份，得到這個消息時我們歡喜興奮得臉上發紅。在

各地方的朋友，都來信說我們這個刊物很好，有內容，文章有份量。」（《記胡也頻》）

《紅黑》的出版顯然也引起了大家的注意，雖是一本同人的刊物，但那時沈從文和丁玲在文壇已小有名氣，在商務的《小說月報》上發表過作品，特別是作為女性作家的丁玲，已引起了文壇的注意。而沈從文在《紅黑》月刊上發表的作品有，小說〈參軍〉（第二期）、〈神巫故事之一〉（第三期）、〈日與夜〉（第四期）、〈七個野人與最後一個迎春節〉（第五期）、〈一個天才的通信〉（第六、七期）、〈道師與道場〉（第六期）、〈大城中的小事情〉、〈一隻船〉（第八期）等。沈從文和胡也頻、丁玲除辦《紅黑》月刊以外，另受人間書屋的委託辦了《人間》月刊，僅出版了四期便終刊。

而《紅黑》月刊出到八期也結束了，這也是預料中的失敗。沈從文他們的夢想又破滅了嗎？「使我們十分灰心處，是想到這次辦刊的試驗，證明了我們此後的命運，作者向商人分手，永遠成為一種徒勞的努力。看到這三兩年來上海方面所謂出版界的一切情形，盛衰盈虧的消息，就更長了多少見識。」（《記胡也頻》）沈從文的艾怨中更有一種無奈，對於上海的出版市場及商業氣息濃，有了一個作為小說家的看法。

五

沈從文的《紅黑》時光一如他的創作。從一九二八年到上海開始沈從文的創作漸漸地進入旺盛期。從《京報・民眾文藝》起步，到在徐志摩主編的《晨報副刊》嶄露頭角，到在《現代評論》、《小說月報》、《新月》、《紅黑》時的漸趨成熟，報刊在其中起到了重要的作用。

沈從文這個時期的作品，自我的抒寫達到了頂峰。作品全部用第一人稱，散漫無章，全不講求技巧，所寫的情節和內容和社會格格不入，表現了被社會壓抑太久的一種病態。而其中的略有變化，是從抨擊社會現實到抨擊外來帝國主義的禍害，但沈從文的這種批判和揭露也怕貼上革命文學的標籤。沈從文到上海以後面臨生活的巨大壓力，而對於大城市生活的不適應使他的作品中，表露出對於城市繁華的憎恨。以及到都市以後個人的鬱悶心情。

「今夜無意中，與也頻丁玲走進四川路的一個咖啡館，到了才知道這是上海文豪開的。到此的全是歷史上光芒萬丈的人物，觀光真是不可不算是幸事了……到了那類地方，我就把鄉巴老氣全然裸陳了，人家年青文豪們，全是那麼體面，那麼風流，那麼瀟灑！據說浪漫派的勃興，是先在行為上表演，才影響到文學上的，正如革命文學家是革命成功以後來產生的東西一樣……自己只能用『落伍』嘲笑自己，還來玩弄這被嘲弄的心情。」（沈從文〈不死日記〉）

在沈從文的作品之中，都市青年生活的題材並非沈從文的特長。這一時期中比較有特色的是諷刺作品《阿麗思中國遊記》（第一卷刊於《新月》一至八期），沈從文在這部小說中，嘲諷了中國的文壇，特別挖苦了那些孤高自傲的詩人，用動物形象來喻諷當時的社會揭露民族的弊端，反對外來帝國主義，可謂別具匠心而又獨樹一幟。沈從文最擅長的也是最受讀者歡迎的，是沈從文關於故鄉湘西題材的作品，包括這一時期創作的《龍朱》、《媚金・豹子・與那羊》、《阿黑小史》、《柏子》等，這些充滿湘西風情的小說反映了沈從文的童年記憶，和對於孕育他的那塊土地深深的熱愛。城市的生活並不適合沈從文，在他的內心身處始終認為自己是個鄉下人，而如何進入主流文壇是沈從文所迫切盼望的。

短暫的編刊生涯倒為其發表作品提供了便利，也為他之後去主編《大公報・文藝副刊》打下了基礎。也對其創作進入成熟期起到了促進和推動作用。

六

沈從文的一九二八年至一九二九年的《紅黑》時光，和這本刊物聯繫在一起的同時，也和胡也頻、丁玲聯繫在了一起。後胡也頻被捕入獄後被害，是著名的「左聯五烈士」之一，而丁玲女士後因《夢珂》、《沙菲女士的日記》而名揚當時文壇，也因被捕而「失蹤」（一度傳聞已被害）。沈從文於是寫下了《記胡也頻》和《記丁玲》、《記丁玲續集》等文回憶仨人在一起的時光，又有丁玲從南京出獄後沈從文千里護送丁玲母女回湘西老家的事，顯示了一個狹膽忠義重友情的文人形象。至於沈從文和胡也頻、丁玲在上海共同辦刊、寫作、出書等，曾被誣為桃色新聞，（見《作家賦事》）而沈從文晚年和丁玲的不愉快有較為複雜的原因，但和民國時期在上海的經歷大有關係，和沈從文的《記丁玲》也大有關係，此乃後話。

對於沈從文來說在北京和到上海的相當長的一段時間裡，沈從文是沒有工作的，完全靠寫作和投稿為生，生活自然過得十分的窘迫。有時為了找一間便宜一些的房子租而絞盡腦汁。一直到一九二九年的秋天被胡適聘為中國公學的講師，經濟狀況才略有改善。

《紅黑》時光是沈從文從鄉村到都市的重要一步，特別是在上海和胡也頻、丁玲的共同辦刊生涯，雖以失敗而告終，卻積累了寶貴的經驗和財富。同時在上海又使沈從文結識了胡適、葉聖陶、施蟄存、徐霞村等知識份子和文人，對於沈從文的思想和創作，以及之後的人生道路都產生了一定的影響。

沈從文在上海的日子在其一生中僅短短的幾年時光，但對其之後的文學生涯卻起到了重要作用。如沈從文在天津主持《大公報・文藝副刊》期間對於海派所發的拮難，就和上海的經歷大有關係。從本質上說沈從文是一個具有自由主義思想的作家，他反對政治干涉文學，崇尚文學創作上的自由。而朋友胡也頻和丁玲在上海的遭遇又使他對這座城市產生了憎恨。自到上海以後的一段時間內，沈從文的創作進入了成熟期和旺盛期，儘管他的作品也遭到過左翼作家的批判，但立志步入主流文壇成為一流作家的沈從文不為所動，經過自己的不懈努力和艱苦創作，寫出了《邊城》等可以名垂文學史的偉大作品。

沈從文在上海走過了《紅黑》時光，前面同樣是並不平坦的人生。對於其的人生和創作來說，一切彷彿才剛剛開始。

從中國公學到武漢大學（一九三〇年的沈從文）

一九三〇年，中華民國十九年，沈從文二十八歲。

一九三〇年一月到八月，風華正茂的沈從文在吳淞的中國公學教學。當時中國公學的校長是胡適。沈從文經好友徐志摩推薦，被胡適聘為中國公學講師，開設的課程有「新文學研窮」、「小說習作」、「中國小說史」。一個僅有小學學歷的文學青年，何以被胡適聘為大學講師？此時的沈從文在文壇已小有名氣，但從事教學工作還是平生頭一回，胡適看中沈從文的原因，一是十分賞識沈從文在文學創作中的才華，他的小說那時在學生中已較有影響，二是胡適認為在當時的大學中文系，重古典文學的教學，而輕新文學的欣賞和創作，胡適想改變這種現狀。一九三〇年，五四新文化運動漸趨深入，急需一大批有志青年，加入到新文學的陣營中來，從大學教育入手，胡適等五四精英想得很深遠。另沈從文自己出於種種考慮也想從事教學工作，既有為生計所考慮，又有希望加深文學理論素養的需求，更有為進入主流文壇作必要的準備。

所以沈從文希望到吳淞中國公學的願望同樣強烈。他在一九二九年六月寫給胡適的信中，表達了這種願望：「適之先生，昨為從文謀教書事，思之數日，果於學校方面不至於弄笑話，從文可試一學期。從文此所不敢作此事，亦只為空虛無物，恐學生失望，先生亦難為情耳。從文意在功課方面恐怕將來或只能給學生以趣味，不能給學生以多少知識，故範圍較窄錢也不妨少點，且任何時學校方面感到從文無用時，不要從文也不甚要緊。可教的大致為改卷子和新興文學各方面之考察，及個人對各作家之感想，關於各教學方法，若能得先生為示一、二，實為幸事。事情在學校方面無問題以後，從文想即過吳淞租房，因此間家母病人極不宜，且貴，眼前二日即感棘手也。沈從文上。」

沈從文為何選擇中國公學？因中國公學為當時國內一流學府，于右仁、蔡元培、胡適、聞一多、朱自清、羅隆基等均在中國公學任教或做校長。吳淞中國公學創辦幹一九〇六年四月，光緒十一年為反對曰本文部省頒佈《取締清國留日學生規則》，三千餘名留學生回國創辦了中國公學，學校設在上海吳淞鎮炮臺灣。一九二二年議升為大學。

沈從文晚年回憶了在中國公學的教學：「第一堂課約有一點半鐘不開口，上下相互在沉默中受窘，在勉強中說了大約二十分鐘的乏話，要同學不要做抄來抄去的『八股論文，』舊的考博學鴻辭，學生褒的〈聖主得賢臣論賦〉沒用，〈漢高祖斬丁公論〉也沒用。新的用處也不多，求不做文抄公，第一學敘事，末尾還是用會敘事，才能談寫作⋯⋯感謝那些對我充滿好意和寬容的同學，居然不把我哄下講臺」。顯然沈從文對他的初涉講壇，並不滿意，教學並非是他的特長。

沈從文在吳淞中國公學待了大約有一年的時間，認為有得有失，生活可以稍穩定，在崩潰中的體力也維持住了。可以大量的閱讀圖書館的書，擴大了知識領域。另外由於給學生作示範，在作品創作的文字處理和技巧上成熟了許多。並且寫作開始有思想有計劃。在中國公學教書期間，經常幫助學生和文學青年改習作，並努力推薦發表。當時受他幫助的學生有何其芳、劉宇、吳晗、羅爾綱等。

一九三〇年五月，胡適辭去了中國公學校長一職，使得沈從文也萌生去意，其實沈從文想離開的另一個原因，是沈從文追求學生張兆和沒有結果。老師追求學生，並且老師還是一個頗具潛力的青年作家，只是開始時這愛情未必順利。

張兆和，中國公學外國語文學系二年級學生，美麗端莊。

一九三〇年沈從文在中國公學任教期間，對張兆和產生了戀情。年輕的沈從文一往情深，寫了大量的情書給張兆和，但張兆和並未看中沈從文，反而覺得沈從文和別的青年並無區別。所以不給沈從文回信，並且漸漸害怕和討厭沈從文熾熱的情書。張兆和在日記中寫道：「又接到一封沒有署名的S先生的信，沒頭沒腦的，真叫人難受」。（一九三〇年七月六日）為此張兆和從吳淞到上海，找到了校長胡適尋求幫助，胡適瞭解情況後，建議張兆和給沈從文寫一封信，表明自己的態度。

處於狂熱愛情中的沈從文，有的是一股「鄉下人」所特有的韌勁，和對待創作一樣，沈從文傾注太多的激情，甚至非顧師生之道。在致王際真的信中，道出了他的內心世界：「我在此愛上了一個並不體面的學生，好像為了別人的聰明，我把一切做人的常態秩序全毀了，在各方面去找那向自己解剖的機會，總似乎我給這女人的幸福，是任何人所不能給的。我所犧牲的可以說是一種奢侈，但所望，就只有這年輕聰明的女人多懂我一點。」「我的世界總仍然是《龍朱》《夫婦》《參軍》等等。我太熟識那些和都市相連的事情了，我知道另一個世界的事情太多，目下所處的世界，同我卻遠離了。」

一九三〇年的沈從文正沉浸在愛情之中，他有甜蜜也有痛苦，在教學和創作之餘，沈從文把全部的熱情都投入到愛情之中，二十八歲的沈從文不想讓愛從眼前溜走。但張兆和的不理不睬使沈從文極傷腦筋，他只好找到張兆和的好友王華蓮，打聽張兆和對自己的印象，可消息總是不太美妙，沈從文陷入了愛情的痛苦之中。

張兆和出身於蘇州的書香門弟，為人賢淑大方。初被男人追求，張兆和處於似懂非懂之間，更何況在封建禮教還盛行的一九三〇年代，自己還是個學生，於是張兆和聽從胡適的建議，給沈從文寫了一封信表明了自己的態度。沈從文知道張兆和的態度以後很傷心，但他並未泯滅愛的信心，他又給張兆和寫信，並且字比平時大幾倍。隔了一天又寫信給張兆和。張兆和收到信以後不知所措，她在日記中寫道：「誰知啊！這最後一封六紙長函，是如何影響到我。看了他的信，不管他的熱情是真摯的，還是用文字裝點的，我總像是自己做錯了一件什麼事因而陷他人於不幸中的難過。我滿想寫一封信去安慰他，但他不顧一切的愛，卻深深地感動了我，在我離開這個世界以前，在我心靈有一天知覺的時候，我總會記得，記得這世上有一個人，他為了我把生活的均衡失去，他為了我，捨棄了安定的生活而去在傷心中刻苦自己，頑固的我說不愛他便不愛他了，但他究竟是個好心腸人，我是永遠為他祝福著的。我想我這樣寫一封信給他，至少叫他負傷的心，早一點痊癒起來。」（見《兆和日記》）

同時，胡適也寫信給沈從文，信中談了他對沈從文追求張兆和的看法：「我的觀察是，這個女子不能瞭解你，更不能瞭解你的愛，你錯用情了……此人太年輕，生活經驗太少，故把一切對她表示愛情的人即看作『他們』一類，故拒人自喜。你千萬要掙扎，不要讓一小女子誇口說她曾碎了沈從文的心。」胡適先生可謂用心良苦，作為一過來人胡適語重心長，但他未曾料到沈從文不是一個輕言放棄的人。在真愛面前沈從文像一個鬥士勇往直前。

在沈從文的苦苦追求之下，張兆和有點動心了。至少不會象初時那樣的頑固了，並開始不再討厭他了。在這以後，沈從文到武漢大學到青島大學，都和張兆和保持密切的聯繫，並且會時不時的上蘇州看望張兆和，有時帶上一些小禮品有時帶上幾本書。一直到三年以後，在張兆和父親的允諾下，沈從文和張兆和訂婚。並於一九三三年九月完婚。沈從文的愛情亦修成了正果。

一九三〇年在愛情中的沈從文，執著而又癡迷。和他的教學和創作一樣，沈從文總在不斷的嘗試和探索。沈從文的癡迷執著掙扎痛苦甜蜜，在這一年表現得淋漓盡致，甚至和他的小說一樣富有傳奇的色彩。至少在一九三〇年代，這樣的愛情還是十分有意義的，那些充滿甜言蜜語和情愛哲理的情書，在今天看來依舊充滿了魅力，表明了一個青年在愛情降臨之時那種勇敢和執著。可惜原信大多已失，收入《沈從文全集》中沈從文寫給張兆和的信，基本引目《兆和日記》。一九三〇年是沈從文愛的開始，也是痛苦和掙扎的開始，只是這一切，沒有想像的那般順利，並或多或少成為沈從文離開中國公學的原因之一。或許可以慶幸這段感情若干年後終於有了結果。

一九三〇年是沈從文文學創作承上啟下的一年，在這之前沈從文已發表了大量的文學作品，並且大多數以其家鄉湘西鳳凰作為背景，反映了湘西的民風和民俗，獨樹一幟的風格和內容引起了文壇的關注。沈從文的創作一是為了追求文學的夢想，二是用寫作來維持生計。在創作的初期，沈從文也經歷過大量退稿的痛苦，可始終對自己充滿信心，再加上勤勉和朋友的提攜和幫助，從一九二六年開始，沈從文的作品開始見諸於報刊，並且一發而不可收拾，曾經被譽為「多產作家」。

在寫給王際真的信中，沈從文描述了他對於寫作的追求：「我寫了二天文章只寫了七百字，心的軟弱就可想而知。因此還是十分相信擠與榨，所以並不放筆，小睡也仍然揑定筆桿，筆是三年來一家人吃飯的一枝骨桿筆……」苛刻地強迫自己，在一九三〇年代靠寫作維持生計的不在少數，但象沈從文這樣拼命的卻並不多。沈從文在一步一步走向自己文學夢想的頂峰。

一九三〇年沈從文發表的作品有：

一月　短篇小說〈蕭蕭〉　刊於《小說月報》第二十一卷第一號

短篇小說集《旅店及其他》　由上海中華書局出版

二月　小說〈燈〉　刊於《新月》第二卷十二號

小說〈血〉　刊於《小說月報》第二十一卷第二號

《一個天才的通訊》　由上海光華書局出版

三月　〈《沉》的序〉　刊於《中國文學季刊》一卷二號

短篇小說〈紳士的太太〉　刊於《新月》第三卷第一期

評論〈郁達夫張資平及其影響〉　刊於《新月》第三卷第一期

四月　小說〈樓居〉　刊於《小說月報》第二十一卷三月號
小說〈建設〉　刊於《中國文學季刊》一卷二號
〈《生命的沫》題記〉　刊於《現代文學》創刊號
短篇小說〈丈夫〉　刊於《小說月報》第二十一卷四月號
論文〈論聞一多的《死水》〉　刊於《新月》第三卷第二期
五月　隨筆〈海上通訊〉　刊於《燕大月刊》第六卷第二期
六月　小說〈微波〉　刊於《小說月報》第二十一卷六月號
《沈從文甲集》　由上海神州國光社出版
七月　論文〈論馮文炳〉　收入大東書局出版《沫沫集》
九月　小說〈一個女人〉　刊於《婦女雜誌》第十六卷第九號
小說〈薄寒〉　刊於《小說月報》第二十一卷九月號
小說〈平凡故事〉　刊於《文藝月報》第一卷第二號
論文〈論汪靜之的《蕙的風》〉、〈論焦菊隱的詩〉
收入武漢大學印行《新文學講義》
十月　小說〈三個男人和一個女人〉　刊於《文藝月報》第一卷第三號

小說〈一個女劇員的生活〉　刊於《現代學生》第一卷第一—六連載
論文〈我們怎樣去讀新詩〉　刊於《現代學生》創刊號
十一月　論文〈論落華生〉　刊於《讀書》月刊創刊號
論文〈論施蟄存與羅黑芷〉　刊於《現代學生》第一卷第二期
十二月　小說〈山道中〉　刊於《小說月報》第二十一卷第十二號
小說〈知己朋友〉　刊於《現代文學》第一卷第六期
論文〈現代中國文學的小感想〉　刊於《文藝月報》第一卷第五號
論文〈論郭沫若〉　刊於《日出月刊》第一卷第一期
長篇小說《舊夢》　由上海商務印書館出版
（資料來源《沈從文全集》《沈從文年譜》）

其中由王平陵等編輯的《文藝月報》，從第一卷第二期起，幾乎每期都有沈從文的作品，在不到二年的時間裡，沈從文在《文藝月報》上共發表有小說、評論、詩歌等作品，有二十八篇之多。

一九三〇年沈從文以其充沛的寫作熱情，創作和發表了大量的文學作品，幾乎每個月都會有作品發表，大多數作品刊於《小說月報》、《新月》等主流期刊。在創作中沈從文漸漸地進入成熟期，沈從文的代表作《邊城》就是寫於三年以後。沈從文在一九三〇年創作發表的作品，都和其生活和經歷有關，特別描寫湘西民俗民風的作品，成為其創作的主流。沈從文的作品在當時代的小說創作中，並不算最出色的，但卻是最有風格的，也是最勤奮的，因為他血液裡流淌著湘西的血。在創作中，沈從文善於用第一人稱語氣來刻劃和分析，作品講求自我的真實性，而描寫湘西的作品，極大地滿足了讀者對於這塊未曾瞭解的土地的好奇之心。

沈從文在創作作品時始終相信，他的作品能夠位於中國文學的前列，這種強烈的自信心使得他對苗民和家鄉愛欲的描寫，並且由此而不可收拾。同時一九三〇年的創作，更多體現在創作的成熟上和對於風格的創造上。他開始把作品寫得越來越長，鄉土氣息越來越濃郁，而隨後幾年所創作的《邊城》、《蕭蕭》等名作，正是基於一九三〇年的大膽創造上。沈從文儘管努力的寫文章，但稿費低得可憐，並時常拖欠，使生活不能有多少的改善。大學的教學工作使沈從文的經濟壓力有所緩解。

一九三〇年沈從文最大貢獻在於寫了不少的文學評論。這其實和他在大學教新文學課程有關，沈從文最早的幾篇文學評論〈論聞一多的《死水》〉、〈論馮文炳〉、〈論汪靜之的《蕙的風》〉、〈論焦菊隱的詩〉，就是沈從文教課所用的講義，後武漢大學為其出版的《新文學講義》，以及在中國公學主辦的《中國文藝季刊》上發表。沈從文所寫的文學評論文章在理論上顯得單薄，著重於當代與歷史的比較，他在逐個評論某些作品和作家時，就作家的情操抱負，以及他們對發展文藝技巧、形成新的白活語言的貢獻大小加以論列，這種評論的方法未必可取，但在一九三〇年卻有點固執己見的偏執，也為他以後遭受不公正待遇埋下了伏筆。

在《新月》上發表的〈郁達夫張資平及其影響〉，是其一系列作家評論的開山之作，而在沈從文為數不多的作家評論中，以大膽批判而著稱，其中的大部分文章都收入一九三四年大東書局出版的《沫沫集》中。沈從文認為較高文學評論是要採取一種美學的觀念和角度，並且強調作家在修辭上要雕琢字句，講求結構，做到盡善盡美，並且要保留一點傳統。認為作者不能依靠一個人的天才和靈感，要艱苦努力地不斷實踐和反覆修改。主張作家要「勇於寫作」和「怯於發表」。沈從文所指出的幾點，他自己同樣未必做到，只是努力地在克服。沈從文認為他的文學評論還是溫和的，但對於一些當時稍有名氣的作家的批評，還是不留情面的。這其中有性格中的某種固執，也有批評名家引起別人注意的想法，但這也同時導致了日後的遭人忌恨。至於沈從文後挑起京派海派之爭，恐怕未必是溫和所能解釋的。

一九三〇年的沈從文為什麼會寫文學評論？這是他創作到了一定的時期，急需在理論上加以充實。沈從文的早期小說不大講求結構，但並未削弱其受歡迎的程度。同時在中國公學和武漢大學的教課中，逼得沈從文去認真解讀一些新文學作品，並加以分析和評論，也使他的文學理論知識和素養，在一年中有了長足的進步。沈從文不屬於任何的政治派別，也不隸屬於任何的文學社團，所以他的創作同樣不具強烈的傾向性，在文學評論上亦是如此，過多地摻雜了個人喜好的因素來加以評論，有失客觀。如沈從文明顯表示不喜歡浪漫主義作品，不喜歡郭沫若、林語堂等作家和作品，反對幽默小品。沈從文是孤傲的，這和他在文學創作中的天才和勤奮有關。在文學評論中有不少唯美和唯藝術的觀點。沈從文此後幾十年的幸與不幸，都和他一九三〇年代介入文學評論有關。

一九三〇年九月，沈從文辭去了中國公學的工作，赴武漢大學任教。

沈從文本來應該打算去的是青島大學。原在北京和沈從文相熟的揚振聲，受南京政府教育部委派，負責籌辦國立青島大學。楊振聲開始在北京和上海招兵買馬，也找到過沈從文。後由於戰爭等原因，一年以後沈從文才到青島大學任教。

一九三〇年九月十六日沈從文到武漢大學中文系住教，職務為助教，開設的課程有「新文學研究」、「小說習作」二門課。此前武漢大學校長陳西瀅，本想聘沈從文為講師，但由於武漢大學的保守風氣，和沈從文所授課程未受重視，未能聘為講師，這也是沈從文日後萌生去意的原因。武漢大學於九月印行了沈從文以新詩發展為內容的《新文學研究》講義，這套講義以線裝書的形式，前半部份編選了以供學生參考閱讀的新詩分類引例，後半部分是作者六篇談新詩的論文。

沈從文在武漢大學期間，工作和生活得並不順利，在致王際真、胡適、沈雲麓的信中，表達了對武漢大學守舊風氣和排斥新文學的不滿。沈從文認為還是要堅持自己的創作，並自負地認為「我的文章是誰也打不倒的，在任何情形下，一定還可以望它價值提起來」。希望將來可以出版更多的書，拿更多的版稅。創作在沈從文的心目中，依舊有著無以倫比的重要性。比起中國公學來，武漢大學時期的沈從文教學中更加的從容，所以沈從文有時間閱讀金文一類的書籍，甚至跟同事孫大雨學英文。同時也向胡適討教古史和古地理的問題，但沈從文還是想離開武漢大學。十一月致胡適信中表示：「若學校許可教半年解約，則明春來上每或不再返」。

一九三一年由於好友胡也頻被捕，沈從文曾多方奔走營救。胡也頻遇害後，沈從文護送丁玲母女回湖南老家，錯過了武大上課的時間，於是從武大辭職，在上海專業從事寫作。

沈從文在一九三〇年漸入教學和創作的佳境，不得不提到二個人，他們對於沈從文的人生起到了重要作用。

第一個人是詩人徐志摩。沈從文是在北京時經人介紹認識徐志摩的，那是一九二五年九月，沈從文首次到徐志摩家拜訪，第一次見到了徐志摩。沈從文曾談到首次見面的情形：「其時他還剛剛起床，穿了件條子花紋的短睡衣，一面收拾床鋪一面談天，並為我朗誦他在夜裡寫的二首新詩，就如同一個多年熟人一樣。」一見如故而又志趣相投，徐志摩所賞識的是沈從文身上的才氣和質樸。徐志摩在接編《晨報副刊》以後，沈從文在上面發表了大量的作品，沈從文的創作由此起步，到徐志摩主編《新月》時又刊登了不少沈從文的作品。是徐志摩一步一步地把沈從文引入文壇，並且漸入主流文學的創作圈。一九三〇年沈從文到吳淞中國公學教課，也是出自徐志摩向胡適的推薦。並且經徐志摩介紹，沈從文認識了葉公超、聞一多、羅隆基、潘光旦等人，使沈從文從鄉村走向城市從文學愛好者到青年作家，徐志摩的提攜和幫助起到了重要的作用。當徐志摩和陸小曼結婚時，沈從文也參加了婚禮並獻上美好的祝福。一九三一年徐志摩因飛機失事而去逝時，沈從文為失去一位像兄長一樣的摯友，而悲痛不已。

第二個人是旅美翻譯家王際真。王際真，著名翻譯家、史學家和文學批評家，一九二九年受聘於美國哥倫比亞大學東亞系，是哥大中文系的創辦人。美國翻譯《紅樓夢》的第一人，把大量的中國優秀文學作品介紹給西方的讀者。沈從文是一九二九年夏天經徐志摩介紹認識王際真時，並且漸漸成為無話不談的好朋友。一九三〇年沈從文給遠隔重洋的王際真寫了大量的信函。談他在中國公學和武漢丈學的教學生活；談他在創作上的快樂和煩惱；談他對於張兆和的愛情。從沈從文和王際真的通信中，可以發現王際真每隔幾個月會匯一筆錢給沈從文，來接濟他的生活支持他的創作。儘管沈從文創作頗勤有稿費收入，但由於稿費低和時常拖欠，沈從文生活依舊有點窘迫。雖後來有大學講課的收入，可沈從文還得撫養同在中國公學上學的妹妹，王際真的接濟可以使沈從文的經濟狀稍有好轉。這些保留下來的沈從文和王際真的通信，可以使我們真實地瞭解那個時期的沈從文。王際真在經濟上支持沈從文，與其說是為了朋友間的情誼，不如說是為了一個天才的青年作家不至於因為貧困而湮滅。沈從文和王際真也成了一生的朋友。

一九三〇年沈從文從中國公學到武漢大學，是沈從文一生中普通的一年，也是沈從文一生中重要的一年。他從一個靠寫作為生的文學青年，轉變成一個走上大學講壇的老師，這種轉變與其說是徐志摩、胡適、陳西瀅的推波助瀾，不如說是沈從文從一個作家向一個知識份子轉變的過程。沈從文的教學生涯並不那麼出色，連沈從文自己也承認他不是一出色的合格的老師，其中有謙遜的部份，但同時也是實情。從中國公學到武漢大學，沈從文邁出了一大步，他由此而結交了許多志同道合的朋友，同時在文學理論和文學素養上提升了不少。特別是其新詩賞析和作家評論系列，引起了較大反響的同時，也使沈從文自己的創作走向了成熟。沈從文二十二歲時初涉文壇，在離開湘西到了北京以後，歷經了生活的坎坷和創作的艱辛，有在北京挨餓的經歷，也有投稿被屢次拒絕的挫折；既有離開家鄉的痛苦，又有辦刊辦報的艱苦。幸而在關鍵時刻，有賞識其文學才華的朋友如郁達夫、徐志摩等的鼎力相助，才使沈從文能走出困境。

一九三〇年沈從文的創作處於多產和亢奮時期，進入主流文壇成為一流作家，一直是沈從文的夢想，所以他才會如此拼命和孜孜不倦的寫作，並沉澱了許多文學理論和素養，為他日後寫出《邊城》、《八駿圖》等傳世佳作，作了較好的鋪墊。光一九三〇年沈從文就發表了三十幾篇小說和論文，並出版了《旅館及其他》（中華書局）、《一個天才的通訊》（光華書局）、《沈從文甲集》（神州國光社）、《舊夢》（商務印書館）等四本書，已漸漸接近於創作的巔嶧時期。一九三〇年中國左翼作家聯盟在上海成立，標誌著革命的進步文學的誕生。沈從文是矛盾的，他不反對革命文學但也不參與，窮其一生都沒有站好隊伍。沈從文的文學觀是講求獨立的，而不應依附於政治，此種頗有些自由主義的思想，在中國文化的大環境下顯得格格不入，沈從文的年輕氣盛使他之後參與了不少文壇的筆戰，比較有名的如「京派海派之爭」。好友胡也頻和丁玲曾和沈從文共同辦過《紅黑》副刊和《紅黑》雜誌，但當加入革命隊伍的胡也頻因革命活動而被捕後，沈從文等多方營救，但等來的還是胡也頻犧牲的消息。這並沒有使沈從文覺醒，反而對於革命有了看法。這也是一九四九年以後，沈從文很長一段時間裡被文壇遺忘的原因。

一九三〇年沈從文在發奮創作認真授課的同時，也陷入了愛情的痛苦之中。沈從文對於愛情的理解和追求，如同他對於創作一般的執著和鍥而不捨。如果講對於女人的印象在以前還有所模糊的話，在遇到張兆和以後一切都變得清晰起來。一九三〇年沈從文寫了大量的信給張兆和傾訴其愛慕之情，可惜過程並不美妙，甚至發生在愛情中的一些事影響到了沈從文的生活，比如執意要離開中國公學，但這段看似渺茫不被許多人看好的感情，卻因為沈從文的癡情的執著，最後打動了張兆和，並於一九三三年在北京結婚。沈從文是堅強的，那種鍥而不捨的精神表現在愛情上的同時，也表現在了創作上，他努力的想成為一個一流的作家，並為之而付諸了百倍的努力。

一九三〇年的沈從文，是從一個青年作家向進入主流文壇，成為一個知識份子的關鍵一年。從中國公學到武漢大學，從表面上看是沈從文作為教課授學的開始，而實際上是沈從文走出創作圈，走入另一個更大知識圈的開始。這種走入是有前提的，一個從小城鳳凰走出來的「鄉下人」，能在文壇上找到自己的一席之地，沈從文所付出的努力，遠比想像的要艱辛。當然也離不開朋友的幫襯，離不開那個文學時代胡適、徐志摩等先行者，為了傳承五四新文化精神，而對後繼有志青年的提攜。由於沈從文本身所固有的自由主義的文學思想，並且受到了胡適等的影響，沈從文除了在創作上出類拔萃以外，始終遊走在整個新文學大環境的邊緣。由於不懂外語和沒有較高的學歷，也被一些同時代自視清高的知識份子所看輕。通向主流文壇之路沈從文走得並不輕鬆。

沈從文是一個偉大的作家，但未必是一個優秀的知識份子，他也有良知也有正義感，但始終沒有站在隊伍的前列。一九三〇年對於沈從文來說，有太多的記憶，他的創作他的生活他的愛情他的人生，在這一年都發生了許多的事，二十八歲的沈從文在漸漸地走向成熟，他第一次走上了大學的講壇；第一次為了一個自己所愛慕的女學生而神不守舍；第一次可以運用文學理論對一些作品和作家作出評判。這對於他今後的人生和道路，起到了重要的用。二十八歲的沈從文未必會料到他以後會捲入京派海派之爭；未料到他以後會主編《大公報》文藝副刊；未必料到他相助的丁玲以後會反目成仇；未料到抗戰時期他會顛沛流離；更不會料到一九四九年以後他會放下手中的筆。一切都未曾預料，命運同樣不可捉摸，但一九三〇年的沈從文是真實的是可信的。

從中國公學到武漢大學，沈從文在課堂上用湖南鄉音講述著中國新詩的賞析，在吳淞的狹窄的居所內埋頭創作著他的作品，在書信中一次又一次傾訴著他對一個叫張兆和的女生的感情，在上海的四馬路書店可以挑幾本自己喜歡的書籍⋯

一九三〇年已離我們遠去，往事卻未模糊！

斷鴻記

一九三三年十二月沈從文致信於施蟄存，聊談了一些文壇的狀況，規勸施蟄存不必在意文壇的紛爭，並希望南北文人之間有稿件的交流。這是沈從文寫給施蟄存為數不多的信函之一，自封為京派的沈從文對於居於上海的施蟄存有著較好的印象，在施蟄存主編的《現代》上也發表了不少作品。而沈從文此封信由於收入了孔另境所編的《現代作家書簡》（生活書店一九三六年五月版），才得以保存了下來。

沈從文在信中寫道：「蟄存兄：來信並轉巴金信，皆已如囑轉致，可釋念。關於《萌芽》被禁事，巴金兄並無如何不快處。此間熟人據弟所常晤面者言之，亦並無誤會兄與杜衡兄等事，因上海任何謠言，似乎毫無知之者，故無傳聞，亦復無誤會也。上海方面大約因為習氣所在，故無中生有之消息乃特多，一時集中於兄，不妨處之以靜，持之以和，時間稍久，即無事矣。舊物能想法堅持下去，萬勿因小故而灰心，環境惡劣則設法順應其勢以導之。即一時之間，難為另一方面友好所諒解，亦不妨且默然緘口，時間略長，以事實來作說明，則委曲求全之苦衷，固然必不至於永無人知也。弟於創作即素持此種態度，不求一時即面面周到，惟老老實實努力下去，他方面不得體之批評，無聊之造謠，則從不置辨，亦不究其來源，亦不亟圖說明，一切皆付之時間。久而久之，則一切是非俱已明白，前之為仇者，莫不皆以為友矣，前之貶其文為不值一文者，乃自知其所下按語之過速矣。弟以為從事文學者，此種風度實不可缺少，因欲此一時代所有成績較佳，固必需作者間有此堅韌性才克濟事，想吾兄亦必以為然也。《現代》得兄努力，當年來之成績，實使弟之欽佩之至，以弟之意，即書店環境不佳，無一稿費，友朋間猶應將此刊物極力維持，能作稿者作稿，負編輯責者耐忙負責，何況尚不至於如此為難。關於與魯迅爭辯事，弟以為兄可以不必再作文道及，因一再答辯，固無濟於事實得失也。兄意《文選》《莊子》宜讀，人云二書特不宜讀，是既持論相左，則任之向左可，何必使主張在無味爭辯中獲勝。」

「天津《國聞週報》希望得兄與杜衡兄創作，若能特為寫一短篇，作新年號用尤佳。兄若需款甚急，可與文章到時代為設法即日匯申，申津之間郵匯固不出三日外，亦不至於久待也。《文藝副刊》實亦亟盼代作文章。望舒若能寫一法國文學現狀之通訊文章，《國聞週報》必歡迎之至。去函時代為一提及。專頌近安。弟從文頓首　二十二年十二月十五日。」

一九三三年九月沈從文開始主編《大公報・文藝副刊》，同編者有楊振聲、朱自清、周作人、林徽音等。沈從文主持了大部分編務，副刊逢每週三、六出版。當時北平聚集了一批既不屑於國民黨獨裁統治，但又與左翼文學保持距離的民主作家，沈從文的《大公報・文藝副刊》漸漸把這些作家聚集起來，從而博得了「京派文人」的稱號。沈從文在致沈雲麓信中談及：「《大公報》弟編之副刊已出版，皆知名人士及大教授執筆，故將來希望殊大，若能堅持一年，此刊物或將大影響北方文學空氣，亦意中事也。」

而在上海，施蟄存主編之《現代》正鼎盛一時，由於現代出版社經理張靜廬堅決要把杜衡拉入《現代》雜誌，並和施蟄存一起主編。施蟄存頗為不快而又無可奈何。而更叫施蟄存頭疼的是一九三三年十月，因給上海《大晚報》推薦書目《文選》《莊子》，正和魯迅先生打著筆仗。事情的起因並不複雜，施蟄存建議青年讀點《文選》《莊子》，魯迅先生於十月一日之《申報・自由談》上，用筆名豐之餘寫了〈感舊〉一文，對施蟄存勸人看《文選》和《莊子》進行了無情的諷刺，認為和上世紀三十年代所出現的「復古思潮」一脈相承，是五四新文化運動的倒退。為此雙方都撰文進行論爭。魯迅在〈感舊〉中寫道：「排滿久已成功，五四早經過去，於是篆字，詞，《莊子》，《文選》，古式信封，方塊新詩，現在是我們又有了新的企圖，要以『古雅』立足於天地之間了。假使真能立足，那倒是給『生存競爭』添一條新例的。」施蟄存便寫了〈《莊子》與《文選》〉一文對自己的推薦作了說明，「可以參悟一點做文章的方法，同時也擴大一點詞彙，」「只是希望有志於文學的青年能夠讀一讀這兩部書」。而在文尾對魯迅之文表述了不同的看法，「至於豐之余先生以為寫篆字，填詞，用自刻印版的信封，都是不出身於學校，或國學專家們的事情，我以為這也有點武斷。這些其實只是個人的事情，如果寫篆字的人，不以篆字寫信，如果填詞的人做了官不以詞取士，如果用自刻印版信封的人不勉強別人也去刻一個專用信封，那也無須豐先生口誅筆伐地去認為「謬種」和「妖孽」了」施蟄存初時並不知豐之餘就是魯迅，並且由於後一篇爭辯的文章，則引來了更大的麻煩。起初幾番爭辯下來，倒也心平氣和偶有幾句罵人的話，也是綿裡藏針。但施蟄存從黎烈文那裡知曉豐之餘是魯迅以後，在推薦魯迅的書同時不忘挖苦一下豐之餘。引起了魯迅的極大憤慨，於是有〈撲空〉一文，於是有了「洋場惡少」的罵名，讓施蟄存兜了將近幾十年。

施蟄存和魯迅關於書目之爭，歷時將近一年左右，雙方從當初就該不該選古文作為青年的推薦書目，到後來意氣用事，並相互挖苦和譏諷，已背離了原先關於選古文是否復古的論斷，其時並無其他人參與。一九三三年的施蟄存更多的是表現出一個書生的本色，在左聯從創立到解散、革命文學從興起到漸退、從普羅文學漸漸佔據一九三〇年代文學的主流，施蟄存始終恪守著自己的文學信仰和創作主張。在一九三二年主編《現代》開始，聲名開始漸榮，以前之施蟄存如果僅僅以翻譯和創作小說為主的話，《現代》的巨大成功則是施蟄存開始在文壇具有話語權。所以即使在論爭中也敢和當時的文壇領袖魯迅叫板，論爭的孰是孰非在今看來並不重要，即在事後魯迅和施蟄存都認為有些無聊。但和魯迅的論爭卻使施蟄存頗受打擊，不僅《現代》的銷量受到影響，而且在文壇的地位越來越邊緣化。而從沈從文的信中來看，沈從文是偏向於施蟄存的，認為魯迅的觀點太左，同時認為這樣的爭辯有些無味。

施蟄存的煩惱似乎不僅這些，從沈從文信中可以看出一些端倪。從大處來說，普羅文學的盛行使一九三〇年代的文學大背景下，創作上佳作陳出不窮的同時，文壇的論爭和筆仗也不斷，再加上國民黨當局試圖用民族文藝來佔領思想文化領域，對左翼文學採取禁毀等高壓政策，一九三〇年代的文壇確實有點熱鬧。而施蟄存的創作受外國作品的影響較大，如一些現代派的小說，大都和現實無涉，顯得不那麼積極。雖未遭至文壇的詬病，可如從魯迅的言語中，不難看出對於施蟄存的不屑。

而如果從小處來說，《現代》雜誌風光無限的同時，內部也有隱患。這主要表現在杜衡加入主編者以後。起因是一九三二年《現代》一卷三期上發表了蘇汶（杜衡）的〈關於「文新」與胡秋原的文藝論辯〉，從而在文藝界引起了一場關於「第三種人」的論辯，許多當時文壇的著名人士參與了論爭，魯迅也作了〈關於「第三種人」〉加入了論戰。其論爭的焦點是在文藝上政治上，存不存在既不接受馬克思主義又不接受法西斯主義的文藝理論，即所謂的「中間派」「第三種人」。由於《現代》上發表了不少有關「第三種人」的論爭文章，而施蟄存的好友作家穆時英又當上了國民黨圖書雜誌審查委員，主要參與論辯的蘇汶（杜衡）後又加入了《現代》雜誌，所以一段時間以來，辦刊方針不左不右的《現代》被認為是「第三種人」的同人刊物。而從未發表觀點並參與論爭的施蟄存也被誤作「第三種人」。施蟄存在晚年曾回憶了《現代》由盛至衰、杜衡加入的一些情況：「我個人實際上只編了

《現代》的第一卷和第二卷，共十二期。從第三卷第一期起，杜衡加入了編輯任務。這一改變不是我所願意的。當時現代書局資方，由於某一種情況，竭力主張邀請杜衡參加編輯工作，並在版權頁上注明二人合編。杜衡是我的老朋友，我不便拒絕，使他難堪，但心裡明白杜衡的加入，會使《現代》發生一些變化。編第三卷和第四卷的時候，我竭力使《現代》保持原來的面貌，但已經有些作家，怕沾上「第三種人」的色彩，不熱心支持了。」

施蟄存所憶中杜衡加入的原因語之未詳，其實和一九三三年創刊的大型文學期刊《文學》有關。由茅盾和鄭振鐸發起和籌劃的《文學》，是繼商務《小說月報》停刊後所創辦的又一重要文學期刊，由傅東華主編。據傳原來《文學》先找的杜衡當編輯，是現代書局硬挖過來的。創刊後的《文學》所刊文學作品，具有較高的水準，其作者大部份為原來「文學研究會」的成員，且開本和文章容量和《現代》近似，形成競爭之勢已使然。自己傾注了大量心血和文學理想的《現代》，由於內憂外患而處於相當不利的境地，施蟄存能不煩惱嗎？

沈從文的信札則說明了對於施蟄存境況的關注，對於施蟄存的創作亦給予了肯定，並對於堅持自己的創作理念和風格表述了自己的看法。沈從文和施蟄存的交往始於一九二七年的下半年，隨著文藝中心的南移，大批的文化人和知識份子不約而同地彙集到了上海。沈從文就是其中的一個，和胡也頻、丁玲共同主辦紅黑出版社和《紅黑》雜誌，後又到吳淞中國公學講課。在上海和施蟄存相識後，由於彼此志趣相投則成為好友，並參加了施蟄存在松江舉辦的婚禮，共品松江名產四腮鱸魚。而真正的交往是在一九三二年施蟄存主辦《現代》雜誌以後，而此時沈從文已離開上海，在青島大學教書。施蟄存因編《現代》的關係常向沈從文約稿，在書信往來中便加深了友誼，並時常探討文學上的一些問題。沈從文一九三三年十二月十五日致施蟄存之信，就是其中之一。

沈從文在信中和施蟄存探討文壇風氣問題，其實是有感而發的，因為在一九三三年十月沈從文在《大公報・文藝副刊》上發表了〈文學者的態度〉一文，對「在上海寄生於書店、報館、官辦雜誌，在北平寄生於大學、中學、教育機構」的作家提出了批評。上海的蘇汶（杜衡）在《現代》雜誌上載文〈文人在上海〉提出了異議，認為「把所有居留上海的文人一筆抹煞」了。從而引起了一場關於京派和海派之爭。

這場有關京派和海派的論爭，是中國現代文學史上一場著名的論戰，不僅時間跨度長而且參加論爭的人也不少，大家心平氣和地面對文壇上的寄生和醜惡現象進行鞭撻，對於淨化當時代的文壇風氣是大有好處的。沈從文為什麼會發起這樣的一場論爭？因為沈從文在一九二七年以後曾在上海待過將近三年的時光，對於上海文壇的情況有不少的瞭解，且有親身經歷和感受，後雖到北方但依舊關注著南方文壇。自在《大公報》發表文章以後，沈從文雖然對京派和海派都有所批評，但在客觀上指責上海文壇的不良習氣多一點。於是居於上海的許多作家都撰文表述自己的觀點，其中有韓侍桁、曹聚仁、徐懋庸、荊有麟、魯迅、蘆焚、林希雋等。沈從文後又發表了〈論「海派」〉等文章，除進一步闡述自己的觀點以外，對於海派文人進行了說明，「茅盾、葉紹鈞、魯迅，以及若干正在從事於文學創作雜誌編纂人（除吃官飯的作家在外），他們即或在上海生長，且毫無一個機會能夠有一天日子同上海離開，他們也仍然不會被人認為海派的。」「海派作家和海派風氣，並不獨存於海派一隅，即使在北方也有。」此文一發表雖還有不同的意見（如指責沈從文揚京抑海），但沒有以往論爭的那種針鋒相對劍拔弩張的火藥味，論辯也漸漸平息了。魯迅先生發表於《申報・自由談》上的〈「京派」與「海派」〉，成為了綜論京派和海派的經典。「北京是明清的帝都，上海乃各國之租界，帝都多官，租界多商，所以文人之在京者近官，沒海者近商，近官者在使官得名，近商者使商獲利，而自己也賴於糊口，要而言之，不過京派是官的幫閒，海派是商的幫忙而已。但從官得食者其情狀隱，對外尚能傲然，從商得食者其情狀顯，到處難以掩飾，於是忘其所以者，遂據以有清濁之分。而官之鄙商，固亦中國舊習，就更使海派在京派的眼中跌落了」。

一九三三年沈從文寫給施蟄存的一封信，不長，但頗可說明一些事由。

一九三三年，是一個怎樣的年份？日本侵略者加緊對中國的侵略，侵佔了遵化、唐山等地，威脅平津，國民黨政府與日本簽訂賣國的《塘沽協定》；蔣介石依舊宣傳「安內始能攘外」，並且調集了百萬大軍對革命根據地進行第五次軍事圍剿。在文化領域國民黨繼續進行高壓政策，並頒佈查禁普羅文藝的命令。丁玲、潘漢年、洪靈菲等先後被捕，鄧中夏、潘謨華、楊杏佛等先後遇害。大型文學期刊《文學》在上海創刊，茅盾的著名小說《子夜》出版，左聯繼續出版期刊雜誌號召民眾共同抗日。一九三三年的文壇也發生了幾次論爭，有「京派與海派」之爭，有誰是「第三種人」，有該不該推薦古文書目。在一個社會相對動盪民不聊生國家正處於危亡時刻的年代，一切都顯得那麼不合時宜，一切又使之以必然。從五四新文化運動爆發到一九三〇年代已有了十幾年的光景，新文化運動也漸趨深入，共產黨和國民黨在意識形態和文化領域的爭鬥也越加尖銳，各種思潮和各種文化的碰撞，時常會迸出驚人的火花來。恪守平津的文人之保守和閒趣，和遷至滬上之文人的好鬥和衝動，形成了鮮明的對照。於是有了境遇頗為相似的兩個文人之間的一封信。

沈從文似乎在勸說施蟄存，似乎又在說服著自己。一九三三年的文壇有點熱鬧也有點無奈，由於沈從文在上海曾居住過將近三年的時光，對於上海文壇的種種現象曾有所目睹，而深受胡適自由主義思想影響，沈從文對於左翼文化頗有點看法，並時常流露出譏諷的意味。在沈從文看來唯有創作才是立足文壇之本，並且不止一次的表述這種看法，而在寫這封信不久以後，沈從文即在天津《國聞週報》開始連載小說《邊城》，並且這篇小說是一邊寫一邊刊登的，全文共分十一次發表於《國聞週報》的第十一卷一—四期，第十—十六期，到一九三四年四月二十三日全部登完。《邊城》是沈從文的代表作品，也是中國現代文學中的重要作品，《邊城》以湘西的茶峒為背景描寫了一個富有傳奇色彩的故事。沈從文似乎在實踐著自己的諾言，在創作上付出大量的心血和勞作終於收穫了成果。一個從鳳凰古城走出來的「鄉下人」，沒有很高的學歷沒有留洋的經歷，靠著自己的勤奮和刻苦，再加上胡適、徐志摩等人的提攜和幫助，沈從文開始進入主流文壇，在和胡適、徐志摩、楊振聲、朱光潛、郁達夫、朱自清、葉公超等一批教授、學者、作家等接近中，不知不覺中受到這群人的薰陶，開始漸漸沾染上紳士氣。讚揚京派而菲薄海派，反映了沈從文思想的傾向性，參與並挑起「京派海派之爭」就是一例。在寫給施蟄存的信中，沈從文不斷地表示一種超然的態度，似置之度外的清醒還是身陷其中的糊塗，沈從文並非一個看客，語重心長的勸說之中，更有著沈從文自己心態的流露，他和施蟄存是文學創作上的好友，雖彼此性情上頗多相似之處，思想上也有類通，但實際交往並不太多。對於施蟄存以及《現代》的困境，沈從文頗能理解，和《大公報・文藝副刊》漸漸興隆相比，施蟄存和《現代》卻步入低谷。

從本質上說施蟄存亦是一個真正的文人。《現代》的成功有多種原因，一是當時沒有大型文學期刊，二是在傾向上保持中立，並發表各個派別的作品，三是融進了大量的商業因素，如辦特大號、加強與讀者溝通等。施蟄存有著豐富的辦刊經驗，在這之前即主辦過《無軌列車》、《新文藝》等期刊，雖然出版週期不長卻在讀者中產生較大的影響。施蟄存也創作和翻譯小說，並且出版和發行了幾部小說集和翻譯作品集，施蟄存的小說創作受外國作品的影響較大，是中國較早進行現代派小說創作的，如《梅雨之夕》、《將軍底頭》、《石秀》等，在當時的文壇引起較大的反響。可惜到一九四〇年代以後施蟄存不再進行小說創作，而從事古典文學研究和碑帖研究。

一九三三年一封文人間的信札，可以引申出那個年代的很多事由，從文人編刊到文人之爭，從普羅文學到民族文藝，從京派的保守到海派的激進，從左翼文化到幽默文學，那些紛繁的事由成為了各種流派和社團間爭鋒的焦點。沈從文和施蟄存，二個經歷迴異的知識份子，各自在文壇上扮演了幾乎類似的角色，他們有著相同的文學理想和目標，有著對於左翼文化的共同看法。從他們的身上可以看到一九三〇年代的文壇及思想狀況，到後來他們都消失在主流文壇以外，和他們在一九三〇年代的作為大有關係，特別是施蟄存背著「洋場惡少」的罵名幾乎大半輩子，同樣沈從文的不革命使他在後半輩子再也沒有拿起筆進行文學創作，是悲是喜是禍是福，一切未曾預料。而後半輩子極其相似的創作經歷，使我們對這封寫於一九三三年的信倍感沉重，那種穿越歷史滄桑的結果，和無法彌補的創作之撼，至今使人難忘。如今斯人已去，但我們回望一九三〇年代之時，依然無法忘記沈從文和施蟄存，無法忘記《邊城》和《現代》雜誌，和那些發生在文壇的論爭。

或許，歷史永遠不會磨滅這一切！

一九四七年前後的沈從文

在中國現代文學作家中，沈從文是一個高產作家，他所描寫的湘西題材的小說，是他風格形成的關鍵，特別是小說《邊城》，使其擠身於一流作家之列，也奠定了其在現代文壇的地位。前幾年出版的《沈從文全集》，揚揚灑灑三十二卷本精裝本，據稱為沈從文作品收得最全的一套書，一到十七冊小說、八到二十七冊散文和書信、二十八至三十二為文博研究論著。但仔細讀會發現沈從文無詩集和譯作。

沈從文是一個土生土長的作家，沒有好好的上過學，更沒有出過洋留過學，他的成功，很大一部份是個人的努力和自學成才，在拼命的寫作中，甚至到了生病也不放棄；當然這其中朋友的幫助也起到了重要的作用，包括郁達夫、徐志摩、胡適等。在沈從文的成長過程中曾給予過極大的幫助。

作為一個作家，沈從文自上世紀二十年代踏上文壇，以其高產的創作和具有濃郁湘西風情的特點，逐漸在主流文壇佔有一席之地。自參與京派和海派之爭以後，沈從文除創作以外，亦在文學評論和理論研究方面，發表了不少的文章，凸現了他對於文學對於社會的思考。但其文較少涉及政治時事，這也是沈從文作為一個作家的特點。從另一個方面來說，沈從文對以左翼為代表的激進文學，一直採取較為抵觸的態度。這其中和受到胡適，及新月派的影響不無關係。這也因此成為了沈從文在建國前後被詬病的原因。

到上世紀四十年代後期，沈從文改變了一貫的文風，在《益世報・文藝週刊》等報刊上，發表了不少有關政治時事的文章。其中以「廢郵底存」、「新廢郵底存」等刊文最多。

如在一九四七年出版的《龍門雜誌》上，就刊有沈從文的《新廢郵底存》二六二，題為「覆一湖南記者問題」，這是難得所見沈從文作為一個作家對湖南問題發表看法，文不長，茲錄如下：「……湖南問題多，許多事恐均得家鄉人自己重新著手，由檢討，認識，進而試作種種認識，三年五年無結果，十年八年當可望有個轉機。若凡事待中央，待政府，由上而下，恐只有賦役兩政上頭特別有興趣，其它事進行必相當迂緩困難，不易見功！更何況有許多問題政府亦無可為力，終得自己想辦法。同鄉中大將軍已極多，而一個湖南大學，至今猶不能和武大，浙大，比肩。學術專家們獨自為戰，雖尚拏得出手，惟散沙一盤，不相粘附。至於政治集團表現，除西北一夥蹩扭不談，在這方面卻不免居於一種完全劣勢的情況中，多只能點綴於熱鬧場合幕僚間，成一單位更站不起。此實一悲劇問題。為補救計，新湘學真需要有人提倡，如何配合各方面長處，吸收餘力，使地方有計劃多培養幾個優秀、樸實的讀書人，一方面有人為國干城，肯打死仗，一方面也還有人尚知把家鄉田園、土地、學校、工廠弄得有條有理，使萬千孤兒能受教育，戰士家屬還活得下去，凡為火所毀為血所浸的城池，民族教育意義長存，如彼或如此，有多少事待做，似均值得少壯有心人來重新作計劃。尊作實具『新認識』，深盼能繼續有更多的作品問世，長處弱點，問題所在，搜羅無遺，並鼓勵同行從事此種報導，將來當成為『新湖南』。」作為一個湖南人沈從文對於自己家鄉的關注，是如此的真切，那慷慨激昂的文字，在沈從文以往的文章中是不多見的。

其實在這之前的一九四六年，沈從文曾在七月三十日的《大公報》上發表「湘人對於新文學運動的貢獻」，文中對五四以來湘人在新文學各方面的貢獻進行了鳥瞰似評價，除了肯定田漢、丁玲、張天翼、劉夢葦、劉大杰、李青崖、舒新城、袁昌英、成仿吾等一大批湖南籍的作家、評論家、出版家所取得的成績以外，對於湖南教育界培養出毛澤東、滕代遠等革命志士也給予了肯定。看似沈從文是對湖南的情況發表意見，而實際上未必不是對那時社會的擔憂。

自上世紀二十年代在《晨報副刊》上發表作品始，沈從文通過自己的努力，和對文學的獨到領悟，一步步成為當時的一流作家，並開始在主流文壇發聲音。特別在主持《大公報．文藝副刊》和創作小說《邊城》之後，儼然成為了京派文學的代表人物，其地位和名聲也日隆。隨著文壇地位及創作水準的提高，當年那個從鳳凰城走出的鄉下青年，已邁入了文學的最高殿堂。沈從文的變化是潛移默化的。但一直以來，沈從文基本不關注政治和時事，且對於此有一種隔離的態度。在上世紀四十年代後期，卻有了一些變化，這種變化更多體現在了沈從文的創作上。

一九四六年五月的抗戰勝利後，西南聯大在一九四五——一九四六年度結束後，開始考慮復員計劃，並平津遷移。沈從文是七月攜家屬從昆明飛抵上海，到滬以後，葉聖陶、巴金、鄭振鐸等好友與之見面，眾友人勸他留在上海，不要到北平去。在和葉聖陶的交談中，沈從文表達了對內戰爆發的擔憂。恰此時聞一多又在昆明被國民黨特務暗殺，更激起了沈從文內心憤慨，他認為雲南負責治安的湖南人應難咎其責。此時沈從文的寫作，更多的開始關注社會問題。

一九四七年，沈從文飛往北平，在北京大學任教，住在沙灘中老胡同三十二號的北大宿舍中，同時沈從文還擔任《益世報・文藝週刊》、《大公報・星期文藝》、《平明日報・星期文藝》等處編輯工作，此時創作的大部份作品均刊於《益世報・文藝週刊》上。從抗戰勝利後的昆明西南聯大返回北京，沈從文曾在《新燭虛》中描述他返回北京的印象和心情，對於當時的社會現狀，有著自己的看法，「讀書人縱無能力制止這一代戰爭的繼續，至少還可以鼓勵更年輕一輩，對國家有一種新的看法，到他們處置這一國家一切時，決不會還需要用戰爭來調節衝突和矛盾。」

時年四十五歲的沈從文為何有一些消極和無奈呢？至少在常人眼中，四十五歲的他正處旺盛之期，但沈從文賴於為名的小說創作，卻進入了一個衰退期。一方面由於文學創作的進步和為人民所寫作漸成當年文壇的主流。而沈從文的創作顯然是有背於主流的，所以受到的質疑聲也越來越多，為此沈從文特作〈政治與文學〉予以說明。但其在小說創作中的衰退，則是不爭的事實。一九四六年在朱光潛主編的《文學雜誌》上發表的小說〈巧秀與冬生〉（第二卷第一期）、〈傳奇不奇〉（第二卷第六期），成為了沈從文創作生涯發表的最後兩篇小說。

另一方面，沈從文在時評和論文方面寫作頗多，經歷抗戰和西南聯大的艱辛，以寫文教書為職的沈從文也有了對社會歷史新的看法。在波折之後的積澱和爆發，成為了這一時期沈從文創作的主流。在一九四七年八月底，沈從文在接受彭子岡夫婦採訪時，坦率地承認，自己的一生早年經歷了太多的打殺，由此而最怕打和戰爭，只想做一個本份的讀書人。同時沈從文也承認未能如聞一多等那樣熱心關注政治，是他本身的一個弱點，其中既有承受生活能力的問題，也有反抗性不強的原因。重申了創作在他生命中的重要地位。這篇表達和反映沈從文在上世紀四十年代後期的思想的重要文章，刊登在一九四六年九月三日的《大公報》上。

在這次採訪還注意到一個細節，對於抗戰初期，共產黨中央歡迎一些作家去延安，其中就包括沈從文的好友丁玲。當問到沈從文為什麼沒有去時，他表示不習慣受管束，也不想管束別人，一個作家還是要以作品來說話。「丁玲他們為什麼去了，反而倒沒有什麼作品了呢？」其中暴露出了沈從文對於政治干涉和領導文學，內心還是有一種抵觸情緒的，和當年看不慣左翼激進文學，討厭海派是一脈相承的。

之後在上海出版的《文潮月刊》第一卷第五期上，發表了沈從文的〈一種新的文學觀〉，則進一步反映了他的文學思想。沈從文在文章中寫道：「國家進步的理想，為民主原則的實現。民族政治的象徵，屬於權利方面雖各有解釋，近於義務方面，則為各業的分工與專家抬頭。在這種情形之中，一個純思想家，一個文學家，或一個政治家，實各有其偉大莊嚴處……然而我們在承認『一切屬於政治』這個名詞的嚴肅意味時，一定明白任何國家組織中，卻應當是除了幾個發號施令的負責人以外，還有一組顧問，一群專家，這些人的活動，照例還是根據某種抽象原則而來的……一個文學作家若能將工作奠基於對這種原則的理解以及綜合，實際人性人生知識的運用，能用文學作品作為說明，即可供給這些指導者一種最好參考，且可作後來指導者的指導。」

沈從文的這番理論，似乎和接受《大公報》採訪時的談話有所不一致，反映了在經過抗戰之後的文學觀念的波動，以及沈從文創作和思想的掙扎性。顯然他在文中是有所指的，對於當時文壇的一些狀況，沈從文是看在眼裡的，也有著自己的思索，對附加於政治的文學，沈從文婉轉地提出了批評，並闡述了真正的文學觀應是人性和人生的反映，而不是供給指導者看的。

沈從文的這種變化，還是招致了不少人的批評，這種文壇的激烈爭鬥，給沈從文今後的命運，留下了一個大大的問號。

沈從文一九四七年前後的大量時評及文學評論的文章大多以「新廢郵存底」的名義發表，其中涉及社會現實的不少，對於處在內戰之時的中國，充滿了一種憂患之情。並且通過文學談論，通過對五四文化的解讀，進一步述沈從文的一些觀點。但有些觀點招致了批評。如一九四七年十月二十一日的上海《益世報》上，有沈從文的「一種新希望」一文，文中談到了三種新的發展「一是政治上協力廠商面的嘗試，二是學術獨立的重呼，三是文化思想運動更新的綜合。」此文發表後，受到了邵荃麟等人的強烈批評。認為是鼓吹中間路線，是「配合四大家族和平陰謀的一部份」、「是直接作為反動統治的代言人」、「是介於二丑與小丑之間的三丑角色」等。這已不是簡單的批評了，而是作為一個對立面來打擊了。

一九四八年初沈從文發表的〈芷江縣的熊公館〉一文，是為了紀念熊希齡去世十周年，文中盛讚熊的悲憫與博大，熊家的豪華富貴等，則遭到了馮乃超等人的嚴厲批判，「文章掩蓋地主剝削農民的生活現實，粉飾地主階級惡貫滿盈的血腥統治……地主階級的弄臣沈從文，為了慰娛他沒落的主子，也為了以緬懷過去來欺慰自己，才寫出這樣的作品來，然而這正是今天中國典型地主階級的文藝，也是最反動的文藝。」

而更為猛烈的炮火隨後而至，一九四八年三月一日，香港生活書店出版了《大眾文藝叢刊》第一輯，上有郭沫若之文「斥反動文藝」，文章犀利而尖刻地給朱光潛、沈從文、蕭乾等人畫像，他們分別被罵成紅、黃、藍、白、黑的作家。斥責沈從文是專寫頹廢色情的「桃紅色作家」，是個「看雲摘星的風流小生」，「特別是沈從文，他一直是有意識地作為反動派而活動著」，「存心不良，意在蠱惑讀者，軟化人們的鬥爭情緒」。郭沫若等的批判無疑是給沈從文當頭棒喝。這種批判的基調和方向，決定了沈從文今後的命運。

郭沫若的這種批判的方法，在之後的很長一段時間內，成為知識份子頭上的魔咒，揮之不去。如果論個人的交往，沈從文和郭沫若之間並不多，只是在沈從文的《沫沫集》之中，有一篇〈論郭沫若〉的文章，對這位創造社的前輩頗有些不敬之詞，特別是對他不加節制和小說的否定，雖屬文學批評範疇，但言辭間還是比較刻薄的。但這是十幾年前的事兒了，郭沫若的此次對反動文藝的「大批判」，決不僅僅是針對某個個人，而是批判以個人為代表的一種創作傾向。

自上世紀四十年代後半葉起，隨著國民黨在各大戰場上的節節敗退，中國共產黨奪取政權是早晚的事。而體現在文藝戰線上，代表左翼和激進的文學開始漸漸地佔據主流地位，特別是從延安出來的作家，之後都在文壇佔有統治地位。而文學的發展方向，自延安文藝座談會以後，漸漸把為人民創作作為一種方向和任務。至於其他的一些文學創作，則是要摒棄在主流以外的，甚至是要受到批判的。

一九四八年之後的沈從文，知道了從天堂墜落到地獄的滋味是什麼……

我們已很難去揣測沈從文自西南聯大始這種創作上的變化，和對於現實生活的關注時的心態。從骨子裡沈從文有著鄉下人的倔強，從闖蕩北京城，到在胡適、郁達夫、徐志摩等人的扶持下，漸漸從小說創作上嶄露頭角，到和丁玲、胡也頻辦「紅黑」雜誌，到被胡適聘到中國公學任教，後又輾轉武漢大學、青島大學，至《大公報》主持「文藝」副刊，沈從文真正的脫胎換骨，走上了主流文壇。這種頗有些傳奇的經歷，一方面是沈從文自己努力的結果，為了寫作，他可以幾天閉門不出，即使生病也在堅持；另一方面，是諸多新文學大家的幫助起到了重要的作用，如出版新書，上大學講課，主編副刊，都有不少好友在默默地幫助他。而更為主要的是那時相對自由的文壇空氣，給了沈從文發揮的空間。

但無論在創作上還是在思想上，沈從文受胡適的自由主義影響較深。如從創作上來看，除了沈從文一系列湘西生活和鄉土風情的作品之外，反映現實生活的創作很少，甚至是幾乎沒有涉及。而對上世紀三十年代的左翼激進文學，沈從文是持否定和批判態度的，這種立場觀點鮮明地表現了他的文學思想的取向。在上世紀三十年代中期發生的有關「京派與海派」之爭，可鮮明地表現出沈從文的態度，即過多浸潤於商業氛圍的海派，是一種頹唐的文化。以京派自居的沈從文更嚮往自由自在的創作，和追求純粹的文學，他也用自己的創作來踐行這一主張。而在文學創作之外，沈從文自覺或不自覺地參與到對於社會時事和社會文化的關注上來。其中有一個重要的原因，在於自踏入主流文壇始，沈從文身上也開始沾染了些許紳士之氣，自由主義對他的影響又使得他從文學批評開始，逐漸的對社會政治發表看法。過多的文人氣質影響了他的判斷，創作上的困惑使他不得不去思索一些所謂的問題，而這些問題又恐是一時所解決不了的。

這些收入「廢郵底存」和「新廢郵底存」的文字，形象地再現了一個現代作家的心路歷程，一半是火焰，一半是海水，沈從文在一九四七年前後文風的變化，以及之後的受批判，退出文壇，反映了他們那一輩作家和知識份子在時代大潮中的局限性，及對於文學發展趨勢的不把握性，折射出民主知識份子在黑暗與光明交替時期的某種迷惘。

求學內外的施蟄存

一九二二年的秋天，時年十八歲施蟄存考入了之江大學。

施蟄存為何要入學之江大學，在其晚年的詩注中寫道：「中學畢業，欲入北京大學，二親未許。遂報考東南大學，乃名落孫山。同去四人，惟浦江清一人獲雋。不得已，考入之江大學。」施蟄存一九〇五年十二月出生於浙江杭州，曾居蘇州、松江等地，其父施亦政曾創辦松江履和襪廠。家境殷實的施蟄存自小受到較為良好的教育，曾就讀於松江的多所學校，打下了較為扎實的知識基礎。在當時的社會環境之下，社會的變革和動盪以及五四新文化運動的影響，使施蟄存有了強烈的求學願望，而入大學學習是首要選擇。包括報考北京大學、東南大學等，最後不得已才入之江大學。

私立之江大學位於杭州之江路五十一號（今浙江大學之江學院），是一所美國人所辦的教會學校。其前身是由美國基督教北長老會所辦的崇信義塾，原設於浙江寧波，後遷至杭州更名為育英義塾、育英書院、之江學堂等，一直到民國三年（一九一四年）才最終更名為之江大學。所設課目有英文、化學等，其中英文教學全部用原版教科書，施蟄存曾在詩中云「西學未聞中學廢，能通胡語即天驕。」施蟄存在之江大學學習的是英文，其實在中學時期就學過「納氏文法」，因而有較好的英語文法基礎。施蟄存在回憶文章中寫道：「我在之江大學時尚未有中文系，我讀的是外文，我與林漢達同校，他高一、二級。……師資無學者，諸生所肄習者，唯英語耳。」「跟外國教師學英文，他們就不大講究文法，有些從教會中學升上來的同學，他們的口語比我好得多，可惜他們不會分析複合句子。」聰穎的施蟄存有點沾沾自喜於他在英文文法上的熟識，但他的本意並非為了當一個語言學家或翻譯家，熟識英文僅是他的橋樑，在文學上有所成就才是他的根本。

施蟄存盡管在之江大學讀的是英語，但他並不喜歡，他還是希望學習和鑽研中國文學。在學習之餘，施蟄存閱讀了大量的英國文學，包括英國文學史、英國散文和詩歌等，並且還在之江大學圖書館抄錄了一部《英國詩選》，但施蟄存並不欣賞英國文學。施蟄存在回憶文章中寫道：「但我學英文，卻沒有十分欣賞英國文學。我是把英文作為橋樑，用英譯本來欣賞東歐文學的。」大量的延伸閱讀，使施蟄存接觸到大量的優秀外國文學作品，加上那時正值西學東進之潮漸熱，熟悉英文使施蟄存如魚得水，能夠閱讀大量的英語原版書和東歐文學的英譯本，為他今後的翻譯和創作，打下了扎實的基礎。

施蟄存在之江大學期間加入了文學社團「蘭社」。

在之江大學學習期間，因為共同的文學愛好和趣味，施蟄存結識了當時杭州宗文中學畢業的戴望舒（朝宷）、杜衡（戴克崇）、張天翼（元定）、葉秋原（為耽）等。由於當時杭州宗文中學興尚傳統文化拒絕新文學，戴望舒等人在學到扎實國學基礎的同時，卻嚮往著以文學來證明自己。於是在一九二二年九月，戴望舒等人在杭州正式成立了「蘭社」，據相關的資料，「蘭社」的創始人有戴望舒、杜衡、張天翼、葉秋原、李伊涼、孫弋紅、馬天騤等數十人，施蟄存並未加入「蘭社」的初創，之後才加入其中的，並漸漸顯示他在創作和翻譯兩端的成就。結社之舉，在當時的文壇奉為至聖，而這樣一個以文學愛好者為主成立的社團，有著較為濃郁的舊派文學的特點，他們熱衷於創作偵探小說，而其成員的創作也處於萌始時期，在積極向上海各大報刊投稿的同時，編輯出版了社刊《蘭友》。

《蘭友》為橫八開長呆條報紙型，月出三期，刊頭有「蘭社定期刊物之一・小說旬刊」字樣，每期四至八頁不等，由戴望舒擔任主編，以刊登舊體詩詞和小說為主，共出十七期後終刊。《蘭友》除了刊登蘭友社社員的作品以外，也刊登趙苕狂、程小青、張無諍等當時鴛蝴派文人的作品，可見《蘭友》之辨刊主旨。其中施蟄存用「施青萍」的筆名，從《蘭友》第十期開始發表長篇連載小說《紅禪記》。《蘭友》於第十二期出版「國恥專號」，刊登〈國破後〉、〈亡國奴之死〉等作品。施蟄存晚年在給上海圖書館特藏《蘭友》題詞上寫道：「一九二三年，我在杭州之江大學肄業，與友人戴望舒、張天翼等辦此小刊物，其時尚屬於鴛鴦蝴蝶派文人，故頗有舊文學氣息。越兩年，始轉而新文學，不復作此等文字。……」

晚年的施蟄存是羞於提及「蘭社」和《蘭友》的，那只是他青春時期的稚幼和探求的一部份。一群生長在那個時代的年輕人，因為共同的文學愛好和趣味走到了一起，他們試圖以自己的文學創作和熱情，來被社會和文壇承認，同時實現自我的文學夢想。事實卻未及如此，相比於同時代成立於蘇州的「南社」在舊文學和當時文壇巨大的影響力，「蘭社」的名氣小得多，他們更像是一群文學愛好者的自娛自樂，在文學創作初期的衝動和不加選擇。那種有些迷惘的創作更多的是模仿。但正是這種看似不起眼的自娛自樂，是施蟄存們艱難的起步，以及通過各自的文學創作和文學活動，來融入整個社會生活大環境的一種姿態和努力。他們的創作和結社似有點茫然和突兀，但對於文學的一股熱情似燃燒的火，照亮了上世紀二十年代有些黑暗的天空。

施蟄存的文學創作正是從就讀於之江大學開始的，初時所用筆名「施青萍」。

施蟄存在文章中是這樣回憶他剛從事創作生涯的情形的：「一九二二年，我十八歲，在讀了許多報刊文學以後，心血來潮，見獵心喜，也學寫了一篇又一篇的小說、隨筆，冒失地向上海一些『鴛鴦蝴蝶派』文學刊物投稿。最初是屢投屢退，我就以屢退屢投的戰術來對付，終於攻進了編緝先生的大門，我的文章陸續在報刊上出現了。」（《十年創作集》序言）

在一九二二年這樣一個特殊的年代，五四新文化運動已經爆發，其影響力已波及到了當時不少的有志文學青年，然而當時的文壇依舊是以鴛鴦蝴蝶派為代表的舊文學占主導地位，特別是江浙滬一帶，舊派文學幾乎把持了當時大部份的報刊陣地。和當時的許多文學青年一樣，受過舊文學薰陶的施蟄存在求學期間除大量閱讀外國優秀作品以外，也讀了不少的鴛鴦蝴蝶派作品，以及林紓用文言所譯的小說。由於自覺的文學意識還未形成，那種渴望以文學創作表達自我的願望，超越了對於文學立場的選擇。施蟄存的早期創作有不少的摹仿痕跡，同時也受到了鴛鴦蝴蝶派作品的影響。自從在《禮拜六》第一百五十五期發表第一篇小說〈恢復名譽之夢〉（署名青萍）開始，施蟄存用「施青萍」的筆名，在《禮拜六》、《星期》、《半月》等刊物上發表了不少的作品，有小說《老畫師》（《禮拜六》），《母愛》、《寂寞的街》（《星期》），《債》、《賣藝童子》（《半月》）等。

「我的文藝習作，開始得很早。在中學讀書時，看了許多林琴南譯的外國小說，和上海出版的各種鴛鴦蝴蝶派文藝刊物。看到一篇自己覺得好的小說，或隨筆散文，就想摹仿，也寫了一些。當時新文學運動雖已掀起，但還沒有影響到內地小縣城，我寫的小說雜文，只有向鴛鴦蝴蝶派刊物投稿。於是我把文章一篇一篇地往上海寄，好不容易陸續在《禮拜六》、《星期》、《半月》等當時很流行的刊物上發表出來，雖然沒有得到過分文稿費，但心裡著實高興，似乎已蒙大編輯、老前輩肯定了我的文學事業。不過惲鐵樵編的《小說月報》始終沒有採用我一篇投稿，我覺得還是不足，因為我把它看作是個高標準的文學刊物。」

「我的小說，雖然在鴛鴦蝴蝶派刊物上發表，但他們的題材內容和創作方法，還是受到了西方短篇小說的影響，以描寫世態人情，反映社會現實為目的，並不流入庸俗的戀愛故事或黑暗小說。當時這些鴛鴦蝴蝶派刊物，也正在想迎合新文學運動，提高自己的地位，因而也願意發表我的小說，作為他們逐步改革的契機。」（《世紀老人的話——施蟄存》）

其實從松江中學畢業到在之江大學求學，施蟄存邁開了他文學創作的第一步。於此施蟄存對於少作頗有悔意，一方面是創作始處於摹仿和幼稚期；另一方面由於鴛鴦蝴蝶派在文學史上處於一個受批判的地位。所以一直以來施蟄存把一九二八年作為自己文學生涯的起步，其中有著一定的緣由的。

到一九二三年五月因參加了非宗教大同盟的活動，「校方所不喜，自動輟學而肄業」施蟄存為此離開了之江大學。

一九二三年夏天，施蟄存進入上海大學中文系求學，同往的還有戴望舒和杜衡。

上海大學創辦於一九二二年的秋季，是當時中國最富革命精神的學府，也是國共兩黨第二次合作的產物，國民黨元老于右仁和邵力子掛名上海大學校董之職，其實際校務工作由總務長鄧中夏和教務長瞿秋白總管，其中所聘教師中大多為共產黨員，是早期革命的領袖和骨幹，如陳望道、瞿秋白、張太雷、惲代英、任弼時、蕭楚女、沈雁冰、蔣光慈等。並且通過孔另境認識了茅盾（沈雁冰），其中和施蟄存同班的還有在上世紀三十年代的著名女作家丁玲，交往不長，關係也一般。自施蟄存到上海大學學習以後，似如魚得水，聽田漢講《悲慘世界》、《嘉爾曼》；沈雁冰講希臘戲劇和神話；方光燾講廚村白樹和小泉八雲；劉大白講古詩和白話詩；邵力子講中國哲學史，給當時作為學生的施蟄存留下了深刻的印象。對於其接受新文化思想及革命思潮的薰陶，起到了重要的作用。並寫雜文〈上海大學的精神〉發表於《民國日報》。

「上海大學是一所新創辦的貌不驚人的『弄堂大學』，上海人稱為『野雞大學』，但它的精神卻是全國最新的大學。在中國新文學史和中國革命史上，它都起過重要作用。」「我在這所大學的非常簡陋的教室裡，聽過當時新湧現的文學家和社會科學家的講課。時間僅僅一年，這一群老師的言論、思想、風采，給我以至今也忘不掉的印象。」（《世紀老人的話——施蟄存》）

施蟄存在上海大學求學期間，發表於《舊事新報・文學》第一百期上的〈蘋華室詩見〉，第一次署名施蟄存。施蟄存的創作由於受到新文學的影響，漸漸摒棄舊文學的創作方式，而從事一種新的創作方式。「受新文學的影響，我不再向鴛鴦蝴蝶派刊物投稿，而新文學刊物如沈雁冰編的《小說月報》和創造社的《創造季刊》，在我看來，都是望塵莫及的高級文學刊物，我有自卑感，不敢去投稿。於是我一氣寫了十多個短篇小說，編為一集，題名《江干集》。我請胡亞光畫了封面，請王西神、姚鵷雛、高君定題寫了詩詞，交松江印刷廠排印了一百本。這是我自費出版的第一個短篇小說集。這一集中的作品，文學風格，都在鴛鴦蝴蝶派和新文學之間，是一批不上不下的習作，所以我不認為它是我的第一本正式的文學創作集。」（《北山散文集》）

施蟄存在上海大學期間，從杭州到上海投入文學創作和文學活動，他的內心依然有一種強烈的衝動和渴望，瞿秋白、沈雁冰、田漢、陳望道等的授課，使施蟄存在知識的結構和創作的方向上有了極大的長進。或許是和戴望舒、杜衡等的摯友交往，局限了他對於文學意識和自主性的追求；也或許是受到西方文化的影響，使他浸潤於外國文化的氛圍中，施蟄存始終未能成為一個有著左翼的激進的作家。同時他對於文學創作依舊寄予很大的期望，只是耿耿於懷於始終未能得到《小說月報》、《創造季刊》等當時文壇主流刊物的青睞，創作和學習兩端都未能成為當時的一流，這種渴望被承認的創作激情始終折磨著施蟄存，令他在一次次的轉學過程中，尋求著一種突破。

一九二四年秋天施蟄存又轉入上海大同大學求學，這是他在短短兩年內輾轉的第三所大學了！

上海大同大學始建於一九一二年，前身是北京清華學堂（清華大學前身）教師胡敦復、平海瀾等在上海建立的立達學院。一九一二年三月十九日，立達學社同仁捐款在上海南市肇周路南陽里租屋，創辦大同學院作為同仁講學勵志之所，以「研究學術，明體達用」為宗旨。院長胡敦復，招收學生九十一人，立達學社同仁一年之內，將薪金全部捐納作為辦學之用。一九一四年一月，大同學院遷入南車站路四〇一號自建校舍上課，有學生一百二十六人。一九二二年九月，大同學院經教育部立案改稱為大同大學。一九三五年，《三十年之上海教育》對大同大學的評價：「該校辦理，處處經濟，絕不浪費。教員刻苦耐勞，精神貫注，學生樸素好學，教師輔導學生自動研究，尤為可貴」。

施蟄存繼續著他的求學生涯，如同吮吸蜂蜜的蜜蜂，施蟄存孜孜不倦地渴求著知識。而在大同大學求學期間，施蟄存和戴望舒、杜衡加入了共青團和國民黨，對此施蟄存是這樣回憶的：「一九二五年秋冬之際，我們三人都加入了共青團和國民黨。這件事是望舒開始聯繫的，我不很知道經過情況。我們三人都加入了共青團和國民黨後，不久領到一張國民黨員的黨證，並參加過幾次黨內的活動。解放以後屢次審查我的政歷，歷經折磨。……」（《北山散文集》）其中具體的工作是散發傳單之類。這是施蟄存一生中唯一的一次和政治走得很近，無論他在前半生的辦刊寫作，還是後半生的教書育人，都絕少與政治有染。這也是上世紀三十年代現代書局找他主編《現代》雜誌的原因（現代書局希望辦一份政治立場不鮮明的純文學刊物）。如果論及他的信仰及政治態度，施蟄存始終處於中間位置，既不激進也不頹喪，他更象一個傳統的知識份子，默默地耕耘著自己的文學園地。

處於創作困惑期的施蟄存同樣有著自己的煩惱：「因為我自己明白了新文學與鴛鴦蝴蝶派這中間是有著一重鴻溝的，於是我停止了這方面的投稿生活。同時因為新文學雜誌中沒有安插我的文章的地位，於是我什麼都不寫了。……那時候，我也想發展一點文學活動，看了別人的文學結社東一個西一個地萌動起來，不免有點躍躍欲試。可是終於因為朋友少，沒有錢自己印自己的作品，更沒有日報副刊或大雜誌收容我們，不成大事。」（《十年創作集》）

在大同大學時期的施蟄存是迷惘的，不僅僅是求學過程中的不知所措，也有創作不被承認的苦悶，更有對未來不確定性的迷惑。對於求學生活的游離不定更是這種困惑心態的體現，連施蟄存自己也不得不承認，「中學畢業以後，從之江大學而上海大學，而大同大學，而震旦大學，這五六年間，我的思想和生活是最混亂的時候。」（《十年創作集》）同時變幻莫測的社會現實讓施蟄存等找不到發展的方向，這種困惑和迷惘是當時不少文學青年所共有的，反映了那個時代文學青年們的某些特徵。

一九二六年秋，施蟄存進入了震旦大學法文特別班學習，震旦大學也是施蟄存輾轉四所大學的最後一座大學。

時年施蟄存已經二十二歲，從杭州到上海來求學已經好幾年了！業輾轉了幾所大學，從學英文到學習中文，又在震旦學習法文，為施蟄存將來的創作和立足於文壇，打下了扎實的基礎。戴望舒早一年進入震旦大學法文。他們入學的目的，是施蟄存、戴望舒、杜衡相約一年後去法國留學。此目的最後並未實現，但在創作和結社兩端，施蟄存、戴望舒、杜衡等三人卻為此而大展身手。與其說是共同的文學愛好使他們走到了一起，不如說是相似的經歷及相似的趣味使他們走到了一起。

上海震旦大學成立於一九〇三年，是中國最早的天主教教會大學。震旦大學創辦起源於十九世紀末，當時奉諭辦理譯書局事務的梁啟超，於一八九八年七月奏請在北京創建翻譯學堂，擬請馬相伯出任院長。馬相伯提出將學堂設在上海，並讓徐家匯法國耶穌會傳教團參與校務，戊戌政變使這項辦學計劃夭折。此後在包括蔡元培在內的一些南洋公學教師建議下，馬相伯開設了一所講授拉丁語、法語和數學的學校，將學校定名為震旦大學，意謂「中華曙光」。震旦大學後來分設了文學院、法學院、醫學院和理學院四個獨立的學院。由於掌握法語知識的中國學生人數甚少，震旦大學在一九三〇年代起，要求學生參加為期一年法語強化學習，此舉為震旦的學生進一步深造打牢了基礎。震旦大學亦成為教會大學中比較有名的學校。

在震旦大學求學期間，當時的任課老師樊國棟神父，有著非常嚴格的教學方法，不僅教給他們豐富的法語知識，而且讓古典文學基礎較好的施蟄存和杜衡，試著用法文來翻譯《阿房宮賦》和古代詩詞，來作為每周的作業，使施蟄存等受益非淺。在學習期間，施蟄存又認識了劉燦波（劉吶鷗），遂成為好友。在學習之餘大家一起談文學，一起參加革命工作發傳單，一起討論文學創作的形式和方法。施蟄存在晚年曾寫有〈震旦二年〉，對於他在震旦大學的學習過程進行了回顧，其實施蟄存在震旦從一九二六年秋入學到一九二七年四月離開，一年的時間都不到。細讀〈震旦二年〉才知文章描寫以戴望舒在震旦為主，又寫到了杜衡、劉吶鷗等，側重描寫了他們一群愛好文學的青年渴望在文壇佔有一席之地，以及在複雜社會政治環境下的學習生活；另一層意思為施蟄存儘管之前在大同大學學習，但和戴望舒等好友的密切交往，使得不少時間在震旦大學，為此文章中也有所反映。

在震旦大學期間，施蟄存和戴望舒等主辦了一份同人小刊物《瓔珞》。

施蟄存在回憶中寫道：「在震旦大學期間，我們一時高興，辦了一個小刊物《瓔珞》。這是一個三十二開十六頁的旬刊，每期只用四分之一張報紙。我們三人的詩、散文、譯文，都發表在這裡。但是這個刊物重點文章卻是戴望舒的〈讀仙河集〉和杜衡的〈參情夢及其他〉。東南大學有一位歷史教授，剛從法國回來的李思純，他在《學衡》上發表了一些法國詩的譯文：《仙河集》。這些譯文實在不高明，望舒寫了這篇書評，指摘了許多錯誤。傅東華是商務印書館的編輯，譯了一篇歐奈思特・陶孫的詩劇《參情夢》，由開明書店印行。這個譯文也很有錯誤，杜衡為他逐句糾謬。我們這個刊物雖小，也沒有多少人見到，但對李思純和傅東華卻很有衝擊。聽說傅東華看了杜衡的批評文章，非常惱火。李思純從此不發表譯詩。《瓔珞》一共印出了四期，這是我們辦的第一個新文學同人小刊物。」（〈震旦二年〉）

從僅出四期的同人小刊物《瓔珞》來看，自娛自樂性依舊很強，雖和《蘭友》相比，從舊文學轉向了新文學，可由於發行範圍較小，影響力有限。但從震旦大學法文班出來的施蟄存們卻有著深厚的法語功底，戴望舒等對於翻譯的批評文章就是一例。從一個側面反映了以施蟄存和戴望舒為代表的現代作家群，渴望用自己的創作和文學主張來進入主流文壇，從而被承認的願望。這種不斷的嘗試和探索一直到幾年以後《現代》雜誌的創刊才得以實現。

在《瓔珞》上除發表戴望舒和杜衡的詩作譯文以外，施蟄存也發表了小說《上元燈》和《周夫人》，這兩部短篇均取材於古代題材，特別是短篇小說《周夫人》，描寫了孀居多年的周夫人對童稚的愛戀，小說中有大量對女性心靈世界的挖掘，比較細膩地刻劃了受壓抑後的變態心理，已初步可見施蟄存在心理分析小說上的雛形，為之後所形成的「現代派」打下了基礎。同時從施蟄存發表在《瓔珞》上的作品來看，受西方現代派作品的作品影響較深，其內容也大都取材於古代題材。而施蟄存本人認可的文學創作生涯，正是從《上元燈》開始的。「《上元燈》以前，我所曾寫的作品的大部份都是習作，都是摹仿品。⋯⋯因了許多上元燈的讀者，相識的或不相識的，給予我許多過份的獎飾，使我對於短篇小說創作更有信心。」（〈我的創作生涯之歷程〉）可見施蟄存真正的創作生涯，正是從《瓔珞》時代的《上元燈》開始的。

一九二七年四月，施蟄存離開了震旦大學，起因是複雜的社會形勢和蔣介石的「四一二」大屠殺。「我們樓下的松江同鄉會，已經沒有人了。陶斯斐斯路的國民黨左派黨部已被搗毀。震旦大學的國民黨右派氣焰囂張，在校內外張貼反共標語。在一片恐怖的環境中，我們覺得不能再在上海耽下去。於是作出散夥回家的計畫，我回松江，望舒和杜衡回杭州。（〈震旦二年〉）

從一九二二年秋天入之江大學，到一九二七年四月離開震旦大學，短短的不到五年的時間裡，施蟄存在四所大學繼續著求學生涯，從學習英文、法文到學習新文學及外國文學，他遨遊在知識的海洋之中，盡情地汲取著新文化和新知識。為他今後的創作和立足於文壇打下了扎實的基礎。但由於性情的關係和受當時社會的影響，以及朋友之間的相互影響，施蟄存並未一始而終，都是從這幾所大學肄業的。對此他自己也不太滿意，認為求學這幾年的思想狀況處於混亂之中，那種既想通過求學來學到立世之本，又想通過創作和結社，以達到自己的文學主張和文學目的的想法，卻未能盡如人意。為此施蟄存也有不少的牢騷和委屈，從自我印行《江干集》到創辦《蘭友》和《瓔珞》，他的文學活動始終都未能引起太大的關注。這種與自身的努力不成正比的結果，並未挫去施蟄存的創作熱情，這也正是施蟄存幾年以後能成功的原因。顛沛不定的大學生涯，使施蟄存在接觸社會、增加知識、強化創作的同時，也為進入當時的主流文壇積畜了力量，打好了基礎。

施蟄存輾轉求學的這幾年，也正是五四新文化運動逐步深入的幾年。作為當時的一個文學青年，施蟄存深受其影響，從一個以施青萍筆名初涉文壇（在舊文學領域施蟄存也創作頗豐），到憣然覺醒不再從事舊文學的創作，但這種轉變依然使施蟄存十分的迷惘，他心目中所嚮往的《小說月報》、《創造季刊》等始終都未能採用他的稿件（一直到施蟄存離開震旦避居松江後，一九二八年一月《小說月報》上才刊出了小說《絹子》），亦有向郭沫若《創造季刊》投稿的不愉快經歷。但施蟄存始終以極大的熱情投入到創作之中，在《瓔珞》上發表小說《上元燈》和《周夫人》，標誌著施蟄存的小說創作擺脫了摹仿和習作的階段，真正進入一個全新的創作狀態。為此施蟄存認為：「『五四』新文學運動給我的教育，是重視文藝創作中的創字。一個作家，必不能依傍或模仿別人的作品，以寫作自己的作品。一篇小說，從故事、結構到景物描寫，都必須出於自己的觀察和思索，這才算是創作。」（〈我的創作生涯之歷程〉）施蟄存的這種變化和成形，正是在施蟄存求學期間完成的。我們可以清晰地循著施蟄存創作成長的脈胳，窺見其屹立於文學之林的軌跡。在文學創作和翻譯上的不懈努力，使施蟄存漸漸地被文壇所熟知，那種有著強烈心理分析的作品，汲取了外國文學中的有益養料，給當時的文壇吹來一股清新之風。

雖然施蟄存在求學期間耳聞目染了新文學發展壯大的某種趨勢，甚至在上海大學求學期間也聆聽過鄧中夏、瞿秋白、張太雷、惲代英、任弼時、蕭楚女、沈雁冰、蔣光慈等的授課，在震旦大學期間也感受過革命活動的召喚，但複雜的社會政治形勢，以及所交朋友圈的影響，加上施蟄存本人所受傳統教育的局限，使之在這樣一個時代中未能脫穎而出。

分析施蟄存早年求學經歷和創作生涯，總離不開兩個人，那就是戴望舒和杜衡。從之江大學到震旦大學，他們仨人始終形影不離，同學同住中產生了深厚的情誼。為此施蟄存在回憶中寫道：「戴望舒是我在文學活動期間最重要的一個親密朋友，從二十年代初，我們在杭州因共同愛好文學而結識，成為好朋友，長期在一起共事，情同手足。從事文學創作翻譯以及編輯出版活動。」「杜衡是我的老朋友，他原名戴克崇，筆名蘇汶。他是我在杭州認識的文學好朋友。後又一起到上海求學……」（《世紀老人的話——施蟄存》）這種好友間的相互影響，註定了他們之後文學的方向。而共同的求學經歷和相同的文學趣味，使得他們一起去探尋在文學上的成長之路。在這之後的一段時間裡，這種朋友間的親蜜關係使他們繼續在文學上求索，從「文學工廠」到《無軌列車》，從「水沫書店」到「第一線書店」，且各自的創作都趨向了成熟，施蟄存的《將軍的頭》、《石秀之戀》等小說，戴望舒《雨巷》等詩歌開始引起文壇的注意。一直到上世紀三十年代初期《現代》的創刊，以施蟄存、戴望舒、劉吶鷗為代表的現代派都市文學，才漸趨成熟，並在文壇佔有一席之地。

處於上世紀二十年代初期的施蟄存是迷惘的，從之江大學到震旦大學，短短的幾年求學經歷在他的一生中只是短短的一刻間，但卻凝結了施蟄存從一個青澀的文學青年到游走於文壇的作家的過程，這個過程所表現的也是當時社會文學青年的一些憧憬，在杭州、上海等地融入大都市的同時，也以他們手中的筆，傾訴著那個時代文學青年的心聲。施蟄存的這種文學選擇，制約於其本身在受教育同時的價值取向，和在大學期間所親歷的一些政治活動後產生的想法；亦制約於其從杭州之江大學開始所交往的文學圈子，那種本身所有的文人氣質決定了施蜇存的文學走向。求學內外的施蟄存，折射的是一個作家在當時社會文化環境下的成長經歷，和在新文化運動的感昭下，施蟄存和他的文學同伴們希冀通過孜孜不倦的努力，被文壇所承認的複雜心態。

施蟄存和無相庵

在施蟄存的一生中，共用過「蘋華室」、「紅禪室」、「無相庵」、「北山樓」四個室名，前兩個是施蟄存早年所用的室名，而「北山樓」則是其晚年所用室名，施蟄存一生所從事的文學創作、翻譯、古典文學研究、碑帖研究中，文學創作主要在一九二八年至一九三七年間，而這個時期也是施蟄存的創作旺盛期，所用「無相庵」為題的散文隨筆作品，透過讀人談書，來表現他對現實生活的一種態度。

在民國時期出版的《文飯小品》雜誌中，有施蟄存所寫〈無相庵斷殘錄〉，分兩期分別刊於第五期和第六期，內收「關於王謔庵」、「秋水軒詩詞」、「《鄰二》的佚文」、「橙霧」、「八股文」等五篇文章。從內容來看，其中既有關於古典詩話的漫談，也有人物憶舊和文壇散記；其寫作風格側重書話一類，具一定的知識性和史料性，代表了施蟄存散文創作的風格。

〈無相庵斷殘錄〉寫於一九三五年，其時施蟄存剛離開《現代》雜誌，辦刊的興致正濃，他和康嗣群又合編了一本小品文的期刊《文飯小品》，由脈望社出版部發行。刊物的主旨為「欲以西洋絮話散文之清新風格，在中國新文學中之散文一門中盡相當的努力。文字以清麗蘊藉為依歸，思想不舊不偏為主。」《文飯小品》主要發表抒情散文、雜文、詩歌等。主要撰稿者有林語堂、梁宗岱、豐子愷、戴望舒、南星、李金髮、金克木等等。出版六期後終刊。

在〈無相庵斷殘錄〉中可知施蟄存的閱讀和寫作興趣，和在文化上的一些思考和斷想、一些文壇軼事。如在「《鄰二》的佚文」一文中，寫到了在《新文藝》刊發茅盾散文《鄰二》時，由於缺失最後一頁原稿，刊發後總覺內心不安，後來從茅盾來信中得到了缺失一頁的內容，補進了「《鄰二》的佚文」一文中。體現了作為一個編輯人的責任心。亦算是一段文壇史料。

施蟄存最早用「無相庵」為題發表散文，是在其主編的《現代》雜誌發表過《無相庵隨筆》上，文章收有「《先知》及其作者」、「畫師洪野」、「無意思的書」、「五月」等四篇。這些作品都是由書及人，是施蟄存早期的書話作品之一。其中「畫師洪野」曾多次單獨選入各種施蟄存散文選本之中。同時施蜇存以「無相庵隨筆」為名寫了不少相關的散文，其中既有敘好友郁達夫、徐霞村、劉吶鷗等，亦有描述買書、讀書的札記，深受當年讀者的歡迎。

阿英一九三三年在編選《現代名家隨筆叢選》時，就在序言中對施蟄存的《無相庵隨筆》讚賞有加，「施蟄存的《無相庵隨筆》，裡面有很多好的作品，……在這裡選用的，我最喜歡〈買書〉一篇，這大概是由於和我自由的生活接近的緣故。」從中可見《無相庵隨筆》的影響力。

施蟄存還發表過《無相庵急就章》，文中收有「人生如戲」、「蟬與蟻」、「鬚」等三篇，均是人生感悟之文。在文章「小引」中，施蟄存敘述了以「無相庵」為題發表作品的緣故：「這些文字本該叫做《無相庵隨筆》，所以見作者筆調之閒適也。從前也曾寫過幾篇東拉西扯的話，預備讓它漸漸地多起來，好出版一個單行本。……現在寫出來的實在已不是那些沒有寫出來時的東西了。然而畢竟要寫，畢竟要陸續發表，那單是為了想讓它早日成一本海闊天空的閒書。好玩兒，不為別的。不寫不成書，書寫不發表也不會接連地寫下去，也不易成書。至於這些小文章之不稱之曰『隨筆』者，蓋我自己看看筆調實在不閒適也。」

無相庵是施蟄存中年時常用室名，取自於佛經中的「無人相亦無我相」之意，有鄧散木、陳巨來為之治印，均在所藏之書中鈐印，且有專用箋紙和藏書票。

施蟄存生活中真實的書齋「無相庵」位於松江同街四百零三號（今縣府路二十號），從上世紀二十年代起，到抗戰爆發前，施蟄存均居住於此。外出求學或旅居滬上，始終把松江的住所稱為我的家。松江同街四百零三號（今縣府路二十號）有房共三開間的三進，施蟄存的書房位於客廳靠北那間，擺設有桌子、椅子和數只舊式書箱，雖是簡陋，但這裡是施蟄存讀書寫作的好場所。

在施蟄存一九三四年創作的散文〈繞室旅行記〉（《宇宙風》第十期上）中，有對「無相庵」的描述，在文章中，作者所寫既有《真相畫報》、《宇宙風》、《世界》畫報、《良友》畫報等雜誌，亦有舊箋紙、白石雕像、舊相機等舊物，特別寫到一包紙型，這是六年以前施蟄存和戴望舒、杜衡所辦的《文學工廠》的紙型，由於種種原因並未出版，但成了施蟄存初涉文壇辦刊的歷程。而許多的舊物和舊書刊，引起了作者的不少聯想，如粘貼在《進德》雜誌上的剪報，是《申報》、《新聞報》、《時報》上的長篇新聞紀事和文藝作品，可見施蟄存的閱讀趣味和興致，以及他所走過的文學道路。

施蟄存在散文〈我的家庭〉（作於一九三八年四月）中，對其松江的老家及無相庵有更為詳盡的描述，「我們在這屋子裡舒服地住了二十餘年。在這間屋子裡，與我關係最密切的，自然是客室左邊的那間書齋了。……這一間書齋的陳設是很簡單的，統共只有一桌書椅，和十二隻舊式書箱。……十餘年來，我已養成了一個愛書之癖，每有餘資，輒以買書，在新陳代謝之餘，那十二隻書箱的內容，已經成為比較的齊整了，雖然說不上是藏書家，但在我已是全副家產了。……我的家屋，雖說共有三進，但可用的正屋就只這麼三間，儘管它在我看來有多大的意義，多少的感情，可是在整個松江縣城中的萬家屋瓦之下，它又是多麼渺小的地方啊！」文中反映了施蟄存對松江舊屋的情感，以及對親人的思戀之情。

無相庵所藏的書刊等舊物，均毀於一九三七年日寇的炮彈之下，其中包括歷年所購中西文書刊，以及手稿、文物、字畫、尺牘等，最為珍貴的是魯迅來函、郁達夫書聯。一九三七年十一月二日得知松江無相庵被炸的消息時，施蟄存正在雲南昆明，是他大妹打電報告訴他的，施蟄存聞此消息，不由地感慨萬千，特作詩一首，表述一種複雜心情：

「十一月二日接家報悉松江舍下已為日機投彈炸毀翌日感賦」：

去鄉萬里艱消息，忽接音書意轉煩。聞道王師回濮上，卻叫倭寇逼雲間。
室廬真已雀生角，妻子都成鶴在樊。忍下新亭閒涕淚，夕陽明處亂鴉翻。

一九三八年四月五日

從詩中不難看出作者的悲憤和無奈之情。施蟄存在離開松江赴雲南之前，曾有一段顛沛流離的動盪生活。施蟄存為此寫下了「同仇日記」（刊於《宇宙風》雜誌），詳細記載了淞滬抗戰爆發後他在松江的艱苦生活。而離滬赴滇後兩月，才知老家被毀的訊息，並失去了的無相庵中的不少珍貴書刊和舊物，為此扼腕不已。

無相庵，舊時施蟄存一片心靈和思想的棲息地，在那裡他完成了從一個文學青年到現代作家的蛻變，完成了他汲取知識走上寫作之路的過程。那裡也是他從幼小時，不斷的從古典詩文，從新文學中吸取養料的場所。「我從書箱中檢出一些不甚熟悉的古書來，不管懂得不懂得，琅琅然誦讀起來，這是我一生中愛好國文學的開始。」（〈我的家庭〉）從施蟄存的文章中可見得無相庵對於他一生走上文學道路的影響。

舊時的無相庵，僅是松江一間普通的民宅，一間在那個時代毫不起眼的舊居。

但在那裡，卻凝結了一個文學青年的夢想，從書刊和舊物中，從無相庵簡陋的擺設，和充滿書香的氛圍之中，我們分明可以看見一個熱心於文學的青年，在挑燈夜讀，在吟誦著古典的詩文，在和一些文友之間相互切磋和交流。心中那份澎湃的熱情，化成了一段段精彩的文字，化成了去之後屬於他們的一個文學世界。

俞平伯的「西還」

一九二〇年，時年二十一歲的俞平伯，第一次踏上了出國留學之路。

對於俞平伯這樣一個中國傳統的知識份子來說，五四新文化運動爆發才沒多久，新的文化和觀念衝擊著每一個有知識的年青人，對於推翻舊的道德觀念，建立民主和科學的新社會，是燃燒在那時每個年青人心中的一團火。其時俞平伯已在《新青年》、《新潮》等刊物上發表了好幾首新詩，作為當年「新潮社」的成員之一，在北京大學國文系就讀並畢業的俞平伯，處於這樣一個新思想的最前沿，耳濡目染了新文化運動的發生，並參與其中力求在新詩創作領域，來引導逐漸蓬勃發展的新文學。

俞平伯出國留學的初衷，是為了學習國外的優秀文化和經驗，從而幫助正處於苦難中的中國，以跨海留洋去尋找一條救國的之路。這種富有遠大抱負的想法，是當年先進知識份子的一種選擇。也順應了當時社會的一種趨向。只是俞平伯對於留學的目的，以及留學過程中的困難和挫折，是缺乏必要的思想準備的。也許作為一個剛從北京大學國文系的年輕學生，滿腔的熱情和社會的現實，在認同上是有距離的。表現在俞平伯身上，那種遠離祖國的思戀之情，在他的心目中還是難以割捨。在離開北京赴上海候船之時，俞平伯作了新詩〈別他〉，發表在《新潮》第二卷第三期上。

「厭她的，如今戀她了；怨她的，想她了；恨她的，愛她了。碎的，病的，齷齪的他，怎麼不叫人恨，叫人厭，叫人怨。

我的她，我們的她；碎了，怎不補她；病了，怎不救她；齷齪了，怎不洗她！這不是你的事嗎？我說些什麼好！想躲掉嗎？怕痛苦嗎？我怎敢！我想——我想她是我的，我是她的；愛我便愛她，救我便救她。

安安的坐，酣酣的睡，懦夫！醉漢！我該這樣對待我嗎？我該為她這樣待我嗎？我背著行李上了我的路。走！走！快走！！許許多多的人已經——正在把他們的她治活了。尋啊！找啊！找他們去！雖然——漆黑面的大洋，銀白髮的高山，把她的可憐可愛可恨可念的顏色——朦朧朦朧——隔開我的視線。

但是愛她戀她想她的心，越把腳跟兒似風輪的催快。迢迢的路途，只想前頭去。回頭！呸！！有這一天，總有的；瘦削的手，把碎片片的她補整了；灰白的腦，把病懨懨的她救醒了；鮮紅的血，把黑越越的她洗淨了。看啊！一一心中眼中將來的他！我去了，我遠去了！朋友，你們大家……」

這首熱情揚溢而又充滿對祖國摯愛的詩篇，是俞平伯新詩中的佳作，充分表達了他即將遠離祖國，遠赴他鄉留學的複雜心理，也表述了俞平伯作為一個有抱負的青年學子，對學成歸國報效祖國的滿腔熱情。

但俞平伯的第一次出國留學之路卻並不順利。自一九一九年十二月離開北京到上海候船，耽擱了有將近十天時間，為此俞平伯在苦等之餘，作了〈一星期在上海的感想〉（刊於《新潮》第二卷第三期），「自『五四』以來，新運動漸漸盛了；各地方響應我們的同志漸漸多了；好像新中國的建設總就是十年八年的事。但我在北京的時候，同朋友的談話，講到這事，總不全抱樂觀，總有點懷疑，覺得無論做什麼事，總要有相當的代價。幾個月的奮鬥實在算不得一回重大犧牲。真正新運動的成功，又非有巨大犧牲不可。……自我南行之後，和南方社會相接觸。從上海一般人作觀察點，更覺障礙多希望少。前途的戰爭是絕大的，不可免的。我們不抱有終始一致奮鬥不輟的大決心，決不會有真正的成功。前途既這樣淡黯，戰場上的兵卒既不多又不盡可靠，理想的她何時實現。」在文章中俞平伯繼續表達著他矛盾和猶豫的心情，對未知的留學之路的迷惘，和對多災多難的國家充滿了一種憂患之情。在上海的所見所聞更加劇了俞平伯一種悲觀的情緒。

一直到一九二〇年一月四日凌晨，俞平伯終於在上海新關碼頭啟程，夫人許寶馴至碼頭送行，同去留學的還有他北大的同窗傅斯年等。三天后到達了香港；八天後到達了新加坡，待了將近五天才又啟航；在旅途中，俞平伯看書寫詩，和傅斯年交流新詩的美感問題，作詩想念遠在杭州的夫人，並給新潮社寫信，談了他對新詩的看法，後作題〈俞平伯來信〉，刊於《新潮》第二卷第四期。同行的傅斯年在致蔡元培校長信中，提到了他和俞平伯出洋的情況，「船上的中國旅客，連平伯兄和我，共八人，也不算寂寞了。但在北大的環境住慣了的人，出來到別處，總覺得有些觸目不快；所以每天總不過和平伯閒談，看看不費力氣的書就是了。平伯和斯年海行很好，絲毫暈船也不覺得。（《北大日刊》一九二〇年二月十八日）

到一月二十四日船泊哥倫布（可倫坡）；將近一個月後的二月二十一日，海行船才抵達英國利物浦，俞平伯經過將近五十天的海上旅行，總算第一次踏上了英國的土地。第二天又乘車抵達倫敦，陳源等把俞平伯接至中國留英學生會，安排好住宿以後，又至經濟學院索取入學章程等，且做好了入學前的準備。但十分不幸的是由於第一次世界大戰後，英國的經濟受到嚴重的削弱，整個經濟處於蕭條時期，英國的英磅由此而漲價，俞平伯自籌所帶資金，已無法應付在英的留洋開銷。

對於俞平伯來說，這是一個無奈的的現實，當初滿懷信心和勇氣出洋留學，希望是有所結果，有所成就的；千幸萬苦耗時將近兩個月的時間，又幾次轉船，忍受在海上漂泊孤獨的日子，而現在就要這樣回去，俞平伯頗有些於心不甘呀！但不回去又怎樣生存？這是一道艱難的題目！最後俞平伯決定回國，並至日本郵船公司購回國船票，又至中國領事館領取護照。在英國的土地上待了將近十三天之後，俞平伯於一九二〇年三月六日乘日本郵輪佐渡丸啟程回國。

在地中海航行時，俞平伯作五言律詩一首〈庚申春地中海東寄〉，敘述未競的留學之路，「長憶偏無夢，中宵悵惘多。遞迢三萬里，荏苒十旬過。離思閒中結，豪情靜裡磨。燕樑相識否，其奈此生何。」在返回的旅途中，俞平伯填詞作詩，以此來排遣孤寂中的萬千思緒，和對於留學之路的感歎，言辭間充滿了一種傷感和無奈之情。四月十九日船終於到了上海，俞平伯又回到了祖國的土地上。並在第二天即趕往杭州，見到了夫人、父母、岳父母等，不由地思緒萬千。

俞平伯晚年曾在回憶錄中，對這一段留學經歷作如此回憶：「一九二〇年，時余方弱冠，初作歐遊，往返程途六萬許里，閱時則三月有半，而小住英斤倫只十二三日，在當時留學界中傳為笑談。豈所謂『十九年矣尚有童心』者歟，抑所謂『乘興而來，興盡而返』者耶。」

歸國後一段時間裡，俞平伯繼續著他的新詩創作，分別刊於《新潮》、《晨報副刊》、《新青年》、《詩》、《小說月報》等，並曾為同窗康白情的新詩集《草兒》作序；加入有鄭振鐸、葉聖陶等創辦的文學研究會；且在浙江省第一師範學院任國文教員，在校與同為教員的朱自清成為好友；由許德鄰編選的《分類白話詩選》、新詩社編選的《新詩集》，均收入俞平伯創作的新詩；在胡適的影響下，開始對《紅樓夢》研究產生興趣。

一九二二年三月，俞平伯的第一部新詩集《冬夜》由上海亞東圖書館出版，內收俞平伯三年間創作新詩一百零一首。並由朱自清為之作序，許敦谷畫封面。俞平伯如此評價印行詩集的目的，「一則因為詩壇空氣太岑寂了，想借《冬夜》在實際上，做『秋蟬的辨解』；二則願意把我三年來在詩田裡的收穫，公開於民眾之前。至於收穫的是稻是麥，或者只是些野草，我卻不便問。只敬盼著嚴正評判罷。」

一九二二年七月九日，俞平伯第二次踏上了留學之路。

在動身之前的大半年時間裡，俞平伯為赴美作了不少的準備工作，先是辭去了浙江省第一師範學院的工作；後又由杭州至上海辦相關手續。此次俞平伯的赴美留學，是經過了嚴格的留學考試，本應一九二二年一月即成行的，後因香港海員大罷工的原因，延期動身的。誰知一耽擱又是大半年的時間。

和第一次留學英國的情況不同，俞平伯此次的留洋，是屬於公派的性質。通過嚴格的留學考試後，作為浙江省的視學，受浙江省教育廳的委派，到美國考察異邦的教育，以便用到中國的教育實踐中來。但對於俞平伯來說，第一次失敗的留學陰影依然存在，雖不能為此阻絕俞平伯出國學習的信心，依是並不太順利的開始使他心存芥蒂。作為詩人的俞平伯依舊用他的詩歌，來表述他那種矛盾和悵惘的心情。如創作的新詩〈兩年以後〉（刊於《詩》月刊第一卷第二期）中，就寫出了兩年前赴英留學和此時將去美留學的心情。

「無盡的意，待盡的長宵，半月來燈前絮語的光景，將匆匆別我去了。

待縈住罷，待挽住吧；晨星已寥寥，曙色已皓皓，月呢，已淡淡的斜，雞呢，已高高的叫。

還是冷霧籠著，還是冷淚揾著，但兩年之後了。

去了，去了！我沒說什麼，就這樣的去了！

他雖飄零慣的，但在慈母底心頭，愛子底飄零總是須悵惘著了！

昨夜的燈前，今夜的燈前，回想好無味的，況且回想還沒有成呢。」

詩中所表現出的，有對故鄉的留戀，亦有對故土親友的戀戀不捨，以及兩年之後再度出洋留學的複雜心情。

七月九日，俞平伯從上海吳淞乘中國號船，正式赴美留學考察。到碼頭為俞平伯送行的有劉延陵、朱自清、鄭振鐸等，均為他的好友。船經日本長崎、橫濱道中，俞平伯在船上依舊以作詩來表述自己二次留學的心情。在舊體詩〈長崎灣泊舟〉的跋語中曾云：「予前壬戌遊美，往返經由，猶憶一次登岸獨步，門巷愔愔，綠蔭如畫，懼其迷路，逡巡而返。二十餘年後，萬姓蟲沙，豈敢遭命，宜乎前史有天道是耶非耶之歎也。」

又作〈東遊雜誌〉（刊於《時事新報・學燈》）細訴出遊途中感受：「我數次海行，雖均心情惡劣，但平心論之，非海行之苦，乃離別之愁思所致。惟數十日間，與世界隔絕，孟真曾比之以『宮禁生活』，確是海行最苦之事。至於暈船與起居底不習慣，都只是表面的痛苦。……我從前歐遊，頗崇拜歐西之生活；此次美遊，則心境迴異。……」十分真實地表述了俞平伯在留學途中的寂寞和痛楚，以及在不同時間的不同感受。

經過將近一個月的船行，於一九二二年八月七日，俞平伯等才抵達美國三藩市，並取道芝加哥，前往華盛頓。在那裡受到了原北大同學汪敬熙的歡迎和照顧，並參觀了他工作的醫學實驗室，商談入學之事，俞平伯準備學習心理學。在美國期間，俞平伯始終和羅家倫、顧頡剛、康白情、葉聖陶、朱自清、鄭振鐸、楊振聲等保持著通訊和聯繫；亦創作新詩〈八月二十四之夜〉、〈別後〉、〈呻吟〉、〈憶〉、〈到紐約後初次西寄〉（二首）等，表達了他在異國他鄉的心情和感受。這些新詩均收入俞平伯的第二本詩集《西還》之中。

在新詩〈到紐約後初次西寄〉（二首）中俞平伯寫道：

（一）

「薄蔭本不顧剪斷它底綢繆，微陽不樂減它底明媚喲！

可惜此地只有一一高的樓，方的窗，淒幽的我的面龐，徒然的梳掠，髮蓬鬆在額上。

天開時，我知道，青是這樣湛湛；雲生時，我又知道，白是那樣茫茫；

二十四小時中間，有一度西去的夕陽，我知道的已太多了！」

（二）

「明靚的她，朦朧著的；談著的她，且笑著的；挽著黑頭髮的她，欹著的。

夜被喚回的時分，夢被喚回的時分，笑靨被喚回的時分，搖搖的一顆心兒，逐夜而去，逐夢而去，不知哪裡去了。

只撇下孤孤另另的一個我。

曉色明到一方灰色的牆上，井欄外，高高的天上，獨不到我底心上喲！」

從俞平伯的詩中來看，身處異國他鄉的孤獨，以及對親人的思念是他詩中所表露出來的，那種文人特有的多愁善感化成了詩一般的語言，化成了俞平伯的一腔思念。

在完成了一系列對美國教育的考察之後，在汪敬熙等好友的勉勵之下，俞平伯決定在美國就學。並至哥倫比亞大學辦理入學的手續，此時離俞平伯赴美，已過去了將近一個半月的時間。一九二二年九月二十八日他正式到哥倫比亞大學，但第一次上課，給俞平伯的感覺並不太好的，「人甚多，女生尤多，以教員未到……見哥校學生對於一年級之蠻野舉動，雖夙知有此風，而目睹良詫。」（見「俞平伯日記」）對於俞平伯來說，才到哥倫比亞大學上學沒幾天，患上了皮癬，且多次治療並沒有明顯的效果。被疾病所困的俞平伯思慮再三，又生退意，決定回國治病。

此次俞平伯的短暫美國之旅，又以失敗而告終。在歸國途中，先是乘火車至加拿大，然後轉船回國。在途中俞平伯又作了不少新詩，表達了他內心的痛苦，被自認為「又輕薄地被玩弄了一回」（見新詩）且在日記中，表述了更為複雜的情感：「此次舟中與上次歐遊歸途中心境不同。前凝盼船到上海，此則無所可否，船上固甚悶，但亦不想如何也。心緒如斯頹暮，可驚之至。……聽碧浪打窗，又是歐遊境況。翻閱舊日記，為之悵然。昔游閒而焦煩，此次則沉悶，雖亦盼到吳淞而顯得麻木，殆一次不如一次……」

在舊體詩〈太平洋歸舟〉中，亦有頹喪情緒流露，「無際雲寒潑墨鮮，長風撼海亂於煙。莫嫌後浪催前浪，顏色蒼蒼似往年。」

而在新詩〈沒有我底份兒〉（刊於《詩》月刊）中，更表達了悲觀失落的情緒：「『苦人兒，你來告訴我，你可曾有快活的日子？老老實實的告訴我？千萬，千千萬，請不要話沒說先淌眼淚，如往常這個樣子。無端便傷心使人怪膩煩的；況且，誰是《紅樓夢》中底林黛玉，你知道嗎？』

他這次卻是沒有哭，只點點頭，又搖搖頭

『朋友，快說吧！不要老這樣撇扭著。說吧！好朋友』

『沒有我底份兒！他們，多著呢！苦醉，若睡，若死，若愚昧，若幼年，若風顛，若狂歡，若暴怒，若笑得傻的，若哭的大的，若叫著的，若囈著的……一切，他們，不知道有我或暫時忘了我的，都正過著快快活活的日子。』

『原來他們多著呢，像大道旁野草一般多，只是沒有我底份兒。』

『我也想明亮地哭著，像初生嬰兒樣的。但是，你聽！女人們底嗚咽不比我底啼聲還要高亢？朋友，這期間只要我常在，沒有我底份兒喲！』」

一九二二年十一月十九日，俞平伯伯船抵上海新關碼頭，從美國紐約歸程又走了二十三天。俞平伯表妹許寶騤回憶道：「十一月中旬回到杭州。視察報告在海外時已大致寫就，帶回不少有關資料，余曾見之。兄西裝革履，持一硬木手杖，有翩翩洋少之儀表。又購帶五分錢小叢書多種，有莎翁戲劇故事及《福爾摩斯探案集》

等，分贈余及七弟，皆大歡喜。」

回到杭州的俞平伯也暫時忘卻了憂鬱，他說：「太平洋風濤澎湃於耳邊未遠，而今已於家人蕩舟西湖中。⋯⋯非但不用我張羅，並且不用我說話，甚而至於不用我去想。其滋味有如張開的鳥籠，脫網的游魚，仰知天地的廣大，俯覺吾身之自在。月餘凝想中的好夢，果真捏在手心裡，反空空的不自信起來。我惟有惘惘然，『我回來了』。」俞平伯這種情緒的變化和歸航途中的心境形成了鮮明的對照。

第二年，俞平伯受鄧中夏聘請，到上海大學中國文學系任教。⋯⋯

對俞平伯這樣的五四時期的知識份子來說，隨著西方先進文化思想的不斷湧入，以及先進知識份子對社會文化的啟蒙，出國留學，學習國外的優秀文化，成為了他們的必經之路。而像五四時期的胡適、魯迅、周作人、傅斯年等，都有著不同的留學經歷，他們把這一切，看著是改變自己命運和國家命運的大事，並且試圖用留學中學到的知識和經驗，用到中國的實踐中來，以己之努力來帶動和影響一大批青年，從而為祖國的富強奉獻自己的一份力量。

這種想法和行動在五四前後成為潮流，特別是從北大等學校畢業的諸多青年學生，面對那時代中國政局的混亂和貧窮的社會，都想跨出國門去學習更多的知識，但未必每個人都是將來的成功者，這樣的留學大潮還是帶回了諸多的先進文化，對於五四新文化運動的普及，以及向縱深發展，是大有好處的。

俞平伯就是這樣一個渴望學習外國優秀文化的青年學子。有著豐富國學底蘊的俞平伯，從小受到較為良好和正規的教育。在五四新文化的感昭下，俞平伯是最早踐行新詩創作和新詩理論的，五四時期的參加「新潮社」和「文學研究會」，都使他在新文化運動中發揮了重要作用。一九二二年俞平伯的第一部新詩集《冬夜》，也是較早出版的新詩集之一，對新詩的普及和發展，都具有引領的作用。俞平伯選擇出國留學，動機正是想學成報效祖國，但時機未必是最合適的。分析俞平伯兩次失敗的留學經歷，不難發現第一次留學英國，顯然是缺乏經驗，缺乏必要的思想準備，在面臨突發情況時，顯得手足無措；而在困難面前，並不是千方百計地想辦法去克服它，而是打起了退堂鼓，結果耗時三個多月旅途勞頓，僅在英國待了十多天，而淪為笑談；如果說第一次還缺乏經驗的話，而第二次性質截然不同，不僅是公派留學，而且美國的就學環境也較寬鬆，照例可以多學一點知識的。但一場突如其來的疾病又摧垮了神經並不堅強的俞平伯，結果再一次半途而廢，才到哥倫比亞大學上課沒幾天，便因病而回國。

其實從第二次俞平伯留學失敗的經歷，不難發現俞平伯性格上的弱點，即思家心切，思念親人心切，雖不斷地給親人及朋友通信聯繫，但依舊無法排遣身在異國他鄉的孤獨和苦悶；而一旦遇到疾病等生理上的打擊，本來就不堅強的神經馬上崩潰了，使本千方百計得此機會，又千里迢迢遠赴他鄉求學的過程，瞬間便結束了。另外從俞平伯回到杭州後那種如釋重負，而又自由自在的心情來說，和歸途中那些感傷而又有些頹唐的詩文，形成了強烈的對照。戀家而又意志並不堅強的俞平伯，不得不接受「西還」未果的事實。

兩次失敗的留學，對於俞平伯還是有較大打擊的，至此以後，俞平伯幾乎是在散文創作、《紅樓夢》研究、古典詩詞研究上下功夫，許多俞平伯三十多歲寫的文章，已顯一種暮態。西還的失敗，在俞平伯晚年的文章和回憶中多次提及，可見對於他一生來說，失敗的西還成為了他永遠的痛！

幸好，兩次失敗的留學經歷中，俞平伯留下了大量的詩文，這些詩文，對於我們瞭解現代知識份子的心路歷程，提供了絕好的資料。也使我們深切感受到俞平伯這樣一個受傳統教育的現代知識份子，怎樣在新文化衝擊下，對個人的學習和成長所造成影響，以及其本身所固有的弱點的制約。也為我們研究他們思想和行為，提供了一定的參照。

俞平伯周作人的中年文章

一九三〇年十月底，在清華大學任講師的俞平伯全家遷至清華園，並把居地書房起名為「秋荔亭」。自一九二四年回北京定居以後，俞平伯先後任教於燕京大學、北京女子文理學院、清華大學、北京大學、中國大學等校。俞平伯在大學裡教授的課程有古典小說和詩詞、戲曲，其極富個性的教學方法，使學生們受益非淺。俞平伯有著深厚的古典詩詞修養，他所教授的詩詞作法和研究，極受學生的歡迎。根據授課筆記和研究心得，俞平伯出版了詞論專著《讀詞偶得》、《清真詞釋》、《唐宋詞選釋》等，在學術界引起了不小的反響。在教書授課的同時，俞平伯和一群志同道和的好友們議議文學，有時還和朱自清、浦江清、陳廷甫等唱唱崑曲，似乎過著一種平靜而又悠然自得的生活。

一九三一年五月二十一日，時年三十二歲的俞平伯，在《新月》月刊第三卷第九期上發表了散文〈中年〉。俞平伯在文章中寫道，「當遙指青山是我們的歸路，不免感到輕微的戰慄。可是走得近了，空翠漸減，終於到了某一點，不見遙青，只見平淡無奇的道路樹石，憧憬既已銷釋了，我們遂坦然長往。所謂某一點是很難確定的，假如有，那就是中年」。俞平伯的比喻之中摻雜了不少個人的情緒釋解，「我也是關懷生死頗切的人，直到今年方才漸漸淡漠起來，看看從前的文章，有些覺得頗已渺茫，有隔世之感。」語境中不由自主的透著一絲蒼涼和無奈。讓人驀然覺得一種中年的哀愁。

才三十出頭的俞平伯怎麼會有如此蒼涼的心境，怎麼會想到寫中年？五四新文化運動以來，俞平伯以新詩創作步入文壇，並且發表了不少有關新詩的理論文章，為新詩的發展作出了重要貢獻。一九三一年以前，俞平伯已經出版了新詩集《冬夜》、《西還》，以及散文集《雜拌兒》、《燕知草》。充分的顯示了他在新詩和散文創作領域的成就。作為出身書香門弟，國學底蘊又比較深厚的俞平伯來說，他更像一個傳統意義上的文人，作舊體詩、唱崑曲、研讀古籍，俞平伯沉醉於自己的文學世界之中，自有著一份難得的閒趣。

作為五四新文化運動的健將之一，俞平伯的突出貢獻在於新詩的創作和理論，順應了五四新文化提倡白話文的主旨，並和胡適、陳獨秀等共同探討新詩的發展，同時在《新青年》和《新潮》上發表了大量新詩，其中有〈紹興西郭門頭的半夜〉、〈潮歌〉、〈樂觀〉、〈無名的哀思〉、〈黃鵠〉、〈冬夜之公園〉等等。並在之後由葉聖陶、劉延陵主辦的《詩》月刊中，繼續著新詩的創作和理論，從字句安章、音節用韻、敘事說理等方面，提出了白話詩建設的條件。充分顯示了俞平伯在新詩領域的主導地位。但時間僅僅過去了十多年，俞平伯〈中年〉一文卻流露了些許消極的思想。

在上世紀三十年代初期，俞平伯有這樣的消極思想並不奇怪。他在和朱自清的交往中，就一起探討過有關剎那主義的話題，為此朱自清有比較精闢的論述，「寫字要一筆不錯，一筆不亂，走路要一步不急，一步不徐，呷飯要一碗不多，一碗不少；無論何時，無論何地，都不調整的。平常的說，只是在行為上主張一種日常生活的中和主義。」俞平伯回應道，「我們要求生活剎那間的充實。我們的生活要求燈火集中於一點，瀑流傾注於一剎那。」其實所謂的「剎那主義」，就是糅和了西方的悲觀主義人生哲學，以及中國傳統的禪宗思想和儒家現世文化的一種表現。俞平伯受其影響頗深。

自五四運動爆發以來，俞平伯歷經了出國留學不順，回家鄉杭州從事創作，在各大學教書授課的過程，到一九三一年寫出〈中年〉一文，那種蒼涼的心態和變化，是有著較為複雜的原因的，既有「西還」未果的頹唐，亦有受西方思想理論影響的關係，也有本身的性格和思想原因。比較主要的一點是俞平伯受亦師亦友的周作人影響較大。

俞平伯和周作人的初識在北京大學，那時周作人是俞平伯「小說研究課目」和「歐洲文學史」的指導老師，當時的北大彙聚了中國新文化史上的諸多學術和文學大師，俞平伯課授師業，受益非淺，對於其思想和創作的成長起到了重要作用。俞平伯在〈《戊午年別後日記》跋〉中曾寫道：「所從受業諸先生皆學府先輩，文苑耆英也，同遊諸君亦一時之雋也。」

周作人是章太炎的學生，對俞平伯的曾祖俞樾也敬重有加，對於俞平伯則另眼相待。自北大授課所識，發現彼此在思想和情趣上有太多的相似之處，兩人從師生之間的關係，漸演變成亦師亦友的關係。自一九二〇年俞平伯從英國歸來後開始通訊，在將近半個世紀中書信往來將近幾千封，談論較多的是教書和著書中的話題，亦涉及人生思想，及對社會文化的構想。「上至生死興衰，下至蟲魚神鬼，無可不談，無可不聽，則其樂益大，而以此例彼，人情又復不能無所偏向耳。」（周作人

《雜拌兒之二》序）俞平伯曾把兩人的書信往來裝裱成冊，為此留下了一份珍貴的史料。

周作人對於俞平伯的散文十分的欣賞，並為俞平伯的散文集《雜拌兒》（開明書店）、《雜拌兒之二》（開明書店）、《古槐夢遇》（世界書局）、《燕郊集》（良友圖書公司）作序跋，周作人認為俞平伯的散文有著晚明小品文的特色，有著絢麗的詞采和色澤，看似信手拈來而實則反覆推敲，且新舊雜揉，講求飄逸的文風和趣味，其獨特的風格、灑脫的氣息，在中國現代散文中獨樹一幟。「平伯所寫的文章自具有一種獨特的風致。這風致是屬於中國文學的，是那樣的舊又這樣地新。……現代的散文好像是一條湮沒在沙土下的河水，多少年後又在下流被掘了出來，這是一條古河，卻又是新的。」（《雜拌兒・題記》）

周作人對於俞平伯散文的讚賞，既有作為得意門生在創作風格上的類同，亦有兩人私交甚密而有的人情偏向，更有創作品位和理念的關係。「我們生在這年頭兒，能夠於文字中找到古今中外的人聽他言志，這實在是一種快樂。」（《雜拌兒之二》序）

而在這之前的一九三〇年三月十八日，周作人在《益世報・副刊》上，亦發表了散文〈中年〉。這一年周作人已四十六歲了，看似得其自然，所敘中年之慮，亦有著一種蒼涼和無奈。

周作人在〈中年〉中寫道：「我決不敢相信自己是不惑，雖然歲月過了不惑之年好久了，但是我總想努力不至於不惑，不要人情物理都不瞭解。本來人生是一貫的，其中卻分幾個段落。少年時代是浪謾的，中年是理智的時代，到了老年差不多可以說是待死堂的生活罷。然而中國凡事是顛倒錯亂的：假如我們過了四十卻還能平凡地生活，雖不見得怎樣得體，也不至於怎樣出醜，這實在要算是徼天之幸。……年紀一年年的增多，有如走路一站站的過去，所見既多，對於從前的意見自然多少要加以修改。不過，走著路專為貪看人物風景，不復去訪求奇遇，所以或者比較地看得平靜仔細一點也未可知。」

比起俞平伯來，周作人的中年感歎更多了一份辛辣和滄桑。周作人是五四時期的主要幹將之一，他不僅親歷了五四時期的主要論爭，而且始終地站在反帝和反封建的第一線，倡導新文學批判舊文學。且是現代散文的主要創始者，在文藝理論和批評以及翻譯方面也居功至偉，其突出的貢獻在於散文小品的創作上，在作品形式上的「沖淡平和」風格，用一種恬淡心情來感知周遭的一切，以平和的語調、閒散的節奏來縱古論今抒發個人的感想。在五四時期有較大的影響力。

到了上世紀三十年代的初期，周作人已少了五四時期的激情和衝動，而多了一份恬靜和閒適，表現在他的生活工作中的同時，也反映在他的創作之中。他提倡小品文創作，鼓吹「閉門讀書論」，在上世紀三十年代初革命文學風起雲湧、左聯成立的大環境下顯得格格不入。在民族危亡時刻的沉默，為其將來的附逆埋下了伏筆。周作人的蛻變和落伍，是五四新文化的大潮中蕩滌以後的結果。這種思想和情緒，或多或少地也影響到了俞平伯的創作和人生。

一九三〇年代是一個有點特殊的歷史時期，五四新文化運動已經歷了十多年，國民黨政府的獨裁統治，加緊和加大了在文化領域的高壓政策；同時隨著左翼作家聯盟在上海的成立，革命的激進的文學風起雲湧。日本帝國主義正加緊對中國的侵略和擴張，國家正面臨民族的危機。

出身名門的俞平伯是一個純粹意義上的文人，自小所受的教育也十分的規範，就學於當時著名的學府，後又長期任教。在所交往的朋友圈中，有黃侃、朱自清、周作人、葉聖陶、廢名、浦江清等先進知識份子，亦有他的同學康白情、傅斯年、楊振聲等，並在五四時期積極參與北大新潮社的工作，對其思想的形成起到了重要的作用。順應上世紀初葉民國前後留學西洋的潮流，以學習和考察外國的先進經驗，俞平伯也有兩次不成功的留學經歷，即一九二〇年初赴英國留學，俞平伯在其晚年的回憶中寫道：「時余方弱冠，初作歐游，往返程途六萬許里，閱時則三月有半，而小住英斤倫只十二三日，在當時留學界中傳為笑談。豈所謂『十九年矣尚有童心』者歟，抑所謂『乘興而來，興盡而返』者耶。」一九二二年又赴美留學因得病而返。西還的失敗對於俞平伯打擊頗大。

到了上世紀三十年代初，俞平伯的生活日趨穩定，教書授課之餘，創作也開始漸入佳境，由新詩而及散文，亦言亦白中充滿了一種情趣和知性，這種獨特的創作方式最為周作人所賞識。俞平伯整個思想的變化，顯現在他頗具閒情和趣味的文章之中，和退回書齋而獨善其身的行動之中。如他寫於一九三二年的〈代擬吾廬約言草稿〉中，就有類似的想法：「生命之脆也，吾身至小也，人世至艱也，宇宙至大也，區區的掙扎，明知是滄海的微漚，然而何必不自愛，又豈可不自愛呢。」透露著俞平伯不一樣的心境。

一九三〇年五月由廢名主編的《駱駝草》週刊在北京創刊，俞平伯和周作人是主要作者。這本小型的週刊表現出強烈的獨立主義傾向，也表明了刊物的政治傾向和藝術趣味。一般認為《駱駝草》的作者隊伍形成了一九三〇年代京派的雛形，但由於偏於北方一隅影響力十分的有限。倒是俞平伯對於左翼作家批判《駱駝草》和周作人不以為然，在題為〈又是沒落〉的文章中對普羅作家的批判予以了反駁，「什麼是沒落？我一點也不懂，並可以說昨兒在苦雨齋把沒落掛在口角上的各位師友，也沒有一個真懂得的。……」俞平伯對於普羅作家和左翼文學的不屑，還在於他們對於其散文〈中年〉的批判，這是周作人寫信時告訴他的。

比起俞平伯的〈中年〉來，將近五十的周作人的〈中年〉似乎更恰如其分。實則上周作人的中年感歎更具一種無奈的況味。

一九三〇年代初的周作人，在教書寫文、翻譯的同時，還在各處學校和集會上作演講，繼續闡述他的文學理論和主張。隨著文學中心的南移，以魯迅為首的大部份作家都聚於上海，和上海的革命文學和激進文人比起來，居京的作家和文化人顯得有些落寞和保守。體現在周作人身上，除了他的〈中年〉文章的哀歎以外，還有

「閉門讀書論」和「不談國事」，對於左翼的激進文學，也頗多微詞。並在《青年界》創刊號上作〈金魚〉一文，攻擊左翼作家是跟著青年跑，是投機趨勢，並且反對文藝上一切必要的鬥爭。「幾個月沒有寫文章，天下的形勢似乎已經大變了，有志要做新文學的人，非多講某一套話不容易出色。我本來不是文人，這些時式的變遷，好歹於我無干，但以旁觀者的地位看去，我倒是覺得可以贊成的。為什麼呢？文學上永久有兩種潮流，言志與載道。二者之中，則載道易而言志難。」

周作人的這種變化是有著複雜原因的。實際上在一九二八至一九二九年，周作人就從一個五四新文化運動的驍將，開始漸漸地走上了消沉之路。國民黨的所作所為，和北洋軍閥無異，令周作人十分的失望；而左翼的激進文化，又和其思想和文學主張相背的。對於現實的嚴重失望使周作人把歷史看成漆黑的一片，對於民主和對於自己都失去了信心，於是有了〈閉門讀書論〉，有了〈中年〉。「歷史所告訴我們的在表面的確只是過去，但現在與將來也就在這裡面了⋯⋯宜趁現在不甚適宜說話做事的時候，關起門來努力讀書，翻開故紙，與活人對照，死書就變成了活書，可以得道，可以養生，豈不懿歟？」（〈閉門讀書論〉）「四十可以不惑，但也可以不不惑。⋯⋯平常中年以後的人大抵糊塗荒謬的多，正如兼好法師所說，過了這個年紀，便將忘記自己的老醜。想在人群中胡混，執著人生，私欲益深，人情物理都不復瞭解，至可歎息是也。」（〈中年〉）一言一白中表達的是同一層意思，滿懷著失望和無奈去逃避著現實。

一九三一年九月十八日日本帝國主義出兵侵佔中國的東北三省，以蔣介石為首的南京政府奉行對日的不抵抗政策，使日軍在三月內佔領了東三省。中國共產黨發表宣言，號召全國人民抗日救國，各地學生紛紛遊行請願要求蔣介石抗日。

在民族危亡的大是大非面前，俞平伯和周作人等民主知識份子發表文章，強調救國的思想。俞平伯在《大公報・現代思潮》上發表了〈救國成為問題的條件〉，在《中學生》上發表了〈貢獻給今日的青年〉短箇，告誡青年們，要信自己的力量可以救中國，應當救中國，並積極創造救國的條件。並致胡適先生信，尋求知識份子救國之道，「今日之事，人人皆當毅然以救國自任，吾輩之業唯筆與舌，真欲荷戈出塞，又豈可得乎！大禍幾近眉睫，國人乃如散沙，非一時狂熱供人利用，即漸漸冷卻終於馳情，此二者雖表面不同，為危亡之徵侯則一也。」俞平伯還希望胡適像五四那樣出來做領袖救國，想法固然不錯，但多了一份書生氣和幼稚。

周作人同樣也寫文號召救國，如在〈棄文就武〉中指責了反動政府不注意國防建設，對外來侵略者沒有抵抗的力量。在〈日本管窺〉中，又分析了日本的國民性和缺點。在〈關於徵兵〉中認為遼寧事件錯在日本，但中國方面也有錯，並認為「修裝備，這是現代中國最要緊的事，而其中最要緊的事則是徵兵。」雖也宣導救國，但態度不明了且語之未詳。

中年之後的困惑，比之大是大非，卻顯出同樣是知識份子卻有不同的境界，消沉之後並未爆發，是一種局限也是一種個人的態度所致。

一九三〇年代初期，在相隔一年多的時間裡，周作人和俞平伯分別寫了題為〈中年〉的散文。一個是發出中年的感歎和無奈，一個是透著中年的蒼涼，似乎想要表達的是同一種意思和境懷，實際反映的是中國的民主知識份子在後五四時期的彷徨。經過五四新文化運動疾風暴雨般對傳統的反叛，新的文化運動向何處去，是擺在當時文化人面前的一個痛苦的抉擇。是參與革命的左傾的激進文學？還是參與為人生、唯藝術的文學？或是沉寂下來，去追求趣味的平和的文學之路？每個人都在做著選擇，俞平伯和周作人也用行動和文章作出了自己的選擇。

中年之後的消沉是和當時的大環境聯繫在一起的。亦師亦友的俞平伯和周作人似乎有著類同的想法，相同的趣味，甚密的書信往來，相類的學術氣質和性格脾性，使同題〈中年〉偶然中有著一種必然，感歎和敘述的角度不同，所表達的思想卻是一致的。但俞平伯和周作人還是有差別的，俞平伯是一個純粹意義上的文人，思想上也受傳統儒學的影響較深，對世事看得分明，對現實充滿失望，而這種思想明明白白地表現在他的文章中，也表現在他的為人之中；周作人的文章風格沖淡平和，但在政治上周作人是有想法和慾望的，其自成一派的散文和他的思想是割裂的。甚至到他幾年以後的落水成為漢奸，可以清晰地看清為文和為人的某種分裂。

中年文章，勾勒了兩個文化人在一個歷史時期的創作思想和心境，反映了後五四時期知識份子的彷徨，亦可以清晰地窺見俞平伯和周作人在中年前後的人生軌跡。

李涵秋的上海一年

一九二一年的秋天，李涵秋來到了上海。這也是他第一次來到上海。

李涵秋的此次來到上海，是應時報館狄平子的邀請，來滬主編《小時報》和《小說時報》（後期）的。《時報》創刊於一九〇四年六月，是一份由保皇黨創辦的大型日報。狄平子為主要負責人，擔任編輯和主筆的有羅普、馮挺之、陳景韓、包天笑等，《時報》主張適合於時，隨時而變，而又無過不及，既批判封建頑固勢力，又批判革命黨人的衝動，是一份專講平和專講立憲的報紙，在中國近代報刊史上有著重要的地位。

李涵秋和《時報》結緣在一九〇六年，那時剛到武漢一年的李涵秋看到上海《時報》以重金徵求長篇小說的廣告，便寫了一部五萬言的《雌蝶影》，然而由於對上海人生地疏，不敢貿然投寄。此時有詩社好友丹徒人包柚斧知李涵秋情況後，說上海有其好友，且識狄平子、包天笑等人。李涵秋感激之至，說如小說中選可平分稿酬。《雌蝶影》果被《時報》錄用，列為三等，但署名卻為「包柚斧」。李涵秋大怒責問包柚斧，包只得設宴謝罪，說只得虛名不要稿酬，並先付稿酬一百八十元予李涵秋。事後李涵秋才知包早已取稿酬，且侵吞了七十元。李涵秋因此和包柚斧絕交。到第二年上海有正書局出《雌蝶影》單行本時，作者署名才改為李涵秋。此中曲折使李涵秋對於《時報》有了特別的印象。

狄平子為何要請李涵秋來上海主編報刊呢？

李涵秋，中國近代小說之大家，舊派文學中重要的代表人物。別號沁香閣主，江蘇揚州人，生於清代同治十三年（一八七四），少聰穎，酷愛讀書，棄舉子業，致力於古詩文辭。並以授課為生，繼而，受李石泉聘赴漢口為「西席」，居漢四年，逐步走上寫作之路。於一九〇九年至一九一一年間在漢口《公論新報》刊載小說《過渡鏡》，至五十二回因辛亥革命而輟刊。一九一四年復至上海《大共和報》、《神州日報》續刊四十八回，且改名《廣陵潮》，並由震亞書局出版，一舉成名。平生著作頗豐，所著小說為文言十種，白話文二十三種，另有筆記雜著多種，代表作有《廣陵潮》、《俠鳳奇緣》、《戰地鶯花錄》、《沁香閣詩集》、《沁香閣筆記》等等。

李涵秋代表作品《廣陵潮》用集錦的創作方式，濃縮了他許多個人的經歷，既有相思相戀的浪漫，亦有受騙上當、被人陷害的痛楚，小說主人公雲麟身上有著太多李涵秋的影子。《廣陵潮》真實生動地反映了從清末到民初這一歷史過渡時期的社會百態，如廢除科舉、洋學初現、男子剪辮、女子放足等，有歷史學、社會學和民俗學上的價值。被稱為鴛鴦蝴蝶派的代表作品。胡適曾評價道：「民國成立時，南方的幾位小說家都已死了，小說界忽然又寂寞起來。這時代的小說只有李涵秋的《廣陵潮》還可讀。」（胡適〈五十年來之中國文學〉，載《申報館五十周年紀念》）魯迅也有在日記中為家人寄《廣陵潮》的記錄。（《魯迅日記》一九一七年十二月三十一日：「上午寄家信並本月用泉五十，附二弟三弟婦箋各一枚，又寄《廣陵潮》第七集一冊」）可見小說當時受歡迎的程度。

狄子平之所以請李涵秋來上海主編報刊，一是因為仰慕李涵秋在當時文壇的大名。那時李涵秋已著章回體長篇小說十餘種，譽為當時寫小說的第一名家。並長期為《新聞報》、《時報》、《晶報》、《商報》、《快活》等報刊寫連載小說，已成為舊派文學中的代表人物，以他的名氣來擔任主編，可以保證報刊的銷路和商業目的。二是上世紀二十年代初期，五四新文化運動雖然已經爆發，在知識精英階層所進行的文學革命，極大地衝擊了以休閒娛樂為主的舊派文學。但是舊派文學根基還在，在市民階層的影響力也並未褪去。那麼也打著變革旗號的舊派文學，試圖用報刊來穩固其陣地，創辦了各種休閒娛樂期刊，以圖來和逐漸興起的新文學分庭抗禮。

到達上海以後的李涵秋卻極不適應上海大都市的生活。

由於久居揚州，難得出門，在李涵秋的一生中，除一九〇五年至一九〇九年應聘湖北官府當幕僚，在武漢居住四年；以及應狄平子之邀在上海居住一年以外，幾乎都在揚州。對於外部世界和新生事物瞭解甚少，以至於在其所著的小說中鬧出不少的笑話，如坐馬車去蘇州虎丘，遊杭州西湖坐瓜皮船要張帆等。這些都暴露了李涵秋閉門造車的弊端，間接也反映了舊時小說家對現代生活的不適應。

到上海的李涵秋，看到上火車站來接的汽車，卻有點怕坐，對於新興事物的知之甚少使李涵秋心生畏懼，他的思維還停留在坐馬車出行的年代。而住在大東旅社，又覺得渾身的不自在，覺得地方太小，不如家裡面的宅院來得舒坦。並不願坐電梯上下，還是走樓梯來得踏實。更為可歎的是把居於鄉下的不良習慣帶到了上海，李涵秋有吸水煙的習慣，他把煙灰到處亂彈亂扔，而大東旅社的客房內，滿處是鋪得潔亮的油漆地板，煙灰把地板燒成斑斑的焦痕，結果引起了不小的麻煩，報館方出面打招呼才算了事。

李涵秋到上海後，曾引起了不小的轟動，因此時已有不少人讀過李涵秋的小說，人們爭相目睹著名的小說家。而在文藝圈內表現尤甚，一時社會名流們紛紛請李涵秋吃飯，以表達彼此的一種敬意，在那個年代又時興吃西餐。由於李涵秋不會用刀叉，只能一概拒絕。但有時實在推託不掉，只能另想辦法。如周瘦鵑拉李涵秋入青社，在東亞酒樓聚餐吃西餐，李涵秋不便推辭，只得前往。為此周瘦鵑只得另外叫了幾盆中餐，才不至於讓李涵秋餓肚子。聽到李涵秋來滬，當時的京戲大王梅蘭芳，惺惺相惜，在一品香西餐館宴請李涵秋，彼此仰慕已久，李涵秋欣然前往，但只用了第一道芙蓉鮑魚湯便離席告退了。一代小說大王如此的不適應現代都市生活，令觀者唏噓不已。

由於極度的不適應和身體的原因，在上海住了一年，李涵秋便返回了揚州。

對於李涵秋在上海的生活，當時同為舊派文學大家的周瘦鵑有回憶文章〈我與李涵秋先生〉，刊於《半月》雜誌「李涵秋先生紀念號」，可知當時的諸多細節。

周瘦鵑在文章中寫道：「十年冬天李先生應上海時報館之聘，來編輯小時報和小說時報，我得了這消息，很為喜歡，心想從此可和李先生常常聚首了。有一晚新申報主人席子佩先生在倚虹樓宴客，我也在被邀之列。席間見有一個身材瘦小的客人，戴著金絲邊眼鏡，雖已中年卻不留鬍子，當下有錢芥塵先生介紹說，這一位便是李涵秋先生。我們倆彼此拱了拱手，說了沒幾句話，李先生便匆匆的走了⋯⋯我和李先生第一次見面，是在申報館。那一天我們暢談了一會，李先生告辭而去。過了一、二分鐘，忽又走了回來說：『那石扶梯上有一段沒有欄杆的，我不敢走下去，可否打發一個當差的扶我下去？』我答應著，急忙喚一個館役扶了李先生一同下樓，我立在梯頂眼送著，不覺暗暗慨歎。心想青春易過，文字磨人，李先生不過是個四十九歲的人，已是這樣頹唐。」

「李先生到上海後，和我見面了幾次，總是執手相慰勞。對我說道，你太忙了，怕一天到晚沒得空罷，該節勞些。是啊，我聽了這話，心中很感激。……去年世界書局創辦快活雜誌，本託我主持，我因《半月》的關係，謝絕了。後來便請李先生擔任，我做了一篇賀詞送去，那時他早忙著編輯小說時報了。問我要稿子，我推辭不了了，便借著鄰家的一段事實，做成一篇鄰人之妻，給他刊在第一期中。在這個當口，李先生可忙極了，要做五、種長篇小說，新聞報的『鏡中人影』，時報的『自由花範』，晶報的『愛克司光錄』，快活的『近十年目睹之怪現狀』，小說時報的『怪家庭』，還有商報的一種，名字我已記不起來了。我暗暗咋舌，他同時做這六種長篇小說，不知道如何著筆，倘若記憶力薄弱些的人，下筆時怕要把人名和事實彼此纏誤咧。然而李先生卻按部就班的一種種做下去，這種魄力真是難能可貴了……」

周瘦鵑的描述充滿了對李涵秋這位文壇前輩的敬仰之意，也為李涵秋在上海的閉門創作，及同時給六家報刊寫連載小說，可見李涵秋當時在文壇的地位和受歡迎的程度。周瘦鵑的紀念文章，為李涵秋在上海，以及晚年的創作，提供了不少第一手的資料。

燈紅酒綠、報刊興隆的上海，對於李涵秋這樣一個舊式文人是充滿了誘惑的！

上世紀二十年代的民國初年，上海作為遠東第一大城市已初見雛形。聚集了一大批以賣文為生的文人和報人，幾乎每個月都會有好幾份報紙創辦，以休閒娛樂為主的期刊也日漸興隆。作為舊派小說的代表人物，李涵秋在那時已聲名俱榮，當時的報紙也以刊載李涵秋的小說來吸引讀者，甚至有「無李不成報」之說。這種以舊派小說增加報紙的銷量，和當時的社會文化環境不無關係。

作為李涵秋來說，能到上海這樣一個當時舊派文化的中心去，儘管有諸多的不適，也鬧了不少的笑話，但對於其個人的發展，以及在舊派文學中鞏固其地位，是大有好處的。蟄居揚州大半生，在武漢的四年既是他文學創作的起步，同時也受到不少的傷害（在武漢由於作詩結友中，有人妒李涵秋的才華，把李涵秋教女學生學詩，說成是革命黨聚會，弄得李涵秋差點被抓），在其一生中記憶深刻。在上海的日子裡，除了推託不掉的宴請以及繁瑣的約稿編刊事由以外，李涵秋的大部分時間都蝸居於旅社，抽著他的旱煙，繼續著他的創作。大都市光怪陸離的生活，西風漸進的社會時尚，在李涵秋看來都是那樣的不可思議。他的思想和感覺依然停留在晚清時期，以至於在生活和創作中有脫離時代之感。

處於無數讀者眼中企羨的目光，以及人前馬後的簇擁、報刊同人的誇耀，使李涵秋可以暫時忘卻初到大城市的不適，而浸潤於一種暫時的陶醉之中。但他心裡其實很明白，他是屬於揚州鄉下的，屬於粗茶淡飯簡單生活的，那裡可以自由自在，不必有太多的拘束。大城市對於他來說是陌生的，李涵秋並不象周瘦鵑、包天笑、王純根等能擅熟地游走於江湖之間，能辦刊、寫文、結社都不誤，能於文壇游刃有餘，他只是一個寫小說的舊文人。在上海的一年使李涵秋原形畢露，呈現其人生的頹勢和暮態！

李涵秋的文學創作未嘗不是晚清至民國初年一道獨特的風景線。

李涵秋早慧，少年便聰穎過人，具有深厚的學識功底。自幼受到揚州評話的薰陶，在他成年後創作的小說中有不少揚州評話的技巧和影響存在。貢少芹在《李涵秋》（上海震亞圖書館一九二三年版）中寫道：「涵秋幼時最喜聽講，且成癖焉。

顧天資極穎慧，一經入耳，悉不遺忘，歸即摹肖書中人之姿態與口吻，於祖母及其母前復述之，頗得其彷彿。更能例舉書中之情節，語極中肯。」在武漢四年成為了他一生的轉折，時年二十一歲的李涵秋不僅開始創作小說，發表了他的處女作《雙花記》（刊《公論新報》），而且結交了不少的文友，奠定了他踏入文壇的基礎。

李涵秋作為晚清至民國時期的重要作家，其作品大致有社會、家庭、言情三大題材，而其中又以社會小說最為出色，如《廣陵潮》、《怪家庭》等。貢少芹有如此評價：「涵秋所著各種說部，大率事實與理想參半，惟《怪家庭》一書，完全實事。」李涵秋的創作，更多地展現了上世紀初，晚清至民國時期的社會生活和市井人情，在《廣陵潮》一書中熟練地運用了「稗官體例」，用集錦的方式來再現清末民初之生活。李涵秋之創作，深受舊派小說同人們的褒獎。如周瘦鵑曾感歎道：「我對李先生有三個意見，一我佩服李先生做小說的魄力，他不動筆便罷，一動筆總是二三十萬字的大著作；二我尊敬他是一個忠厚長者，朋友之間，從沒有刻薄的行為；三我悼惜他在文字中奮鬥了三十年，畢竟作文字的犧牲。」駱無涯曾盛讚李涵秋的小說有三大特點，「第一情節奇突，如石破天驚，不可捉摸；第二前後銜接，無顧此失彼失節現象；第三描寫深刻，入木三分、」畢倚虹更稱讚道：「肥豔濃香之筆，典質簡樸之詞，吾視之不難；獨尖酸雋冷之言，刻畫社會人情鬼蜮，吾不如涵秋。」

在上海的李涵秋卻顯現了一個舊式文人的沒落和頹唐。

李涵秋所生活的年代，正是社會動盪和革命維新之時，也是五四新文化運動爆發前後，隨著革命的爆發和深入，以學院派精英為主的現代知識份子隊伍，逐漸在形成之中，在意識形態領域逐漸占得先機；與此同時，以鴛鴦蝴蝶派為代表的舊派文學，在市民階層中佔有較大的比重，新舊文學爭奪讀者的鬥爭從未停歇過。而隨著五四新文化運動的普及和深入，現代新文學的社團也處於萌芽之中，對於當時的報刊話語權的爭奪亦處於激烈之中。就在李涵秋到上海的那一年，商務印書館的老牌刊物《小說月報》順勢而變，在茅盾主編的革新號上，發表了大量的新文學作品。而對於新舊文學爭峰之議，這是一個重要的轉折。

李涵秋是一個浸潤於舊時教育，有著封建士大夫氣的舊文人，儘管在他的作品中有批判現實的不合理，宣導進步生活方式的內容。但從本質上說，以鴛鴦蝴蝶派為代表的舊文學依然有相當的局限性，過多地在作品中渲染娛樂和趣味，在文學的主旨和批判意識上，顯得較為消極。可在晚清至民國這個特殊的時期以內，卻有著啟蒙和承上啟下的作用。

李涵秋在上海一年，初看是舊時報刊利用名人影響來增加銷路，擴大影響；而實則為舊式文人在如何融入當時社會文化環境之中，跟上時代前進的步伐上，是存在著較大的差異性和局限性，現代文明的腳步已漸漸邁進，但體現在李涵秋身上卻是種種的笑話和不適應性，如同劉姥姥進大觀園一般。這種和社會發展所產生的隔閡，正是舊式文人的沒落的表現。

返回揚州的李涵秋，一年以後即因病逝於家中，時年僅五十歲。

陸費逵和商務中華教科書之爭

新式教科書的出現，是和中國近代出版業的興起密切相關的，也是中國近代文化教育發展史上的重要現象。新式教科書以前，中國主要有二種教科書：一是《三字經》、《千家詩》之類的蒙學讀物，二是應付科舉考試的指導教程。隨著時代的發展和民眾對於教育的需求，這些舊式的教科書已難以滿足學習的需要，至一八六二年洋務運動時期，創辦了中國第一所新式洋學堂京師同文館，所編教科書有算學、泰西歷史、地理、宗教、倫理等。教會學校的迅速發展，使中國有識之士對原有的傳統教育方式提出變革要求。

一八九七年南洋公學外院成立，南洋公學是當時的一所新式學堂，分國學、算學、輿地、史學、體育五科。由陳懋治、杜嗣程、沈慶鴻等編纂的《蒙學讀本》，是我國人自編教科書之始。後俞復、丁寶書、吳稚暉等在無錫又開辦三等學堂，並自編教科書。許多出版商看到新式教科書有利可圖，便相繼出版這類教科書。而其中以商務印書館所出的教科書水準較高。張元濟聘請蔣維喬、莊俞、高夢旦、杜亞泉等人所編新式中小學教科書，佔有市場的絕大部份比例。一九〇一年前後晚清政局發生動盪，在新舊教育模式的爭鬥中，清政府以圖也加入編教科書行列，無奈由於衙門作風和編纂水準，輸於商務印書館、文明書局等民間出版機構。在一九〇二年前後，學校教科書的市場基本上有文明書局所壟斷。

商務印書館從一家印刷工廠走向出版業，是以出版教科書作為起點的，同時也使企業自身的經營狀況得到了改善，並成為國內最大的教科書出版中心。商務印書館有著良好的編纂體系，有著較高的文化眼光和經營策略，在新式教科書領域獨佔鰲頭也就不足為奇了。

一九一一年，商務的教科書出版領域受到了挑戰，而挑戰者為新成立的中華書局，在這場商務和中華的教科書之爭中，不得不提到一個人，那就是陸費逵，原在商務印書館就職，後獨立成立了中華書局。

陸費逵（一八八六—一九四一），字伯鴻，浙江桐鄉人。早年在武漢參加革命組織日知會，經營新學界書店，曾任《楚報》主筆。一九〇五年因言論得罪當局，遭通輯逃往上海，在上海昌明公司、文明書局任職。曾與著名教育家俞復等編寫《文明教科書》並獲好評。發起並成立了上海書業商會，長期擔任主席委員等職。由於陸費逵在編寫出版和發行教科書上的出眾才華，被商務印書館張元濟等高層看中，並被聘為出版部主任一職。一九〇九年創刊並主編了著名的《教育雜誌》。一九一二年陸費逵創辦了中華書局，並任局長總經理達三十年之久，中華書局編輯出版的《中華教科書》、《中華大字典》、《辭海》，影印和整理的《四部備要》、《古今圖書集成》等，以及所編期刊《中華教育界》、《新中華》、《中華婦女界》、《中華學生界》、《小朋友》等，都久負盛名，得到了學界的認可。迅速成長為國內重要的民間出版機構，至一九一六年在北京、天津、廣州、漢口、南京等四十餘處設立分局。

陸費逵在經營好中華書局的同時，堅持他一貫教育救國的主張，並大力推行國語運動。所發文章有《敬告民國教育總長》、《民國普通學制議》、《新學制之要求》、《論設字母學堂》，生前著作有《教育文存》五卷、《青年修養雜談》、《婦女問題雜談》等。

陸費逵在商務印書館期間，在教科書的出版和發行中就顯示了其敏銳的商業眼光。在其主編的《教育雜誌》上，附印一張學校調查表，通過雜誌和學校取得聯繫，表上附有學校名稱、校長教職員姓名、學校班次、學生人數、所用教科書等，申明如填寫寄回可獲贈雜誌一年。從而瞭解和掌握教科書使用資訊，以擴大教科書出版的市場佔有率。

一九一一年十月十日，武昌起義爆發，定國號為「中華民國」。全國展開了轟轟烈烈的辛亥革命。面對時局的變化，商務印書館內部有人提出修訂教科計劃。陸費逵也向張元濟等高層建議重新修訂《最新教科書》，而張元濟傾向立憲治國，不主張革命奪權，所以並不認為辛亥革命會成功；再加上商務印書館的立場趨於保守，所以並未採納修訂教科書之計劃。陸費逵一看機會來了，他本就有另立門戶之念，而如何成功？教科書編發的成功將是重要的法碼。於是陸費逵自籌資金，暗中組織戴克敦、陳協恭等加緊編寫新教科書，並進行新書局籌備。

一九一二年元月，中華民國正式成立。教育部於五月通電全國，凡教科書不合共和宗旨者逐一改正之。陸費逵從商務拉走一批編發人員，於同年元月正式成立了中華書局，自行編定的一套《中華教科書》開始發行，共分為初小八冊，高小四冊，並且利用壓低書價和先取教科書後付款等手段，一下子從商務印書館控制的教科書市場奪走了大批客戶。商務之教科書頗多清帝制時代的內容，且中華書局利用當時國內的反日情緒，標榜自己是民族企業，暗示商務有日資入股。所以商務在與中華書局的教科書之爭中，完全處於劣勢。一九一二年印刷的教科書大量積壓，商務印書館損失慘重。雖後用贈書打折等手段，仍未挽回劣勢。加上各地的教會學校都不用商務教科書而自編教材，以適應新形勢的需要。至此商務印書館在教科書市場上被中華書局搶去將近一半的份額。

從表面上看商務和中華在教科書之爭中的失敗，是由於中華書局的建立和陸費逵的反戈一擊。而實際上是商務印書館高層的決策錯誤和保守立場，若干年內在教科書領域的獨佔份額，使商務印書館在市場的競爭中處於懈怠的狀態，且對於時局的判斷也存在誤差。商務印書館是從教科書起步的，而此次失敗也造就了中華書局的崛起，並且同樣也是以教科書的出版而立足的。

而在其後的幾十年中，中華和商務繼續在教科書上展開明爭暗鬥。

一九二〇年一日，舊教育部訓令全國各國民學校將初級小學國文改為語體文，並規定「首宜教授拼音字母，正其發音」。各地紛紛舉辦講習所，以適應新教育的需要。陸費逵很快又看到了商機，自民國元年和商務印書館在教科書領域大戰一場，迅速佔領市場份額以後。但商務印書館經過幾年時間的調整，漸漸地在教科書的編輯和出版發行領域收復失地，商務印書館本身就有深厚的文化底蘊，再加上中華書局副經理沈知方挪用公款而陷入困境，中華書局急需振興。陸費逵加緊修訂《國語課本》（共八冊），並搶先印行語體文課本，其中第一冊專教注音字母，出版以後大受歡迎，取得了不錯的業績。第二年又出版了《國音教材》，並且一版再版。而對於此次應戰，商務印書館也有準備，盡管由於張元濟和高鳳池發生矛盾，但商務在編輯出版教科書上的水準一向較高，此次也未能落人後。再加上王雲五入主商務印書館，給商務印書館注入了新鮮的血液。中華和商務在教科書之爭中只能說打了個平手。

而在一九二五年為了對付世界書局的教科書，商務印書館和中華書局競聯手創辦國民書局，由對手變為聯手，可見民國期間教科書競爭之激烈。一九二一年原中華書局沈知方創辦了世界書局。除出版各種《ABC叢書》、《莎士比亞全集》和連環圖畫以外，也開始涉及成套的教科書出版，計有初小四種三十二冊，高小八種三十二冊。當時的全國中小學教科書市場，商務印書館占百分之六十五，中華書局占百分之二十五。為了爭奪市場，世界書局運用各種促銷手段，如給回扣、低折扣、送獎票、摸大獎等等。商務和中華看到世界書局來勢兇猛，於一九二五年創辦了國民書局，聯手抵制世界書局教科書。除了七折銷售以外還買一送一，並向全國新學制小學贈教科書一套，且各自在報上做廣告針鋒相對。而拼爭的結果是並未擠掉世界書局的教科書份額，而國民書局未能達到預期目的，於一九三〇年關門大吉，商務和中華聯合組建國民書局以失敗而告終。

教科書出版的激烈競爭，使得教科書的品種和品質都得到了快速的發展，而低價傾銷受惠的又是一般民眾，而提高產品品質和企業的聲譽，又是競爭中必不可少的條件。同時這場教科書之爭也說明了商務印書館和中華書局，這兩家最大的民間出版機構對於出版教科書的重視，他們幾乎都是靠教科書的出版和發行，才完成了初始資本的積累，從而為其進一步的發展打下了扎實的基礎。而雙方的競爭也是良性的競爭，講求品種和品質，講求銷售的份額，並且能適時審度，把握社會對於教科書的要求。

陸費逵作為現代史上著名的出版家和教育家，在教科書出版和發行領域可謂遊刃有餘，能恰當地把握時機，能從老牌的商務印書館手中爭得一席之地，可說用盡了心機。而其在教科書編發上的敏銳眼光和出眾才能，使中華書局迅速成長為除商務印書館以外的第二大出版機構，對此陸費逵功不可沒。

重新來看發生在上個世紀前葉的有關教科書出版發行方面的競爭，除了可以瞭解歷史的某些細節以外。對於我們今天的教科書市場，如何更好地服務於廣大的學子，在品質和品種上更適合新時代教育的要求，不無啟迪的作用。時光已翻開了新的一頁，但從泛黃紙頁的字裡行間，彷彿還可嗅見那時激烈競爭的硝煙！

文人書事

李伯元、《遊戲報》和花榜

光緒二十二年（一八九六年），三十歲的李伯元從常州來到了上海。

李錫奇在稿本《李伯元生平的回憶》中寫道：「伯元在鄉至一八九六年，去上海辦報前，為籌辦其胞妹淑方婚事，曾商借吾家女廳一帶平房五間、書房一處，供其使用。其妹婚事繫念仔在日許配於同裡惲毓巽為繼室。……其妹婚事後，伯元便同老母吳氏及妻鍾氏離開吾家，到上海去了。」其時約一八九六年四月間。

李伯元此次到上海，是躊躇滿志的，也是他從事文學活動的開始。此行目的在於應聘《指南報》的主筆。

《指南報》為《文匯西報》所辦中文日報，創刊於一八九六年六月，版式仿當時的《申報》，版面成方形。內容有論文、時事新聞、社會新聞、京報選錄、詩詞等。李伯元在《指南報》創刊號上用駢體作「謹謝報枕」，表達了有聞必錄、新聞自由和向讀者負責的辦報思想。但報紙出版後反應平平，李伯元試圖以增添趣味性社會新聞來吸引讀者，但苦於沒有讓自己施展的平臺。於是便和友人袁翔甫合作嘗試辦《遊戲報》。在次年（一八九七年）六月二十六日《指南報》的頭版，刊登了「代送《遊戲報》不取分文」的廣告，「四明遊戲主人創行《遊戲報》，托本館代為排印，於昨日開始，送閱三期，至二十八日再行收價。」這是李伯元創辦《遊戲報》的開始，以贈閱的方式拉開了《遊戲報》出版的序幕。

李伯元（一八六七—一九〇六年），名寶嘉，字伯元，江蘇武進（今常州）人，生於山東，別號南亭亭長，筆名遊戲主人。其曾祖父為嘉慶丁卯舉人，其父翼辰英年早逝，時李伯元僅三歲。伯元在堂伯父的撫養督教下成長，自小聰穎過人，擅長制藝及詩賦。「念仔先生督教極嚴，伯元之母亦不稍予姑息，以是伯元學業精進，擅制藝、詩賦，能書畫，工詞曲，精篆刻，餘如金石、音韻、考據之學，無不觸類旁通。」（李錫奇《李伯元生平的回憶》）又「十六歲讀完四書五經後，又從師批改文章，以是學業精進，深受老師器重。」（戴博元《李伯元家世考》）李伯元一八八六年二十歲時考中秀才，並補廩貢生，在前一年完婚，娶山東雒口批驗所鹽業大使鍾履祥之女鍾氏為妻。後鄉試卻屢遭失敗，伯父急切盼望堂侄獲取功名，恰逢山東遵籌餉例開捐，便為李伯元捐納了一個本省府經略的功名，在家候補，可李伯元本人無意於此，終於未去辦理報到手續。

光緒十八年（一八九二年）伯父功名身退，全家同返常州故里，時年李伯元已二十六歲，除又鄉試一次以外，李伯元曾跟傳教士學習英文，又協助李姓族人修撰《李氏宗譜》。平時與年歲相仿的兄弟等親友常在一起賦詩論文，切磋學問。不二年，伯父病逝，李伯元悲痛不已，希望自己有所作為，以報伯父養育之恩。李伯元居常州的四年間，國家正處於民族危亡的關鍵時刻，仁人志士呼籲維新革命，拯救國家於危亡之中。李伯元憤於清政府的腐敗，戊戌變法沒有成功，甲午戰爭又慘敗，李鴻章代表清政府簽訂了「中日馬關條約」，舉國震驚，於是有了康有為、梁啟超所領導的千餘人簽名上書，要求變法。維新運動進入高潮。李伯元也深受感染，覺得必須以報紙為宣傳鼓動的利器，而如果要使報紙能夠吸引廣大群眾的興趣，非用遊戲一類的軟性文字、講求娛樂性不可，否則效果不佳。李伯元充分醞釀，和不少鄉黨和文友共同探討辦報問題，非一試而不能足己心願。於是有了李伯元上海之行，有了《指南報》、《遊戲報》、《世界繁華報》等近代著名的報刊。

《遊戲報》從它創刊之初起，就註定是一份不平常的報紙。

在《遊戲報》出版之後不久，即有李伯元〈論《遊戲報》之本意〉：「《遊戲報》之命名，仿自泰西。豈真好為遊戲哉？蓋有不得已之深意存焉者也。慨夫當今之世，國日貧矣，士風日下，而商務日亟矣。有心世道者，方且汲汲顧景之不暇，尚何有恆舞酣歌、樂為故事而不自覺乎？然使執塗人而告之曰：朝政如是，國事如是，是猶聚喑聾跛躄之流，強之為經濟文章之務，人必笑其迂而譏其背矣。故不得不假遊戲之說，以隱寓勸懲，亦覺世之一道也。……」其中頗可見李伯元辦《遊戲報》的主旨，即假託遊戲之說，以報紙的形式講故事，以詼諧之筆寫遊戲之文，以趣味性釋解新聞時事。李伯元把娛樂瑣事、世之奇聞等，精心編輯採意，努力玩出新花樣來。目的是「使農工商賈婦人豎子皆得而觀之」，內容為「上自列邦政治，下逮風土人情」，世態萬象，包羅百態，為近代史上第一份有文藝性質的報紙。

創刊後的《遊戲報》每日兩版，版面呈方形，其中廣告占首版的三分之一，用中國紙單面印刷，大體頭版一文，中連趣味性社會新聞，末版為詩詞雜著。到第二年七月間，擴充為四至六版，用油光紙印刷，正文佔用兩版，廣告有四版，增加了傳奇、寓言、序跋、書信等，並排頭版，以突出報紙的文藝性。到一九〇五年《遊戲報》第三次改版革新，不僅改用新聞紙兩面印刷，且打破混編之例，又增加了論說、時事偶談、海上看花記、雜記、吳儂軟語、海上顧曲、藝文、談藪、莊諧新志等欄目和內容。《遊戲報》刊登的主要作品有李伯元的《海天鴻雪記》（小說）、飲冰室主人的《新羅馬傳奇》（傳奇）、獨立山人的《桃葉渡江圖序》（序跋）、鋒郎的《少年軍》（彈詞）等，還有《女樂考》、《書場盛衰記》、《夢遊仙記》、《洋場日盛說》、《中國難於變法說》、《官場現形》、《論滬上婦女服飾之奇》、《東遊日記》等各類文章，其中的詩詞曲賦占大部份內容，既有政治時事諷刺詩、懷古詠物抒情詩，又有友朋應酬唱之作、品花狎妓香豔詩等。

《遊戲報》出版以後，可渭轟動一時，影響巨大。發行量也是節節攀升，從最初的四、五千份，上升到近萬份，屢次加印供不應求，一舉超越了當時有名的《申報》和《新聞報》。有李伯元文所述：「本報自丁酉五月創始，迄今再更寒暑矣。一紙風行，承海內外士夫殷殷推許，上自搢紳，下逮閭閻，以及日本東歐美諸邦，遐方殊俗，靡不爭相購致……」（〈論本報多寓言〉）亦有後人如鄭逸梅，述《遊戲報》出版後之盛景，「時海上尚無小報之槧行，伯元首創《遊戲報》，以揄揚風雅。《遊戲報》有諧文，有笑話，有花史，足以傾靡社會。於是冠裳之輩，貨殖者流，莫不以披閱一紙《遊戲報》為無上時髦，南亭亭長李伯元名乃大噪。」（《孤芳集・南亭亭長之與安凱弟》）

《遊戲報》自一九〇一年後由歐陽巨源接編，至宣統二年（一九一〇年）停刊。其中曾出版過彙訂本共四十冊，一九〇〇年又印行《遊戲報叢刻》，分類編排二十餘種，影響力巨大，被後人譽為「晚清文藝小報之巨擘」。

《遊戲報》之所以能一炮打響，為上海的妓界開「花榜」起到了重要的作用。

「本報每年出花榜四次，本年夏季准在六月出榜，諸君選色徵歌，如有所遇，投函保薦，將生平事實、姓氏里居，詳細開明，以便秉公選取。遊戲主人謹啟」（〈遊戲主人告白〉）

何為花榜？就是妓女之間的選美。此種奢靡之風出現在晚清，並不奇怪。清末民初的文壇風氣，以吃花酒為交際之方，有許多的寓公名流，文人雅士，多流連於此而難以自拔，且以此為榮，以此為樂。另有文人墨客喜歡為看中的妓優賦詞作賦，形成了一種頗為烏煙的風氣。其實開花榜之事，非李伯元首創，古即有之，據王書奴《中國娼妓史》所載：「順治丙申秋，雲間沈休文縱狎邪之遊，薄松君無名姝，遊於蘇，往來平康無虛日，品其色技作花案，選虎丘梅花樓為花場，品定高下，以朱雲為狀元，錢端為榜眼，余華為探花，某某等二十八宿，擇日迎狀元，一郡如狂。叺為清代花榜之始。」（引自《說夢》、《堅弧集》）

李伯元在《遊戲報》連續幾期刊出選票，並且親目撰寫了〈遊戲主人告白〉、〈遊戲主人答客論開花榜之不易〉、〈花榜揭曉訛言〉、〈遊戲主人聲明〉、〈花榜揭曉預布〉、〈春江丁酉夏季花榜〉、〈嗜奇生之花榜奇議〉、〈糾花侍者之花榜格〉、〈遊戲主人論金小寶不取狀元之故〉、〈遊戲主人擬舉行遴花會議等〉等十幾篇文章，一時《遊戲報》洛陽紙貴，供不應求，發行逾萬份。李伯元適時誘導，及時炒作，撰文答疑，吸引了許多人興奮的投入和參與，成為了當時一次公開性的活動。李伯元在〈遊戲主人答客論開花榜之不易〉中言：「遊戲主人創行報章之始，即以開花榜為首事，登告白於報首，冀章台走馬諸君，各舉所知以薦。十餘日來，所得薦書計百數十函，按日排列後幅。」

最為有趣的是李伯元在開花榜中，採取了西方民主選舉的方式。「自本報創行特開花榜之議，即登告白於報首，謂本屆花榜系仿泰西保薦民主之例，以投函多寡為定。甲第之高下、名次之前後，皆視此為衡，本主人不參一毫私意焉。」（〈遊戲主人擬舉行遴花會議等〉）李伯元所精心炮製的開花榜這道新聞娛樂大餐，可謂機關算盡，運作綢密，既有各種質疑和不信任的聲音，為某位妓優鳴不平，以圖公平公正選榜之事；亦有和妓女相好者，以情人之眼左右花榜之選，其中涉及公平問題，如名妓金小寶就和李伯元關係密切，為此有了〈金寶仙不願登榜〉之文；也有上海的各家妓院，以登榜名次前後、人數多寡來判定其地位而忙得不亦樂乎。

其中有署名「知難子」的質疑黑幕之說，頗具代表性，「顧或者曰，合滬上長三、書寓，統計可得數百家，以極少之數計之，可得二三千人。顧此二三千人中，詎無一二百人足以超群絕俗，以成其出類拔萃之恣，克副花榜之選者？惟地廣人綢，此一二百人散處二三千人之中，既不能按戶大索，又安得人人而盡識之？且吾嘗聞，昔有某報館擬開花榜，預遣訪事人赴各弄各裡抄寫各校書芳名。該訪事遂藉端需索，每家一二至十數元不等，聞得頗為不資。似此行為，不特有壞名聲，亦大負該報館主人之初心。嗣為館主所知，將訪事者選逐退，而事亦中止，聞者惜之。」

李伯元為此回應道：「吾謂今日花榜，才色品藝四美俱全者決不可得，得三為上，二次之，一為下。若謂色藝一無足取，而競競以不妍人為優，所願此輩儘早擇人而事，從一而終，他日朝廷自有旌揚。則以牌坊為榮者，自不以不登花榜為辱也。且國家開科取士，以主司一二人之目力，較千萬人之短長，應試者數萬人，而所取不過數十分之一，感者寥寥而仇者甚眾。吾今此舉，為公為私，知我罪我，去取既不拘成見，毀譽亦足可縈懷？彼此舉為不易者，夫亦可以恍然悟瞿然覺也。」

李伯元在花榜揭曉之時，又邀請社會名流和文人墨客，假借茶樓點票評選，最後完成文榜、武榜、葉榜等「豔榜三科」的最終結果，另有「花選」、「曲榜」、「五經魁首」等名目。並有倉山舊主袁翔甫對此次花榜之選作了總結，盛讚李伯元之別出心裁，「掄才取世，務在公而無私，乃足服人心而昭定論。掄花亦何莫不然？惟掄才之時，可取與試之卷而盡閱之，以免遺珠之撼；掄花之際，不能遍游花國，取千紅萬紫而盡入目中。苟僅就寓目者而加以品騭，余皆付諸不見不聞，其抱撼遺珠也，不滋甚耶？遊戲主人有鑒乎此，獨出心裁，於今屆擬開花榜之先，四出招人薦函。積日累月，薦牘紛投。……紙上題名，盡屬好好、娟娟之彥；花開及弟，莫非鶯鶯、燕燕之儔。」（〈春江丁酉夏季花榜序〉）此後李伯元又按年開出花榜，並在《遊戲報》另辟「拍照報紙」，即預留版面，到照相館取妓女的照片粘貼於報，圖文並茂，使花榜之選更為形象化。

李伯元創辦《遊戲報》開花榜，可以講開創了晚清報紙的一個先河。他把固有的國家科舉乃至功令，引入到在傳統價值觀中認為最下賤的妓女身上，並且套用民主選舉，公開唱票等一系列舉動和行為，顯示了李伯元玩世不恭、遊戲、冷嘲的特點，尤為精彩的是李伯元充分運用新聞載體的功能，調動枝蔓延伸和方方面面的力量，把新聞炒作和風月嘻笑運作的如此成功，真的令人歎為觀止矣。顯示李伯元作為早期報人的經驗和才華。李伯元辦報僅是他早期文學活動的一部份，而就在這短短的幾年裡，他卻完成了前人未所及的事。

李伯元在一九〇一年脫離《遊戲報》的，幾年時間寫出了好幾部扛鼎之作，包括代表晚清小說創作最高成就的《官場現形記》，還有《文明小史》、《中國現在記》、《活地獄》、《海天鴻雪記》等小說，以及《庚子國變彈詞》、《醒世緣彈詞》、《經國美談》、《南亭筆記》、《南亭四話》等著述，從而奠定了李伯元作為譴責小說作家，在晚清文壇的重要地位。

李伯元從本質上說是一個晚清封建士大夫，他所處的那個年代正是中國近代史上新舊更替的時期，帝國主義列強對於中國的侵略和瓜分，清政府簽訂了一系列不平等條約，加劇了國內矛盾的尖銳化。體現在社會文化方面，隨著西方先進文化思想的引入，中國早期的新聞報業也開始發展，但無論是《申報》或者《新聞報》，都是由外國人創辦的，唯李伯元從《指南報》始，接連創辦了《遊戲報》和《世界繁華報》，表達了自己的主張和文藝思想，並且開創了晚清報業的一些先河，比如首次在報中開設文藝欄目、利用開花榜來增加報紙的知名度等，以增加報紙銷量和影響力，又如對有聞必錄的把握等，對於中國報業和新聞事業的發展作出了重要的貢獻。

李伯元辦《遊戲報》最為人津津樂道的是開花榜，這種把社會底層的青樓女推到社會評選的高度，除了那時有些畸形的社會風氣以外，李伯元等舊時文人以把狎妓為樂、花酒為常的奢靡大有關係。被稱為「騷壇盟主」的李伯元，傾注於太多的心思於開花榜，滔滔不絕的說明、解釋、煽動、炒作，與其說是為了提高《遊戲報》的發行量和知名度，不如說作為封建文人的李伯元宣洩己之慾望和觀點。這種看來有些畸形有些變態的所謂開花榜，在娼妓相對合法化的晚清社會，在一百多年以前民之蒙昧、社會千瘡百孔的時期，開花榜、妓女選美之事，或許正是再平常不過的事了，那只是遊戲和娛樂的一部份，從中可以窺見晚清社會的某些特質。

《遊戲報》僅僅是晚清時期有影響力的一份小報，如果從報紙新聞學的角度，其一些創舉和文藝欄目的設置，還是有開創性作用的。但從社會與論的影響力上來說，其作用還是十分有限的，李伯元、《遊戲報》、開花榜，勾勒了晚清社會文化的某些細節，從一個側面來反映當時社會文化的一些特點，及那個時期文人的活動和生活狀況，從而加深我們對晚清文化和晚清社會的瞭解。

丁悚：畫過《禮拜六》封面的人

當初見到原版的《禮拜六》雜誌，最吸引人的還是其精彩的封面畫，簡筆淡彩之中，栩栩如生地展現了民國初期的婦女形象，或大家閨秀，小家碧玉；或時髦女郎，窈窕村姑，看似信手拈來，卻是頗具風韻。在封面畫的下方，都署有「丁悚」字樣。由於年代久遠，《禮拜六》雜誌已破舊不堪，但其封面畫依舊光彩照人，難掩初時的一種美麗。

丁悚之名，久已隔疏，那是民國時期著名漫畫家之一，和張光宇、魯少飛、葉淺予等齊名。丁悚師承周湘，初攻西畫，擅素描，繼研國畫，歷任學校教員，刊物編輯，尤擅諷刺畫、裝飾畫、封面畫，長期在上海英美煙草公司廣告部從事香煙招貼畫的繪製。並為上海的《申報》、《新聞報》、《神州日報》等重要報刊作插圖，為《禮拜六》、《小說新報》、《遊戲雜誌》等期刊作封面和插圖，還兼任《上海畫報》、《健康生活》等刊物的編務工作。

一九二六年十二月丁悚和黃文農、張光宇、張正宇、王敦慶、魯少飛、葉淺予、季小波、胡旭光等發起成立了「漫畫會」，「漫畫會」初址為寧波路六十五號三樓四〇室，後「漫畫會」的招牌則掛在貝勒路（今黃陂南路）天祥里丁悚家的門口，丁悚家實際亦就是「漫畫會」的會址。雖然「漫畫會」未推選誰是負責人，但丁悚、張光宇的年齡高於其他人，為「漫畫會」成員公認的長者，所以他們兩人實際上成了「漫畫會」的負責人。因為「漫畫會」常在丁悚家聚會，他的家實際上成為了一個文藝沙龍，其中不僅有漫畫家，而且有不少文藝明星，他們討論漫畫，討論文學，並出版了《上海漫畫》週刊，以此為園地，團結更多的漫畫家來共同發展中國的漫畫藝術。以文藝沙龍形式存在的「漫畫會」，成為了上世紀二三十年代文化聚會的一個重要的場所。不少文藝界人士回憶中都提到了類似的聚會。

由丁悚的封面畫，不得不說到《禮拜六》雜誌，稍熟文學史的人都知，那是民國早期一本休娛樂性文學刊物。至於「寧可不討小老婆，不可不看《禮拜六》」之說，神乎其神而又有些邪乎，但《禮拜六》那時在市民階層中的影響力，不可小視；最高時發行量達幾萬份，造成供不應求的局面，也是情理之事。《禮拜六》除了內容以言情吸引讀者以外，其封面畫也是賣點之一。只是這種情趣這種格調，於今人看來已有了一種隔閡，不能去體味將近百年以前的審美趣味。這種趣味和格調，一直以來是受到批判的，它代表了一種沒落的和不健康的趨向。

前後共出兩百期的《禮拜六》雜誌，封面畫大都出自丁悚之手，（其他的作者有謝之光、楊清磬、張光宇等）而其中的絕大部份是女性的彩繪肖像和滑稽圖畫，可謂千姿百態。如創刊號的母親與孩子，就體現了一種溫情的氣息。以後各期中有女性在梳妝的、有女性在打高爾夫、有女性在讀書或照鏡的、也有女子騎馬或閒聊的、有女性自樓上送下《禮拜六》的等等。但偶也有例外，如五十二至五十四期，就是「大耳人」等滑稽扮相，從七十五至七十八期又是「代父從軍」等民間故事，比較有意思的是第四十二期的「矮子欺長子」，到了四十七期「長子把矮子一腳踢到四十八期的封面上去了」，而四十八期的「矮子跌倒了」，構成了一組有趣的畫面，充分表達了《禮拜六》娛樂之本性。第九十九期的「賣唱」又充滿了對底層人民的憐憫之情。

丁悚在作《禮拜六》的封面時，看來都是隨手所作，充滿了隨意性；看似缺少關聯性，但在隨意中卻有著一份執著，要把同樣的女性描繪出不同的特點來，把滑稽圖畫畫出一種情趣來，丁悚很好地抓住了本質的東西來表達，在有虛擬情形中表現人物的各種形態，又是丁悚仔細觀察後所著力所表現的。其中既有中國傳統線描的細膩入微之處，又有西洋畫中對於色彩的大膽運用，顯示了丁悚封面畫獨到的一面。《禮拜六》因了丁悚的封面畫而得以更加的暢銷，丁悚也因了《禮拜六》而顯出他在時裝女性畫上的造詣。這些距今已近百年之人物形象，栩栩如生地表現了清末民初女性等人物的眾生相，顯示了丁悚作為一個畫家高超的繪畫技巧。

丁悚除《禮拜六》雜誌畫封面畫以外，也為不少其他同類書刊作過封面畫，如《電影月報》、《小說新報》、《遊戲雜誌》等，筆者近期淘到舊派小說《海上銷金窟》（一九二〇年出版），封面畫同樣出自丁悚之筆。對此，著名藏書家唐弢曾在文章中如此評論「書籍封面作畫，始自清末，當時所謂洋裝書籍，表紙已用彩印。辛亥革命以後，崇尚益烈，所畫多月份牌式美女，除丁慕琴（悚）偶有佳作外，餘子碌碌，不堪寓目。」（〈談封面畫〉）可謂是對丁悚所繪封面畫的最好評價。

作為民國時期的著名畫家，畫過《禮拜六》封面的人，丁悚在相當長的一段時期內鮮有人提及，其名氣遠不如同樣作為畫家的兒子丁聰，這其中有著複雜的原因。對於民國早期從事的美術工作，無法和革命性、進步性聯繫在一起。對此丁悚對於其早期的封面畫也是忌諱莫深。但在文革中還是受到了批判，包括「漫畫會」的活動也被冠上特務聚會的罪名。一直到上世紀九十年代，丁悚在民國期間的作品才得以出版，《禮拜六》也重新影印，但這僅是丁悚美術作品的很小一部份，更多的創作設計作品湮滅於歷史的長河之中。丁悚在民國時期究竟畫過多少諷刺畫、裝飾畫、封面畫等，現在已無從統計，但我們通過民國期間的一些舊書刊，想起丁悚來的。據丁悚之子丁聰回憶，連他家裡也不存丁悚早期的畫作。

前段日子去楓涇古鎮一遊，在位於北大街北大街四一五號，是丁悚的故居，現在成了其子丁聰的「漫畫成列館」，在遠離大城市喧囂的偏郊，駐守著一個畫家曾經的居所，青石陋巷之間，無法穿越時光的隧道去拾起一段記憶。但我們依然會記得，一個曾經畫過《禮拜六》封面的人，一個在民國時期美術界有名的畫家，曾經用他手中的畫筆，勾勒了晚清至民國的俗世人情，和千姿百態。

天虛我生亦有用（天虛我生與《文苑導遊錄》）

天虛我生之名，於今讀來已有些生疏。鴛鴦蝴蝶派的煙雲早已褪盡，滄桑如世也不復當年的文境。似現在已很難去體味將近一個世紀之前，那個時代的文人們的創作取向，感受在社會變革和更替之時，舊派文學家們以辦報辦刊，來抒發一己對社會對文學的一種態度，用娛樂來吸引市民大眾，以趣味來展現文學的內在。這其中，產生了不少能編能寫的高手，天虛我生便是其中之一。

天虛我生之名，在魯迅〈上海文藝之一瞥〉中的曾有論述：「到了近來是在製造兼可擦臉的牙粉的天虛我生所編的月刊雜誌《眉語》出現的時候，是這鴛鴦糊蝶式文學的極盛時候。後來《眉語》雖遭禁止，勢力卻並不消退，直到《新青年》盛行起來，這才受了打擊。」儘管魯迅記憶有誤，生產「無敵牌」牙粉的天虛我生，並非是《眉語》的主編，而是許嘯天夫人高劍華所編。但其實也說明了，至少在那段時期，《眉語》和天虛我生都是令人深刻的舊派文學的重要標籤。

天虛我生原名陳栩，字栩園，號蝶仙，生於一八七九年，浙江錢塘（杭州）人。天虛我生名字和別名的來源，據他在一篇自傳中言：「栩為似木雩之木，其材雖大而不為棟樑，……莊周自以為醒，而仍在夢中說夢，不求永為蝴蝶，朓然無界似神仙，故號蝶仙」；又「李白所謂『天生我才必有用』，實則虛生，故別號天虛我生」。天虛我生自小性嗜文藝，生平寫詩幾千首，著譯小說百餘部，並旁及音樂、醫學等等。天虛我生十六歲試作《桃花夢傳奇》和《瀟湘雨彈詞》，刊登在自辨的《大觀報》上；十九歲時，曾以效仿《紅樓夢》寫出的《淚珠緣》而轟動上海文壇。以後他又陸續推出了小說《鴛鴦血》、《嬌櫻記》、《麗綃記》、《黃金祟》，並出任《申報》副刊《自由談》主編，成了鴛鴦蝴蝶派代表人物之一。一九四〇年去逝。

作為鴛鴦蝴蝶派主要代表人物，陳蝶仙（天虛我生）得名於長篇小說《淚珠緣》。這本陳蝶仙青年時代創作的言情小說，雖是模仿之作，但卻為他帶來了巨大的聲譽，並得到了舊時文壇的交口稱讚。其中鄭逸梅在《永安月刊》的「天虛我生往事」中曾如此評價，「《淚珠緣》，蝶老少年得意之作，書中運筆用意，寫情結構，無一不脫胎於《紅樓夢》，而又無一落《紅樓夢》之臼科，《紅樓夢》中有缺陷，是書則皆彌補之，於情字上無絲毫遺憾，至其鋪敘點綴，則詩詞酒令，更無一不新穎絕倫，引人入勝，而於音律一道，語之尤詳，融貫古今，實足闡前人未發之秘，全書擬撰百二十回，奈若干集後即輟止，未成完璧。……」作為同時代的舊派文人，鄭逸梅的評述雖不無誇飾之詞，但足見陳蝶仙和《淚珠緣》在當年的名氣。

同為鴛鴦蝴蝶派重要人物的周瘦鵑，在一九四〇年出版的《天虛我生紀念刊》上刊文「悼念天虛我生陳栩園先生」中曾如此評價這位前輩，「陳先生是一個文化人，然而並不是一個死讀書的文人；他有經驗，有識見，有才智，有氣魄，有新思想，有創造力，並且也懂世故，懂人情，他實在是一個多方面的學者……他曾做過教師，小商人，公司老闆，官署幕僚，代理縣令，也辦過雜誌和小報，民國三年，也曾主編過《申報》副刊『自由談』，因『自由談』而編成一部行銷百餘萬的家庭常識，因家庭常識而發明了擦面牙粉，主創家庭工業社，打倒舶來牙粉，替國家挽回了不少的權利。此後又製造其它各種化妝品，造酒，造藥，造紙，造汽水果汁，造藥沫滅火機，都有相當的成績。……」對於前輩的贊許，周瘦鵑可謂是不遺餘力的，特別是陳蝶仙在實業上的成就，周瘦鵑是十分佩服的。

陳蝶仙（天虛我生）曾是晚清著名社團南社的成員之一，少年時代曾師從陳蓮詩、章墨舫兩位老師，飽讀詩書，並對崑曲十分嗜愛，精於音律，有「桐花箋」、「落花夢」、「桃花夢」、「自由花」、「花木蘭」、「媚紅樓」等傳奇劇本六種，又將習曲心得寫成「學曲例言」、「春聲館曲譜自序」、「學曲之快捷方式」。顯示了他多方面的才學。另陳蝶仙除擔任過《申報・自由談》主筆外，還主編過《遊戲雜誌》、《女子世界》等刊物，可謂在舊時文壇聲名遐邇。

而陳蝶仙（天虛我生）在民族工商業之名，在當年文人中十分罕見。一九一八年，他放棄了《申報・自由談》的編輯工作，創辦了家庭工業社，利用烏賊魚骨頭配合各種藥料，試製兼能擦面美容的牙粉，大獲成功。為了以國貨抵制日貨，改「蝴蝶」為「無敵」，行銷全國各大城市，一時成為民國間名牌產品，打擊了日貨的牙粉。完成對原始資本的積累後，天虛我生又擴大再生產，產品涉及各種化妝品、造酒、造藥、造紙、造汽水果汁等，光以「無敵牌」商標命名的就有牙粉、花露水、蚊香、蛤油、白蘭地、葡萄酒、威士卡等，從家庭工業社到開辦各種工廠，顯了陳蝶仙在經濟上的才能。一九三七年日本侵華戰爭全面爆發，日寇轟炸了陳蝶仙所辦的上海總廠，使其遭受重大損失，不得不將部分企業遷往內地，由於奔波勞碌，積勞成疾，在一九三九年返回上海後，便一病不起。第二年三月病逝。同為南社成員的陸澹安輓聯泣云「公真無敵，天不虛生」，是對陳蝶仙一生的最好評價。

陳蝶仙（天虛我生）在民國初期曾編輯出版過《文苑導遊錄》，最早是由交通圖書館一九一七年十二月出版，署栩園同社生著，栩園編譯社編輯。一九二六年、一九三六年由上海時還書局兩次再版，《文苑導遊錄》共出版過十冊，附錄一冊。

在所有介紹陳蝶仙（天虛我生）的文章和書籍中，提到這套書的並不多見，其實《文苑導遊錄》這套輯刊反映了他在古典詩文領域的造詣。《文苑導遊錄》作者人數眾多，主要有天虛我生的子女、弟子及其它志趣相投、喜愛文學創作的年輕人，在輯刊中發表了不少詩文，如陳蝶仙之女陳小翠，就是詩詞曲創作上頗有建樹，著有《翠樓吟草》等集子。而陳小翠最初發表作品，即是刊登在《文苑導遊錄》上的。

陳蝶仙（天虛我生）在一九一七年八月所作的〈文苑導遊錄弁言〉中，闡述了其編輯此書的宗旨：「吾書一名《文學指南》，為從游弟子而作也。蓋吾以為文學之道，歧路甚多，彼醉心於東西，而趨向不與我同者，我不必強之使南；惟我從游諸子，則我必示以方針。……我於其間，略識門徑，則請願為嚮導，以導我從遊之人。其不與我同趨者，則不妨分道而揚鑣。」從中可知作者對於文學導遊的主張。另在〈練習文字之程式〉中，又寫道：「今使髫年失學之人，必補讀經史子集，而後教與為文，吾知不必三日，其人必厭而倦矣。蓋凡失學之人，必心中所欲之文字，但求能以白話變為文言，凡吾心中所欲言者，一一能援筆而直書之，無辭不達意之弊，無語焉不詳之憾，雖不能盡中法度，而吾自視，亦既暢所欲言，豈非快事。今吾但求如是。……」

在《文苑道遊錄》常設社說、駢散文、古近體詩、南北曲、尺牘、筆記、小說、古文講解、詩詞講解、填詞等專欄。此實為陳蝶仙設帳授徒所辦之輯刊，介於期刊與書籍之間，以卷名，而編以期卷，兩月一卷。每卷輯集栩園同社學生所作，經陳蝶仙潤改的小說、駢文、散文、詩、詞、曲、筆記、尺牘，以及陳蝶仙的古文講解、詩詞講解等。類似於現在的函授、講座之類，在當年還是很受歡迎的。

唐弢在文章〈隨思錄〉（選自一九三六年雜文集《投影集》）曾對《文苑導遊錄》作過評述：「但我的所以說古法還可以翻新，卻是因為在古之上海文人的手裡，倒曾經有過這樣的教材。十年前，現在已經搖身一變而為實業家，但那時候卻還在弄筆桿的天虛我生先生，印過一部《文苑導遊錄》，一共十冊，每冊前面有一篇社說，等於現在的講座，是專談創作的方法的；後面分駢文、散文、詩、詞、筆記、小說等門類，兼收著由他改定的學生們的稿件，以及他們的原作，使讀者一眼可以看出那先後的不同處來。此外還有和學生們討論創作的通信，以及自己的近作，等等。這方法很切實，而且有益，是可以學取的。現在雖然有不少以提拔新作家自命的刊物出現，卻還沒有成名作家肯在自己的作品後面，同時也印上這作品的未定稿，使人們看得見那增刪，修改。因此也終於沒有這樣的教材。」從唐弢的文章不難看出，儘管新文學作家對舊派文學持批判的態度，但是在如何傳承傳統文化方面，則肯定了陳蝶仙的做法。

《文苑導遊錄》另一貢獻在於曾刊載九種近代傳奇雜劇，為以往的研究者所未知，提供了新的戲曲史事實，對全面深入地考察近代傳奇雜劇史頗有意義。九種近代傳奇雜劇，係將陳蝶仙（天虛我生）潤色評訂本與作者原著本同時刊出，可以看到作者創作的真實原貌和陳蝶仙改訂後的面貌，有助於認識這些作品創作和修改過程中許多細微而重要的情況。各劇改訂本還有陳蝶仙所作眉批評語，主要涉及作品的內容、意境、格律、用韻、句法等方面，可見陳蝶仙對作者原作的意見、感想和修改理由，反映出他的戲曲觀念、文學觀念的某些側面，對全面認識陳蝶仙的文學批評觀念是有幫助的。

仔細分析和解讀《文苑導遊錄》，除了感歎陳蝶仙（天虛我生）在詩詞文曲賦方面扎實的功底之外，對於其不厭其煩分析和講解，對於閱讀和理解駢文、散文、詩、詞、筆記、小說等門類，有極大的幫助。

如在第三種第一卷「古近體詩二」（丁巳七月份）中，有一首金問秋的〈銷夏吟〉，全詩如下：「綠楊蔭裡噪新蟬，一忱蘧蘧醉熟眠，蝴蝶莊周俱是幻，夢回時節試參禪。

小艇浮香學採蓮，碧波如鏡照人妍，迎風一唱橫塘曲，無數流瑩飛墜船。」

這是天虛我生改定後的詩句。原作如下：

「綠楊蔭裡噪新蟬，一忱蘧蘧醉熟眠，蝴蝶莊周渾不解，婆娑午夢自怡然。為愛荷香學採蓮，碧波蕩漾露華妍，吟歌高唱橫塘曲，點點流瑩飛滿船。」

兩相對照，前首無論在用詞意境上，都高出一籌。另有陳蝶仙的評語「因賓貴翻陳出新乃佳莊周以蝶為幻茲並莊周而亦以為幻是悟禪語也」「無數與一唱呼應」。可見其改之高明。

又如在第二種第五卷「駢散文五」中，有溫倩華的「黛吟樓記」，改定後的全文如下：「丙子之歲，予歸過氏，遠城而鄉，心恒惴惴，於時兵禍未弭，宵小橫行。鄉居蓋尤甚為，既屆冬令，風鶴之驚，日必數至，不得安於衽席，思遷地以避者久矣。今歲，家大人於城西宅畔，拓地三弓，築小樓兩間，招以予居。窗疎，四臨群山環青鏡，屏返照則嵐，光塔影收，貯一匳誠。幽居之勝境也，距市塵遠，故無塵囂，與予伴者，惟花影鳥語而已。於是安排筆硯，位置琴書，吟嘯其中。天機流暢，較之鄉居，無異出危巢而登樂土矣。屋後有河，瞰俯如鏡，粼粼碧漪，東流不知所盡。時有菱舟畫舸，往來其間，雨奇晴好，變幻不一。予嘗倚樓憑眺，自疑此身在畫中也。樓窗向山跑，吸濃黛吟，詠所得寶，賴山水之力為多，因以黛吟名其樓。女友過從，輒羨予之幸得其居，然予之幸。猶不止此，蓋北堂密邇，晨夕三省，弟妹追陪，時聚一室，嘻嘻咄咄，曾不改其兒時故態，天倫之樂。實尤勝於山水之樂也。夫予以女子之身，既賦於歸，理當修婦職，侍尊嫜，今乃得侍父母以居者，殆亦天時人事所授，初非可以希冀而得也。予之幸得此居，又豈在山水間哉！自茲以往，吟稿殆將日增，而黛色撲樓，碧波搖檻，亦將無有窮時故，予樂為之記，時丁巳十二月也。」這篇駢體散文形象地表達了一個女子對於得鄉間居所，能吟詩作畫的興奮心情。除結尾部份以外，陳蝶仙幾無改動，且評分為九十，可見此文深得其愛。

十分有意思的是，在《文苑導遊錄》第二種第七卷「古近體詩七」中，有陳蝶仙之女陳小翠的詩作〈春日偶成〉，全詩如下：

「簾幕無聲細雨斜，爐煙扶夢出窗紗，陰幾日寒兼暖老，老卻一庭紅杏花。」原作「簾幕無聲細雨斜，爐煙扶夢出窗紗，東風戀客不歸去，老卻一庭紅杏花。」全詩僅僅改動了第三句，可見陳小翠在詩詞方面的造詣。

在《文苑導遊錄》的廣告頁中，列有陳蝶仙（天虛我生）的著述，對於瞭解他的創作和編輯情況，是一份重要的史料。茲列如下：

天虛我生之單行本。

大理院民事判決例，是書係司法界用，已刊七冊。

大理院刑事判決例，是書係司法界用，已刊五冊。

大理院法令解釋彙編，是書係政界通用，已刊四冊。

農商部實業淺說彙編，是書係實業界用，已刊一百冊彙編。

教育部褒獎棄兒全編，是書係社會小說，計四冊。
教育部褒獎薰獝錄全編，是書係社會小說，計三冊。
司法案牘菁華，是書內容分公牘、訴狀、批詞、判決四類二冊。
天虛我生短篇小說十種，是書均為寫情小說十冊。
寫情小說淚珠緣，是書係白話體裁，計六冊。
寫情小說黃金祟，是書係文言體裁，計三冊。
偵探小說間諜生涯，是書係譯本文言，計一冊。
偵探小說孽海疑雲，是書係譯本文言，計一冊。
偵探小說鬱金香，是書係譯本文言，計二冊。
偵探小說梅林雪，是書係譯本文言，計一冊。
偵探小說寶石圈，是書係譯本文言，計一冊。
偵探小說火中蓮，是書係譯本文言，計一冊。
寫情小說他之小史，是書係自著，計一冊。
哀情小說玉田恨史，是書係自著文言，計一冊。
天虛我生詩詞曲稿，是書係自著，計二冊。

栩園遊戲文集，是書係自著，計一冊。
傳奇小說蝶歸樓，是書係自著，計一冊。
彈詞小說自由花，是書係自著，計一冊。
彈詞小說瀟湘衫，是書係自著，計一冊。
寫情小說柳暗花明錄，是書係譯本，計一冊。
家庭常識初二三集，是書內容分七部。
紗幃雁影錄，是書係男女交際尺牘範本，計一冊

陳蝶仙（天虛我生）與《文苑導遊錄》，反映了即使在新文學崛起，漸漸佔領主流文壇的情況下，依有舊派文學的一席之地，嚴格的來說，亦文亦刊的《文苑導遊錄》更像是一本引導讀者創作和閱讀古代詩文的練習本，其中傾注了陳蝶仙的大量心血。也充分顯示了他在古典詩文領域的卓越才華。具有諷刺意味的是《文苑導遊錄》一九二六年、一九三六年由上海時還書局兩次再版時，陳蝶仙在實業界幹得真歡，唐弢發表於一九三六年的文章也應證了這一點「十年前，現在已經搖身一變而為實業家，但那時候卻還在弄筆桿的天虛我生先生，印過一部《文苑導遊

錄》……」

在有關南社的相關資料中，都有陳蝶仙（天虛我生）的介紹，但比較的簡單，尤其對於其古典詩文方面的成就，介紹並不多。在陳煙橋所著的《民國舊派小說史略》（一九二八年）中，在「言情小說」一欄中，有相關天虛我生（陳蝶仙）的內容，「……用白話寫的如陳蝶仙（天虛我生）的《淚珠緣》。陳氏以後還寫了《情網蛛絲》、《滿園花》、《紅絲網》、《瓊花劫》、《鴛鴦血》、《嬌櫻記》、《麗綃記》、《黃金香》、《鬱金香》等。他名栩，杭州人，能翻譯，有《桑狄克偵探案》、《杜賓偵探案》。主編過《申報·自由談》，提倡寫作，設函授部，出版了《文苑導遊錄》。後來他製作的『無敵牌牙粉』暢銷，擴展為『家庭工業社』，成了民族資本家，就拋棄了文字生涯。……」這是較早對陳蝶仙（天虛我生）的評述，較為客觀公正。而此段介紹中所提格式，成為之後介紹陳蝶仙（天虛我生）的樣板。而其中提到的函授和《文苑導遊錄》，可見在當年的影響力。一九四〇年陳蝶仙（天虛我生）去逝後所出版的《天虛我生紀念刊》，也是一本有價值的史料書。

一九四九年以後，對於鴛鴦蝴蝶派和舊派文學卓有研究的，當推魏紹昌和范伯群兩位。

在魏紹昌的《我看鴛鴦蝴蝶派》（香港三聯書店一九九〇年版）中，曾羅列了鴛鴦蝴蝶派的五大虎將和十八羅漢，其中並無天虛我生陳蝶仙的大名，仰或因為天虛我生在創作上除了一部《淚珠緣》以外，沒有更多有影響力的作品，或許是天虛我生後來脫離文壇而從事實業。作為較早為鴛鴦蝴蝶派等舊派文學正名的專家，魏紹昌在上世紀六十年代初，曾編輯出版了《鴛鴦蝴蝶派研究資料》（上冊史料部份），上海文藝版，其中卻收有陳蝶仙（天虛我生）的簡單介紹，僅幾百字，是由鄭逸梅所寫的。而作為研究鴛鴦蝴蝶派等舊派文學的專家，魏紹昌對於諸多舊派文學家的梳理和研究，作出了很大的貢獻。但無論是《我看鴛鴦蝴蝶派》，還是《鴛鴦蝴蝶派研究資料》（上冊史料部份），篇幅都十分的有限，有所遺漏也是正常的。

范伯群的《插圖本中國現代通俗文學史》（北京大學出版社二〇〇七年版），其內容要豐富了許多，全書從文學史學的角度，對於通俗文學的梳理和研究比較的到位，顯示了作者在這個領域的研究成果，也是到目前為止在通俗文學研究領域比較權威的著述。其特點不僅在於文字內容方面，而且所附極具史料價值的插圖，也使此書增色不少。注意到在《插圖本中國現代通俗文學史》中，對於陳蝶仙（天虛我生）的介紹專門有一章節，在「敢向《紅樓夢》挑戰的《淚珠緣》」題目下，對於陳蝶仙（天虛我生）和《淚珠緣》有所介紹，側重於對小說《淚珠緣》內容和在文學史上意義的解讀，著墨較多。陳蝶仙在現代通俗文學史的地位，評價並不多。可能局限於文學史的體例和規範的原因吧。

在魏紹昌和范伯群的研究著作中，均未涉及《文苑導遊錄》，及其在古文傳讀函授方面的情況，是為缺憾，亦是對陳蝶仙（天虛我生）研究的局限。

如果仔細分析，不難發現天虛我生在古文創作和傳習方面，確有著很高的造詣，和突出的貢獻。這和陳蝶仙（天虛我生）生活的那個年代大有關係。陳蝶仙（天虛我生）的文學生涯集中在創作《淚珠緣》始至主筆《申報・自由談》止，即一九〇〇年至一九一九年的二十年間，這段時期也是社會變革之時，新舊文化交替的時期，特別是辛亥革命後民國的創立，給各種文化以自由的空間。作為晚清士大夫的一員，陳蝶仙的學習和成長都在一個相對傳統的氛圍之中。十七歲時創作小說《淚珠緣》，並非是簡單地模紡《紅樓夢》，而是有著極其深厚的古典文學作為基礎的。

從之後所編輯出版《文苑導遊錄》，可以清晰地看清這一點。從書中所刊的校閱文字來看，陳蝶仙（天虛我生）是作為一件傳承來作這件事的，每篇詩文的校閱都化費了他大量的心血，這種誨人不倦的指導，為不少有志於從事文學創作的青年，提供了極好的幫助。把這些校閱批改的好文章刊行於世，讓更多的人從中受益，或許正如陳蝶仙（天虛我生）在每本《文苑導遊錄》前社說中所言，「今人文字，佳者固少，即佳，而人之信心不堅，則欲於文字通曉而後，進一步以學作文者，非讀古文不可。古文者，古人之文也，其人甚多，其文亦不勝讀，且一人之文，未必篇篇盡佳，苟欲於古人集中，一一選擇而讀，不第初學者無此鑒別之能力。……吾以為事之最簡便者，莫如取古人之選本讀之而選其中有評注者，尤足以抵師友十人，既省探索之勞，易收領悟之益。……」以如何讀古人之書，陳蝶仙可謂語重心長。

我們現在已很難體味陳蝶仙（天虛我生）當年授人以文法的初衷，但依可以深切地感受到，作為將近百年之前的一輩文人學士，怎樣以授人讀、授人作為己任，從中來傳播古代文化知識，陳蝶仙（天虛我生）以行動寫出了一份答卷。天虛我生亦有用，或許我們對於一些舊派文學家的認識，從批判到反思，從反思到重新認識，摒棄一些固有的框框，還是可以發現他們的一些閃光點。

曾樸與《真美善》雜誌

曾樸是光緒十七年（一八九一年）的舉人，也可算作是晚清的遺少。出身於常熟官僚家庭的曾樸自幼酷愛文學，曾在北京同文館學習過法文，結識陳季同以後曾閱讀了大量法國文學作品和論著，為以後翻譯嚣俄（雨果）及法國的戲劇作品打下了扎實的基礎。而曾樸最大的貢獻在於改寫和續寫晚清著名的譴責小說《孽海花》。

長篇小說《孽海花》通過一大批高級士子的經歷，反映了從同治初年到甲午戰敗為止三十年間的歷史事件和社會生活，展現了清政府的無能、封建士大夫的墮落、帝國主義的侵略野心。《孽海花》初由金天翮創作六回，刊於《江蘇》月刊。後將原稿寄予曾樸主辦的小說林書社，遂由曾樸根據金天翮所擬提綱續寫，共寫了三十回，一九二八至一九三一年出齊。有《負暄絮語》云：近來新撰小說，風起雲湧，無慮千百種，固自不乏佳構。而才情縱逸，寓意深遠者，以《孽海花》為巨擘。

曾樸曾任內閣中書，並在上海籌辦實業。光緒二十九年捨棄仕途經營蠶絲業。光緒三十年與徐念慈等在上海創立小說林書社，創辦《小說林》雜誌，先後出版創作小說和翻譯小說多種，並支持民主革命。這是曾樸從政界到出版界的第一次。過了五年，小說林書社因資金困難倒閉後，曾樸再入政界，曾任候補知縣、江蘇臨時議會會員、江蘇財政廳長等職，並支持反袁鬥爭，反對軍閥戰爭。

一九二七年曾樸已五十六歲，他又重入出版界，和長子曾虛白在上海開設了真美善書店，並創辦了《真美善》雜誌。按照人們的慣有思維，曾樸已不再年輕，並且漸漸步入老年，應該是頤養天年的時候，而老樹爆新枝則其中必有緣由。一九二七年又是怎樣的一個年份？轟轟烈烈的北伐大革命失敗了；新文化運動的主要力量開始南移，魯迅、茅盾、徐志摩等紛紛南下彙聚上海；一年以後文學革命興起，同時以《禮拜六》為主的鴛蝴派漸入低谷；對於外國文學的譯介正趨上升之勢。《真善美》正是產生於這樣一個時期。

對於曾樸來說，早年對於法國文學的癡迷是曾樸二度出山的重要原因。曾樸早年曾學習過法文，受陳季同影響頗深，曾翻譯了雨果的大部份戲劇和小說《笑面人》、《九三年》等。深受法國文學的影響，認為法國文學是「他靈魂所饑渴地期望著的食糧。」法國文學的薰染已深深地映入曾樸的靈魂之中，一旦時機成熟便迫不急待的暴露出來。至少在上世紀上半葉的文學活動中，曾樸和真美善書店的出現，是法國浪漫主義文學在中國漸被接受的過程。在曾樸的《孽海花》中依然有著法國浪漫主義文學中的理想主義光芒，而在隨後創作的自傳體小說《魯男子》中，曾樸更推崇崇尚自我、張揚個性的思想。曾樸對於創作《魯男子》曾言：運用自己所吸收的西歐文化，融合我國固有的優美藝文，然後憑熟練的技巧和細膩的描寫，寫出一段的人生的經歷。

曾樸在新遷至棋盤街馬斯南路的真美善書店編輯部內，還和一群文人經常聚會談文聊書，努力營造出一種法國式沙龍的氣氛。經常來的有邵洵美、傅彥長、梁得所、郁達夫、李青崖、趙景深、葉聖陶、朱應鵬、陳望道等人。他們中的不少人是當時新文學運動的主要人物，之所以能聚到曾樸的沙龍，在於一些有關出版和寫作的共同話題，還在於曾樸先生對於法國文學和雨果的精彩論述。

《真美善》雜誌創刊於一九二七年十一月一日，病夫（曾樸）、虛白（曾虛白）主編，真美善雜誌編輯所編輯，上海真美善書店出版發行。初為半月刊，一九二八年五月出第二卷第一期起改為月刊，一九三一年四月起改為季刊，出新一卷一期，同年七月出新一卷二期後停刊。前後五年共出版八卷四十七期。

《真美善》是曾樸、曾虛白父子為實現文學夢想的出版物。「真美善」三字原來是法國浪漫主義文學運動的口號，是針對文學的內質和表現形式目的而言。《真美善》主張「改革文學，不是替舊文學操選政或宣傳的。」這倒頗契合當時環境對文學的要求。雜誌內容創作和翻譯並重，其中曾樸父子的作品占到將近三分之一，其中尤以曾樸的作品為多，每期都有他的詩作、翻譯、小說、文藝評論等，其著名小說《孽海花》、《魯男子》都是先刊於《真美善》上的，然後才出版單行本的。曾樸在《真美善》上實現了他積蓄已久的熱情和才華，是他浪漫情懷的詩意外化。《真美善》上除了曾樸父子的作品以外，還有崔萬秋、蘇雪林、曾季肅（曾樸之妹）等的作品，也出版過幾期女作家的專號。《真美善》雜誌最後因真美善書店的經營不善關門而停刊，之後曾樸再也沒有發表過任何著譯，其苦心經營的精神家園被吞沒了，那般火一樣的熱情也息滅了。四年以後的一九三五年在老家去逝。

曾樸經歷了從晚清至民國中葉的大部份歷史事件，其浪漫主義傾情之作《孽海花》名垂中國小說的史林。在其生命的暮年，能喚發出如此的文學激情，創辦了真美善書店和《真美善》雜誌，創作了《孽海花》、《魯男子》等小說，翻譯了《雨果戲劇全集》等，不能不說是一個奇跡。可惜的是《真美善》雜誌除了曾樸自己的作品以外，其他都沒甚麼影響，使得《真美善》如同流星一般劃過上世紀二十年代的天空。曾樸用筆名「東亞病夫」所反諷的況味，一如他的作品一般的給人留下深刻印象。

曾樸和小說林社

光緒三十年，也就是一九〇四年，農曆甲辰年。蔡元培等在上海成立光復會；清廷特赦戊戌變法除康、梁外之案內成員；秋瑾為尋求救國道路東渡日本留學；商務印書館大型綜合性雜誌《東方雜誌》創刊；康有為居加拿大溫哥華島，作《歐洲十一國遊記序》；陳天華作《猛回頭》、《警世鐘》在上海發行。

一九〇四年八月，由曾樸、丁芝孫、徐念慈共同在上海創立了小說林社，曾樸任總理，徐念慈任編輯。小說林社登記時負責人為孟芝熙，實為曾孟樸、丁芝孫、朱積熙三人合名。為什麼要創辦小說林社？晚清以降小說之風盛行，梁啟超於一九〇二年在日本創辦了《新小說》。並在創刊號上發表了理論名作〈論小說與群治之關係〉，正式提出了「小說界革命」。創辦小說林社，是呼應了小說界的革命，同時和曾樸的文學主張又相符，即要打破當時一般學者輕視小說的心理，所以此社「專以發行小說為目的」，並徵集創作小說及東西洋小說的譯本。小說林社成立以後，出版了不少創作小說和翻譯小說，其中有《孽海花》（曾樸）初集和二集、

《風洞山傳奇》（吳梅）、《軒亭秋雜劇》（吳梅）、《新法螺先生潭》（徐念慈）、《瑤瑟夫人》（李涵秋）、《冷眼觀》（八寶王郎）、《新中國歌唱》（金松岑）、《福爾摩斯再生案》（英柯南道爾著，奚谷譯）、《巴黎秘密案》（法佚名著，君谷譯）、《黑蛇奇談》（美威登著，張瑛譯）、《影之花》（傅蘭儀著，曾樸譯）等等，在社會上產生了較大的反響。

小說林社創立者曾樸（一八七二—一九三五），字孟樸，筆名東亞病夫，江蘇常熟人，光緒十七年（一八九一）舉人。次年赴京參加會考因試卷污染落選。其父為其捐官在京城任職，後又入北京同文館學習法語，結識陳季同後閱讀了大量法文著作，為之後從事法國文學的翻譯打下基礎。曾捨棄仕途經營蠶絲業。一九〇四年創辦小說林社和小說林書店，一九〇七年出版《小說林》雜誌。並且創作和出版了著名小說《孽海花》。光緒三十四年（一九〇八）小說林社經營陷入困境後，又入政界，曾為兩江總督端方的幕僚，後以候補知府分發浙江。辛亥革命後參加共和黨，先後任江蘇財政廳長、政務廳長等職，反對軍閥之間的戰爭。一九二六年再度離開政界，並與其子曾虛白在上海開設真美善書店，創辦《真美善》雜誌，修訂並續撰《孽海花》。一九三一年回家鄉頤養天年直至病故。曾樸的主要著作有《孽海花》、《魯男子》、《未理集》、《補後漢書藝文志》等，並譯有《九十三年》、《鐘樓怪人》、《歐那尼》、《夫人學堂》等，為近代著名的小說家和翻譯家。

曾樸辦小說林社，意在大力提倡譯著小說，以迎合當時社會對於小說的需要。但在小說林社的經營和發展過程中，由曾樸根據金松岑（天翮）創意而撰寫的小說《孽海花》的出版，起到了十分重要的作用。「吳江金一原著，病國之病夫續成。本書以名妓賽金花為主人，緯以近三十年新舊社會之歷史，如舊學時代，中日戰爭時代，政變時代，一切瑣聞軼事，描寫盡情，小說界未有之傑作也。」《孽海花》當初出版時的廣告語可知在此書的影響力。初時《孽海花》只能偷偷印行，怕惹不必要的麻煩，想不到印行後好評如雲，其實也為小說林社的壯大起到了促進的作用。曾樸在小說林社成立一年後，增設發行所於棋盤街，印刷所和編輯部於派克路，且廣羅各方人才，大量發行著譯小說。小說林社在擴充業務發展過程中，也經歷過坎坷和曲折。「小說林小說既風靡了一時，其他書局自然也從風而起，商務印書館的刊行林譯小說實亦受了它的刺激。時商務出小說復以教科書為營業中心，徐念慈見而起競爭之心，以為彼可以教科書為號召，我曷不以參考書為貢獻，於是在股東會提議擴大編輯部增出參考書；時先生尚慮此舉所含冒險性太大，然股東會一致贊成徐君的提議，於是其議遂決。」（《曾樸年譜》）不恰當的擴充，偏離了賴於生存的小說出版，曾樸已覺風險太大，但拗不過股東們的急功近利，為小說林社最後的失敗埋下了禍根。

一九〇七年二月，小說林社創刊了《小說林》月刊，由曾樸、徐念慈、黃摩西主編。設圖畫、文苑、小說、短論、評林等欄目。圖畫欄刊登了一些世界著名文豪的肖像和小傳，頗合當時對於西方文學瞭解的需要。刊載的人物有雨果、大仲馬、狄更斯等。而《小說林》的評論和論著較為出色，影響也最大。有摩西〈小說林發刊詞〉、徐念慈〈小說林緣起〉、〈丁未年小說界書目調查表〉、〈余之小說觀〉、觚庵〈觚庵漫筆〉等，總結文學界現狀、強調小說藝術功能和社會價值，是小說理論之新起點。《小說林》的主體還是小說創作和翻譯，除了曾樸的《孽海花》以外，還有李涵秋、徐卓呆、李慈銘、吳梅、天笑等的創作，而翻譯作品在刊物中占較大比重，主要有法國囂俄（雨果）《馬哥王后佚史》（曾樸譯）、《蘇格蘭獨立記》（陳鴻璧譯）、美威登《黑蛇奇談》（陳瑛譯）、日本押川春浪《新舞臺》（東海覺我譯）等。《小說林》的另一個特色為刊載了不少有關秋瑾的專題詩文和戲曲作品，從不同的角度謳歌了秋瑾反清憂民的愛國熱情，主要作品有，《秋女士瑾遺稿》（共二十一首）、《秋女士歷史》《秋瑾軼事》（胡寄塵）、《軒亭血傳奇》（嘯廬）、《碧血碑雜劇》（龍禪居士）等。此外「新書介紹欄」先後評介了最新出版的著譯小說近五十種。《小說林》共出版了十二期，於一九〇八年十月停刊。

自小說林社不恰當的擴張，試圖也出版一些教科書和參考書，和一些博物辭典，但都大量積壓導致資金周轉不靈。曾樸原希望以《小說林》月刊來帶動小說林社其他書的銷售。但清末正處於小說的繁榮時期，和李伯元的《繡像小說》、吳趼人的《月月小說》、陳景韓的《新新小說》等相比，並沒有特別的優勢，一旦銷量不好資金無法流轉，只得關門大吉，從而也導致了小說林社的結束。

曾樸和小說林書社所處的那個年代，正是清朝日趨沒落的時期，隨著西方先進文化思想的湧入，和以梁啟超、康有為等近代先進知識份子對於新政的推動，社會正處於變革和維新的前夜。從曾樸個人來說，他雖是晚清的舉人，但卻有著反帝反封建的進步思想，也是個順應時代潮流的有識之士，如積極支持反帝制復辟運動。而表現在曾樸的文學思想上，除了《孽海花》的創作以外，其對於法國文學的推薦和介紹，是具有巨大的貢獻的。曾樸大量翻譯了法國作家囂俄（雨果）的作品，如描寫法國大革命的《九十三年》就是由曾樸最早介紹給中國讀者的，並且此後又翻譯了《雨果戲劇全集》。深受法國浪漫主義文學的影響的曾樸，認為法國文學是「他靈魂所饑渴地期望著的食糧。」一旦機會成熟，曾樸把他的熱情全部的付諸於文學的事業上去。

由於印刷和新聞事業的發展，以及當時的知識份子受西方文化的影響，認識到了小說的重要姓，而以小說的形式來抨擊時政，提倡維新和革命，又順應當時民眾對文化的需求，所以形成了晚清小說的空前繁榮。而當時小說寫作的動機，「一是憤政治之厭制不得不作，二是痛社會之混濁不得不作，三是哀婚姻之不自由不得不作」（天繆生〈論小說與改良社會之關係〉）晚清小說真實反映了當時政治社會情況，並對社會的醜惡現象進行了抨擊，形成了比較有特色的譴責小說，而曾樸所作《孽海花》正是晚清四大譴責小說之一。

曾樸所創辦的小說林社，則為「小說界革命」添了一把火的同時，也是他實現自己文學主張的絕好機會，其出版了大量的創作和翻譯作品，為當時小說的繁榮作出了重要的貢獻。小說林社同時也是晚清出版機構中，比較有特點的一家，其作品的出版都具一定的水準，無論是創作還是翻譯作品。雖然僅僅生存了將近五年的時間，卻給後人留下了一筆寶貴的財富。小說林社是一家小的出版機構，不能和商務印書館等相比，其主要的成功出版作品都依賴於創辦者及朋友，所以未造成林譯小說那樣的轟動也是情有可原的。就出版曾樸的《孽海花》就足以名垂近代出版史。

曾樸是一個舊式的知識份子，從他的身上體現了一個文學者從封建王朝到新民主義階段所歷經的歷史考驗，特別從文學創作翻譯到文學活動，無不體現曾樸在各個時期的進步性和局艱。他做過官僚經過商，從事過出版業，即使到了他的晚年，依舊未熄滅心中那盞文學的明燈，和其子曾虛白重又在上海創辦了真美善書店和《真美善》雜誌，可惜時過境遷，曾樸的文學思想已跟不上時代前進的步伐，結果自然是曇花一現。

曾樸和小說林社，真實地反映了晚清那個特殊的時代文人活動的狀況。以及近代小說的繁榮和崛起，處於萌始狀態的近代出版業的歷程。從曾樸身上，我們看到了一個近代知識份子的心路歷程，基於儒家經世致用的觀點，試圖以小說的革新來改良社會，後又受舊民主主義思想的影響，以文學為鼓吹革命的號角。雖代表了先進的文學觀念，但由於本身思想的局限而落後於時代對於文學的要求。曾樸的小說林社，和他所創作的小說《孽海花》一樣，將載入近代文學史冊。

周氏兄弟譯《域外小說集》出版始末

一九〇九年四月十八日，上海的《時報》刊登了一則署名「會稽周樹人」的圖書廣告，全文如下：「《域外小說集》第一冊。是書所錄，率皆近世名家短篇。結構縝密，情思幽眇。各國競先選擇，斐然為文學之新宗，我國獨闕如焉。因慎為譯述，抽意以其於信，繹辭以求其達。先成第一冊，凡波蘭一篇，美一篇，俄五篇。新紀文潮，灌注中夏，此其濫觴矣！至若裝訂新異，紙張精緻，亦近日小說所未見也。每冊小銀丹三角，現銀批售及十冊者九折，五十冊者八折，總寄售處：上海英租界後馬路乾記弄廣昌隆綢莊。」

這是魯迅為他和周作人合譯的小說《域外小說集》第一集所作的廣告。

在將近四十多天以前的一九〇九年三月二日，《域外小說集》第一集已在日本東京出版，封面由魯迅設計，圖案是希臘的藝術，書名由陳師曾用篆字書寫，印有「會稽周氏兄弟纂譯」字樣。《域外小說集》由東京神田印刷所印刷，東京群益書店和上海廣隆綢緞莊發售。而《域外小說集》的出版發行費用由好友蔣抑卮出資，上海廣隆綢緞莊正是蔣家在上海所開商號。《域外小說集》第一集共收小說七篇，分別為周作人所譯五篇：波蘭顯克微支的〈樂人揚柯〉，俄國契訶夫的〈戚施〉、〈塞外〉，俄國伽爾洵的〈邂逅〉，英國淮爾特的〈安樂王子〉。魯迅所譯兩篇：俄國安特萊夫的〈謾〉、〈默〉。且書前有魯迅所作的「序言」、「略例」等。

魯迅在序言中寫道：「《域外小說集》為書，詞致樸訥，不足方近世名人譯本，特收錄至審慎，迻譯亦期弗失文情。異域文術新宗，自此始入華土。使有士卓特，不為常俗所囿，必將犂然有當於心，按邦國時期，籀讀其心聲，以相度神思之所在。則此雖大濤之微漚於，而性解思惟，實寓於此。中國譯界，亦由是無遲莫之感矣。」從中可看出魯迅兄弟翻譯此書的目的。

魯迅和周作人兄弟為何要翻譯出版《域外小說集》呢？這得先從魯迅到日本留學生活談起。

一九〇二年，在南京礦路學堂畢業的魯迅取得了優秀成績，被評為一等第三名，時年二十二歲的魯迅，雖已在南京礦路學堂學習了將近三年多，也取得了不錯的成績，但內心依然充滿著彷徨，「畢業，自然大家都盼望的，但一到畢業，卻又有些爽然若失。爬了幾次桅，不消說不配做半個水兵；聽了幾年講，下了幾回礦洞，就能掘出金銀銅鐵錫來麼？實在連自己也茫然無把握，沒有做〈工欲善其事必先利其器論〉的那麼容易，爬上天空二十丈和鑽下地面二十丈，結果還是一無所能，學問是『上窮碧落下黃泉，兩處茫茫皆不見』了。所餘的還有一條路：到外國去。」（《朝花夕拾・瑣記》）所幸魯迅由於成績優異，被「南洋礦務學堂畢業奏獎五品頂戴」，一九〇二年三月公派前往日本留學。

在日本留學期間，魯迅先在弘文學院江南班學習，「我的渴望到日本去留學，也就在那時候，達到了目的。入學的地方，是嘉納先生所設立的東京的弘文學院……」（《且介亭散文二集》）並與其後在東京和許壽裳、陶成章等成立了浙江同鄉會，並出版刊物《浙江潮》。魯迅到日本本想進入專為留學生開設的陸軍士官預備學校——成城學校，但由於清政府和日方的限制而未入（清政府規定，非官生不得入日本士官學校；日本政府也規定，非由駐日使臣簽發證件不許入士官學校）。這些限制和規定引起了在弘文學院學習的吳稚暉等不滿，於是有了停課和衝擊使館之舉。而此時的魯迅受吳稚暉、章太炎等影響很大，對於反清的革命浪潮和日本軍國主義，有著自己的看法。這時期，魯迅相繼在《浙江潮》上發表譯作，如在第五期、第九期上署名「自樹」翻譯〈斯巴達之魂〉，在第五期上發表所譯雨果的〈哀塵〉，這是魯迅譯介外國文學的第一批作品。

一九〇三年魯迅翻譯出版了法國凡爾納的科幻小說《月界旅行》，由東京進化書社出版，未署名，扉頁上作「中國教育普及社譯印」。（《月界旅行》原題為《自地球至月球在九十七小時分間》，此書為魯迅從井上勤的日譯本轉譯。）魯迅在「弁言」中寫道：「我國說部，若言情談故刺時志怪者，架棟汗牛，而獨於科學小說，乃如麟角。智識荒隘，此實一端。故苟欲彌今日譯界之缺點，導中國人群以進行，必自科學小說始。」表明了魯迅翻譯的目的在於用小說的形式宣傳科學知識，對人民進行啟蒙教育。之後魯迅於年底又譯了凡爾納的《地底旅行》一、二回，刊登於《浙江潮》第十期。另外魯迅也大量閱讀一些進步報刊，如《革命軍》、《新湖南》、《湖北學生界》、《江蘇》、《新民叢報》等，也特別喜歡讀林琴南早期所譯小說，有《戰血餘腥錄》、《撒克遜劫後英雄略》，但對於林琴南的譯風並不滿意。

一九〇四年魯迅從弘文學院畢業後，放棄了升入東京帝國大學採礦冶金科學習的機會，轉入仙台醫學專門學校學習。「我的夢很圓滿，預備卒業回來，救治象我父親似的被誤的病人的疾苦，戰爭時候便去當軍醫，一面又促進了國人對於維新的信仰。」（《〈吶喊〉自序》）但在仙台醫專學習期間，一次細菌學的課程，放一段有關日俄戰爭中麻木的中國人形象強烈地刺激了魯迅，使他有了棄醫從文的打算，此時魯迅在日本已待了將近四年了。「覺得醫學並非一件緊要事，凡是愚弱的國民，即使體格如此健全，如何茁壯，也只能做毫無意義的示眾的材料和看客，病死多少是不必以為不幸的。所儀我們的第一要著，是在改變他們的精神，而善於改變精神的是，我那時以為當然要推文藝。」（《魯迅自傳》手稿）一九〇六年三月魯迅正式提出退學，並於六月轉入東京獨逸語學會的德語學校學習，以便更好地利用德文閱讀和翻譯各國的作品。

魯迅的棄醫從文，其中有著較為複雜的原因。當初魯迅到日本留學，是抱著學習國外的先進文化和思想去的，想學成回國後改變國家的命運；同時這也和當時晚清社會的形勢大有關係，隨著帝國主義列強對中國的殖民統治，清朝腐敗政權已在風雨飄茫之中，康有為、梁啟超、章太炎、孫中山等有識之士，前仆後繼，試圖用維新和革命來推翻清朝統治；清政府所公派的大量留日學生，也日益覺醒，紛紛成立各自的組織，以呼應維新和民主革命的趨勢。魯迅的棄醫從文就和他參加的浙江同鄉會也大有關係，共同的志願，國內革命的風起雲湧，都給留日學生以極大影響，要富國強國，先從民眾的思想和精神開始。從十九世紀下半葉開始，隨著西方先進科學文化思想的逐漸進入中國，民主知識份子階層逐漸形成；加上不少留學生走出國門，帶回了不少先進思想和理念，由此而改變了一些人的命運。魯迅從當初學礦業，又轉而學習醫學，進而棄醫學文，國家命運的變化，留日生活的感受，以及個人世界觀的改變，都在其中起著一定的作用。

比魯迅小五歲的周作人，一九〇六年從南京水師學堂畢業，進而考取了出國留學，於同年九月到日本東京，在中國留學生會館私人組織的講習班學習日語。初到日本，周作人是和魯迅住在一起的，對此周作人在文章〈留學生活的回憶〉中寫道：「我初到東京和魯迅在一起，我們在東京的生活是完全日本化的。有好些留學生過不慣日本的生活……我們覺得不能吃苦何必出外，而且到日本來單學一些技術回去，結局也終是皮毛，如不從生活上去體驗，對於日本事情便無法深知的。」

相比較魯迅，周作人的留學生活比較簡單，除繼續學習日語以外，周作人開始大量的創作和翻譯。在一九〇七年三月，周作人和魯迅合譯了英國哈葛德、安特路朗合著的小說《世界欲》，譯後易名為《紅伶佚史》，由商務印書館作為說部叢書第七十八輯出版，署名周逴。書中有十六節詩歌，由周作人口譯，魯迅筆述，其餘部份均由周作人翻譯。同年冬天，又和魯迅合譯了俄國阿歷克賽•托爾斯泰的歷史小說《克虐支綏勒勃良尼》（又名《銀公爵》），從英譯本轉譯，由周作人翻譯起草，魯迅修改謄正並作序。因已有別人譯出等原因，輾轉幾次未能出版。同時周作人又單獨翻譯了匈牙利育珂摩耳所著小說《匈奴奇士錄》，並由商務印書館出版，署名「周作人」。

自一九〇六年開始，在日本留學期間的周氏兄弟開始把主要精力放在創作和翻譯上，其中一九〇七年在東京創刊的《河南》雜誌上發表了大量文章，計魯迅有〈人的歷史〉（創刊號）、〈摩羅詩力說〉（第二、三號）、〈科學史教篇〉（第五號）、〈文化偏至論〉（第七號）、譯匈牙利籟息〈裴彖飛詩論〉（第七號）、〈破惡聲論〉（第八號）等；周作人計有〈論文章之意義暨其使命因及中國近時論文之失〉（第四、五號）、〈哀弦篇〉（第九號）等。《河南》雜誌是由河南留東同人所辦，月刊，共出九期後終刊，是當時重要的傾向革命刊物，也是研究周氏兄弟早期思想和創作的史料之一。

為此周作人在致友人信中也談到：「我們為《河南》寫文章，純粹由我的友人孫竹丹介紹，孫係安徽人，後因搞革命，為清廷所害。大概因革命關係與河南人程克相識，程在辛亥後為議員，當時在日本留學，為《河南》雜誌的經理人。我們與程克也不相識，不曾見面，始終由孫竹丹收稿付款，亦不知雜誌社設在何處，編輯人為劉申叔，劉名光漢，係江蘇人，與河南無關，不過因其學問而聞名，且其時亦搞革命，故請其擔任編輯。據說河南留學生其時不多，且無甚能寫文章的，適有富人的兒子在故鄉因受親戚人敲詐，逃至日本求學，其孀母亦同來，願意捐款於同鄉會辦公益事業，且求庇護，同鄉會因擬仿照各省的例，辦起雜誌來，此即《河南》刊行的由來。但因人才缺乏，故稿件多由外來，此我們應邀撰稿的來由。至我們撰稿其目的固然其一在於發揮文學上的主張，其一則重在經濟，冀得稿費補助生活。」從周作人的信中不難看出，周氏兄弟為《河南》大量寫稿的原因，以及《河南》創辦前後的一些情況。

到一九〇九年前後，魯迅和周作人大量發表了創作和翻譯作品，試圖以自己的文學主張來改變和影響民眾，也想以自己的翻譯作品，來改變當時翻譯作品的諸多不足，譯介和出版《域外小說集》也是水到渠成的事。為此，魯迅在致增田涉信中曾明瞭地寫道：「我和周作人還在日本東京。當時中國流行林琴南用古文翻譯的外國小說，文章確實很好，但誤譯很多。我們對此感到不滿，想加以糾正，才幹起來的。」

周作人也在《知堂回想錄》中，回憶到一些出版《域外小說集》的細節：「大約在一九〇八年的初冬，我們剛搬家便來了兩位不速之客，這客人乃是夫婦兩位，便是蔣仰厄和夫人，是到東京來看耳疾的。……因為蔣仰厄為人頗通達，所以和魯迅很談得來，我那時只是在旁聽罷了。他一聽譯印小說的話，就大為贊成，願意墊出資本來，助成這件事，於是《域外小說集》的計劃便驟然於幾日之中決定了。」

一九〇九年三月二日《域外小說集》第一冊正式出版。接著在同年七月又出版了《域外小說集》第二集，全書共收外國小說十六篇，英、美、法三人三篇，俄四人七篇，波蘭一人三篇，捷克一人二篇，芬蘭一人一篇，其中大部份是被壓迫民族作品。魯迅翻譯了俄國迦爾洵的〈四日〉、波蘭顯克微支《鐙台守》中的詩歌部份、《雜識》中的部份文字，依然由東京神田印刷所印刷，上海廣隆綢緞莊發售。

對於《域外小說集》的出版，周作人如此描述：「《域外小說集》在那時候要算印的特別考究，用一種藍色的『羅紗紙』做書面，中國可以翻作『呢紙』吧，就是呢布似的厚紙，上面印著德國的圖案畫，書的本文用上好的洋紙，裝訂只切下邊，留著旁邊不切，可是定價卻很便宜，寫明是『小銀圓二角』，即是小洋兩角。」（《知堂回想錄》上冊）

而《域外小說集》從出版到發售，以及在東京、上海兩地發行的情況，周作人晚年曾寫文回憶，其中提供了諸多的細節：「當初的計劃，是籌辦了連印兩冊的資本，待到賣回本錢，再印第三第四，以至第X冊。如此繼續下去，積少成多，也可以約略紹介了各國名家的著作了。出版半年過去了，先在附近的東京寄售處結了帳。計第一冊賣去了二十一本，第二冊是二十本，以後再也沒有人買了。那第一冊何以多賣一本呢？就因為有一個極熟的友人，怕寄售處不遵定價，額外需索，所以親去試驗一回，果然劃一不二，就放心了，第二冊不再試驗了。但由此看來，足見那二十位讀者，是有出必看，沒有一人中止的，我們至今很感謝。至於上海，是至今還沒有詳細知道。聽說也不過賣出二十本上下，以後再也沒有人買了。於是第三冊只好停板，已成的書便都堆在上海寄售處堆貨的屋子裡。過了四五年，這寄售處不幸失了火，我們的書和紙板都連同化成灰燼，我們這過去的夢幻似的無用的勞力，在中國也就完全消失了。」（《知堂回想錄》上冊）

基於《域外小說集》在翻譯界的作用，和初版已不存等原因，群益書社一九二〇年三月重印的《域外小說集》，將兩集合為一集出版，署名周作人，魯迅為新版重新寫了序言，書中增加了新篇幅，對原譯本中較生僻的文字加以修改，並附有作家的傳略和說明。一九三六年又由中華書局收入「現代文學叢刊」再次重印出版。而如果從版本學文獻學的角度來說，其一九〇九年的初版本頗為珍貴，二集加在一起的存世量不會超過百冊。為此魯迅的好友許壽裳曾有如此描述：「所以現存的書便成了珍本，但當時誰也沒有珍視它。」（《魯迅的生活》）

《域外小說集》出版以後，在社會上引起的反響並不大，倒是在日本東京出版的《日本與日本人》雜誌，刊登了一則消息：「在日本等地，歐洲小說是大量被人購買的。中國人好像並不受此影響，但在青年中還是常常有人在讀著。住在本鄉的周某，年僅二十五、六歲的中國人兄弟倆，大量地閱讀英、美兩國語言的歐洲作品。而且他們計畫在東京完成一本名叫《域外小說集》，約賣三十錢的書，寄回本國出售。現已出版了第一冊，當然，譯文是漢語。一般中國留學生愛讀的是俄國的革命虛無主義的作品，其次是德國、波蘭那裡的作品，單純的法國作品之類好像不太受歡迎。」

按照周氏兄弟和好友許壽裳的說法，東京和上海兩處寄售總共售出四十本上下，委實有點不大理想，可能連成本都難以收回。在日本東京主要是給留學生看的，但所譯作品和留學生喜歡讀的作品似不大契合；加上留學生中有不少人希望讀原版作品，來提高自己的語言能力。而銷往上海的《域外小說集》則亦有相類似情況，國內的讀者好像對短篇小說這種形式還不大習慣，那個時代還時興閱讀文言的章回小說。再加上那時商務印書館的林紓（林琴南）所譯的小說有著較強的市場佔有率，影響著市民的閱讀習慣。

許壽裳曾對《域外小說集》有比較中肯的評價：「他們所譯的偏於東歐和西歐的文學，尤其是弱小民族的作品，因為他們富於掙扎、反抗、怒吼的精神。」（《亡友魯迅印象記》）對於魯迅所譯的幾篇文章，許壽裳也有評價：「我曾將德文譯本對照讀過，覺得字字忠實，絲毫不苟，無任意增刪之弊，實為譯界開闢了一個新時代的紀念碑。」（《亡友魯迅印象記》）許壽裳是魯迅早年最好的朋友，也是瞭解魯迅思想最全面的人之一。

對於譯介《域外小說集》，魯迅曾如此回憶：「當時注重的倒是在譯介，在翻譯，而尤其注重於短篇，特別是被壓迫民族中的作者的作品。因為那時正盛行著排滿論，有些青年，都引那叫喊和反抗的作者為同調的。」（《南腔北調集》）

《域外小說集》對於周氏兄弟來說，是一本十分重要的書。魯迅和周作人在五四時期逐漸成為新文學的大家，其早期的文學活動有著舉足輕重的作用。出身於封建沒落家庭的周氏兄弟，從小浸潤於中國傳統文化薰陶，而那時他們所生活的社會，清政府的腐朽和沒落，社會的千瘡百孔，民眾的麻木不仁，都使周氏兄弟有著強國富民的責任感，而現實一次次擊破他們的夢想。他們是較早走出國門的晚清留學生，多年的留學生涯告訴他們，學成回國報效國家，是他們的己任。而最終選擇從事文學事業，是他們認識到了只有給予處於水深火熱之中的民眾以精神的力量，才是一個國家走向強盛的關鍵。

《域外小說集》的翻譯和出版，並非魯迅和周作人的第一次合作，之前已有兩次成功的合譯，周作人承擔大部份的譯文，魯迅作潤色和統稿工作，其所譯作品雖然未引起太大的效果，但卻打下了扎實的基礎。使《域外小說集》的出版，成為周氏兄弟進入文壇的開始，也是他們最重要的一次合作。有一個細節不容忽視，在《域外小說集》出版後不久，魯迅和周作人相繼離開日本，到國內從事他們的文學活動和教學生涯，魯迅於一九〇九年九月回國，在杭州浙江兩級師範學堂教書。周作人於一九一一年九月回國，次年去杭州浙江省軍政府教育司就職。在其後的新文化運動中，展現了他們對於科學、民主、文化的正確理解。

《域外小說集》出版的意義還在於傳播國外先進文化思想中的先導作用，周氏兄弟刻苦學習外語，努力使其譯文更符合原文，更能表達原意，和當時社會上所流行的林譯小說有著不同的風格；同時《域外小說集》的出版，還為被壓迫民族和弱小民族文學在中國的出現，起到了十分重要的作用，這種關注和關懷是有著深層理由的，同時體現了魯迅和周作人身上模糊的階級意識，以及民主知識份子的責任感。從傳統的文化中汲取有益的養料，並且揉入外國的先進文化和意識，成為自己實現文學主張和表達思想的武器，周氏兄弟的嘗試有著深遠的意義。

出版於百年以前的《域外小說集》或許已成為珍本，當初普通的出版物，到百年以後奉為至寶，透過《域外小說集》出版前後的一些細節，可以看出從晚清到民國，民主知識份子所走過的歷程，以及魯迅和周作人在進入文壇之初的吶喊。

施蟄存與「中國文學珍本叢書」

上世紀三十年代中期，上海出版界忽然對翻印和出版古籍標點本來了興趣，一時洛陽紙貴，紛紛把出版明清之際小品集和小品作家詩文集作為方向，這和當時的社會文化空氣大有關係，而其中推波助瀾者首先是林語堂。作為當時的著名作家，林語堂對於晚明小品推崇倍至，他當時的文論和小品文創作都深深地打上了公安派和晚明小品的烙印，先後主編的小品文刊物《論語》、《宇宙風》、《人間世》等風靡一時。而這波出版潮中，其中影響較大的出版物有劉大杰編《明人小品集》（北新書局一九三四年九月），施蟄存編《晚明二十家小品》（光明書局一九三五年四月），阿英編《晚明小品文庫》（四冊，大江書店一九三六年七月）沈啟旡編《近代散文抄》（北平人文書店出版）等。晚明小品對中國現代小品文產生了重大的影響，直接推動形成了當時席捲整個文壇的小品熱。

而當時的不少出版社也紛紛跟風出版，不想讓眼前的商機溜走。由張靜廬主持的上海雜誌公司出版就是其中之一。張靜廬是一位頗有眼力和魄力的出版商。一九二四年，他第一回辦出版社，創立光華書局。他時沉時浮，在荊棘叢中前進，幾度瀕臨破產的邊緣。後加入現代書局，並挖來施蟄存主編《現代》雜誌，使之成為當時具有影響力的大型文藝期刊，後因和資方產生矛盾而脫離了現代書局。一九三四年創辦成立了上海雜誌公司，在代銷和發行雜誌的同時，也想在出版領域再展身手。當時的上海出版界，一片不景氣。銷路尚可的只有三種：第一是教科書。學生要上學，上學要買教科書。教科書總是有銷路的；第二是把古書加以標點，翻印，叫做「標點書」。這類「標點書」銷路也不錯；第三便是雜誌。為了適時生存，於是張靜廬也印起「標點書」來了。

這便是由施蟄存主編、阿英等校點、張靜廬發行的「中國文學珍本叢書」。為此，施蟄存在一九三五年八月二十五日出版的《讀書生活》第二卷第八期上，發表了一篇〈編印中國文學珍本叢書緣起〉，文章寫道：「中國文學，浩如煙海，即傳統的所認為文學者，已有四庫之富，而又益之以近世文學觀念擴張，詞曲小說，皆可入中國文學典籍矣。中國文學典藉既極富，而學者所可得而習之者，仍不過最常見之數十百種。蓋藏書家則珍其秘笈，不欲示人，出版學輒好影印，定價既昂，貧士無力購致，以此之故，中國古文之研究與欣賞，遂成為一部分特殊階級之特權，若非達官貴人教授學者，幾無染指之可能也。……上海雜誌公司張靜廬先生，而今奮然有精校斷句排印『中國文學珍本叢書』之計，要余襄理其事。余自惟非達官貴人教授學者，室無千元百宋之珍，鄴架曹倉之富，焉敢當此重寄？惟字斷句之任，棉力或能勝之。……故不自揣度，為之指揮校印，期於有成。海內賢哲君子，辛賜教益焉。」

施蟄存在半是廣告推銷的文章中，道出了一些編印「中國文學珍本叢書」的理由和想法，想讓普通的讀者也能閱讀到中國文學的傳統典籍。而實際上編印「中國文學珍本叢書」，有很多的商業因素在其中。按照張靜廬和施蟄存的最初設想，是要在編印新書之前，能翻印標點一些古書，從而積累資金，為將來更大的新書出版計劃作準備。於是兩人商議翻印標點古書的籌劃，恰時出版明清小品盛行，他們倆最初的計劃是印大部書，如「全唐詩」、「元人雜劇全集」等；或中西合璧的名著出版，如「世界文庫」樣式。但因種種原因被否定了，後張靜廬設想印行「中國文學全集叢書」，選定數百種重要的分輯出版，以低廉的價格吸引讀者，並由施蟄存選定第一輯的五十種書目。但在籌備和付排的過程中，張靜廬聽了朋友的意見，認為普通古籍即使價格低廉，未必能吸引讀者，不如選印標點一些較為罕見的舊書，說不定會取得不錯的效果。於是「中國文學全集叢書」改為了「中國文學珍本叢書」。其實施蟄存心裡很清楚，真正確定珍本是很難的，有的作品「世界文庫」如已選，他只能放棄；另標點要找到合適的底本，幸虧共事的阿英、劉大杰等手中都有一些善本。果不其然，第一輯的目錄一公佈，便引來了眾多的議論。大多數為質疑所選書目的版本和影響，另外認為可以少珍些，但標點和校勘要精準。

一

一九三五年九月二日出版的《申報》上，便有了「中國文學珍本叢書」，其廣告語稱「出版界英勇的嘗試」「叢書雜誌化，珍本大眾化」「為讀書人節省買書錢，為圖書館減少採集費」「依據善本，搜羅秘笈」「專家校訂，斷句精印」等。叢書由施蟄存主編，編委有周作人、胡適、鄭振鐸、沈啟无、林語堂、葉聖陶、郁達夫、俞平伯、朱自清、龍榆生、劉大杰、阿英、周越然等二十人，可謂陣容強大，名家薈萃。在廣告中，還就全套叢書的編排體例，出版計劃，所費成本等一一作了交代。

「本叢書全集共分為五輯，凡二百五十種。以採集編訂校點之便利，以適應讀者購買力。……待第一輯預約截止後，即開始編選第二輯，國內學者如有高見，尚希不吝指教，俾臻完備。若願以所藏孤本借抄，使歷代名著，不至湮沒，尤感盛情，酬費從豐。本輯經編選委員會選定後，搜羅善本借抄秘笈，費洋三千餘元；校訂耗時八個月，用費二千四百元；全集付排全新四五號字共一千餘萬言，印成二萬二千頁，分訂七十四冊，裝一木箱，共計成本二萬五千元。初版預約一千八百部以上，只夠成本，其艱辛有如斯者，此偉大的寶貴的文學遺是知識階級，都應閱讀。」並附訂購電話和發行位址。

廣告中又把第一輯的書目公佈如下：

《鍾伯敬合集》十六卷（依崇禎刊本）
《徐文長佚稿》二十四卷（依明刊張宗子校輯本）
《珂雪齋集選》二十四卷（依明刊本）
《白蘇齋類集》二十二卷（依明刊本）
《譚友夏合集》二十三卷（依崇禎刊本）
《陳眉公集一：白石樵真稿》（依明刊本）

《陳眉公集二：晚香堂真本》（依明刊本）
《宋六十名家詞甲集》（依汲古閣本排印）
《宋六十名家詞乙集》（依汲古閣本排印）
《宋六十名家詞丙集》（依汲古閣本排印）
《宋六十名家詞丁集》（依汲古閣本排印）
《元人雜劇全集》第一集至第八集（凡現存元人雜劇一百七十種，據《元曲選》《古今雜劇》《元明雜劇》諸書輯印）
《太霞新奏》十四卷（依天啟刊本）
《詞雅》十二卷（依嘉慶刊本）
《唐五代詞》匯校本
《金瓶梅詞話》（依萬曆本）
《拍案警奇》三十六卷（依明萬元樓精刻本）
《掃魅敦倫東遊記》二十卷（依清初刊本）
《北宋三遂平妖傳》四卷（依明刊本）
《全相平話三國志》三卷（依景印元刊本）

《禪真逸史》八集四十回（依明刊本）

《警世通言》四十卷（依明刊本）

《唐人傳奇集》彙輯本

《宋人評話集》彙輯本

《游居柿錄》十三卷（袁小修日記）依明刊本

《帝京景物略》八卷（依崇禎刊本）

《尺牘新鈔》（依賴古堂原本）

《梅花草堂筆談》十四卷（依崇禎刊本）

《陶庵夢憶》八卷（依清初刊本）

《西湖夢魂》五卷（依粵雅堂叢書武林掌故叢編本）

《西青散記》（依嘉慶原刻本）

《閒情偶記》十六卷（依芥子園刊本）

《葉天寥四種》年譜、別記、甲行日注、湖隱外史（依嘉業堂叢書本）

《顧氏文房小說四十種》

《柳亭詩話》三十卷（依汲古閣本刻本）

《唐詩紀事》八十一卷（依汲古閣本刻本）
《詞林紀事》二十二卷（依原刻本）
《唱經堂才子初稿》（依原刻本）
《午夢堂全集》（依原刻本）
《媚幽閣文娛》（依明刊本）
《南北朝文歸》（依明刊本）

所選書目中計詩文別集七種，詩曲總集十六種，小說計十種，散文隨筆十種，詩文評析三種，總集類十四種（其中十種重複）。

在實際出版時，其書目又有所變動，如《太霞新奏》、《北宋三遂平妖傳》、《全相平話三國志》、《警世通言》、《顧氏文房小說四十種》、《唱經堂才子初稿》、《南北朝文歸》、《唐詩紀事》、《詞林紀事》等全被取消，取而代之的是《瑯嬛文集》、《李氏焚書》、《豆棚閒話》、《玉塵新譚》、《名媛詩選翠樓集》、《華陽散稿》等十多種。恐怕這正是為求「珍本」所致。

從「中國文學珍本叢書」所刊廣告和書目的情況來看，張靜廬和施蟄存等是經過一番籌劃的，所選書目都標明原刊本和底本，其中頗有一些重要的古典著述。

在詞曲方面，所選作品都較為精良，特別是編印一些在清遭禁止的明公安竟陵派作品，是真正做到了讓普通的讀者能閱讀到一些平時難得一見的善本。在書目的推薦過程中，周作人、沈啟无出了不少力；盧冀野、阿英承擔了大部份的點校工作，力圖使「中國文學珍本叢書」漸趨完美。

二

從一九三五年九月起，「中國文學珍本叢書」就以每週一種的速度出版，書甫發行，即在社會上引起了極大的反響，讚揚者有之，批評者也有之，總的觀點是為普及和保存優秀的傳統古籍作出了貢獻。其中鄧廣銘在《國聞週報》第十二卷第四十三期上，發表了題為《評中國文學珍本叢書第一輯》的文章，署名「鄧恭三」。對於施蟄存主編、阿英等校點、張靜廬發行的「中國文學珍本叢書」提出了批評。

鄧廣銘（一九〇七～一九九八）中國歷史學家。字恭三。一九〇七年三月十六日生於山東臨邑。一九三六年國立北京大學史學系畢業，畢業論文《陳龍川傳》，深受指導胡適的讚賞。留校任北京大學文科研究所和史學系助教。先後發表《辛稼軒年譜》、《稼軒詞編年箋注》、《宋史職官志考正》、《宋史刑法志考正》等，陳寅恪為《宋史職官志考正》作序。一九四三～一九四六年，任復旦大學史地系教授，撰寫了《岳飛》一書，把岳飛傳記的寫作提高到學術研究的水準。而發表此篇《評中國文學珍本叢書第一輯》的文章時，鄧廣銘還是北京大學史學系的一名學生。

在文章中，鄧廣銘對於「中國文學珍本叢書」中，計劃的草率、選本的不當、標點的謬誤等幾個方面提出了自己的批評意見，同時還披露了不少當時出版界商業競爭的史料。「影印或排印古書，成了今日中國書業中最投機因而也最風行的事業，對於這種流行病似的不健全的風氣，已有不少人批評過。……『中國文學珍本叢書第一輯』，側重於晚明公安竟陵兩派中諸作家的詩文和雜記，另外則更上及於元人的雜劇、宋人的詞及評話、唐人的傳奇等等。其輯印的目的雖說是在『校印罕有流傳之中國古文學名著』，而其中的大部分卻實在是些並不難得的東西，則其意義應只在印行久因查禁而罕傳之公安竟陵諸家作品一點上。……就現在他們已經校點印行的幾種看來，他們卻是絕無能力來做這件事，……」鄧廣銘的直言不諱的批評，是建立在充分分析和調查基礎上的。

「為了銷路的競爭，書籍之印行自以愈快愈好，但欲其印行之快，則在事前應先有充分之準備工作，而這『文學珍本叢書』，則在已經發售預約之時，對內容之性質，卷帙之多寡，尚均無一定之標準。因而所收之書，在書目公佈和實際出版時，面目便已大異。……事實是欲掩彌彰，所公佈的書目蓋因欲與『世界文庫』作銷路上的競爭，故即倉促擬定，欲以尅期出版的『金瓶梅詞話』對『世界文庫』予以先發制人之打擊，而實則對於晚明諸派以及宋元文學諸作品之何者罕傳何者足珍，固本無確然之知也。迨書目宣佈之後方奔走東西，贅突南北，以乞求專家之教益，方恍然於前此之所謂珍，所謂罕者，實乃囿於自身見聞之陋而然，……」

「古代書籍的是否足珍，並不全依其流傳之廣罕以為定。其流傳不廣者或即正在其本無價值因而便歸於天然或人為之淘汰所致。如華陽散稿，柳亭詩話。……其已經入選的書，據已出的幾種看來，也多不能依據一最完善的刻本去排校。……袁小修的游居柿錄，據施蟄存的跋語看，他們是知道周啟明沈啟旡二先生處都藏有一部的，雖卷數不盡同，而為了證各本間之得失異同，卻必須找來校勘一下，而又不出此，遇殘缺處又只以囗代之，天窗洞開，諸惟心照，珍本之可珍其此乎？」在文中作者又對阿英標點的《袁小修日記》中的錯誤進行了一一指出。文章最後寫道：「寄語施，張，阿諸君：即使純為商業關係，也絕不應如此草率苟且，多查幾本書，多用幾番功力，是不但利人而且利己的。只用句號和引號固已比較聰明了，但就諸君的能力而論，最聰明的辦法還應是：明認自身不是此道中人，從此停止校點輯的工作，將書店關閉，將書款退還預約各人；當心出更大的醜，造更大的罪過。」

對於鄧廣銘（鄧恭三）的尖銳的批評文章，施蟄存於一九三五年十一月八日在《國聞週報》第十二卷第四十六期上，發表了〈關於中國文學珍本叢書——我的告白〉的應答文章，對於鄧恭三提出的批評意見作了辯解。文章從「叢書編輯的經過」「關於選本和標點」等方面作了解釋。施蟄存在文章中寫道，在更改叢書書目上，在於一不想和「世界文庫」重複，二是後來所添書目，他和阿英、劉大杰手中都有較好的底本，三是不想把叢書編成晚明文學叢書。至於書出版後讀者的意見，他也覺得很無奈。在珍本的選擇上，由於各人的眼光和學識不同，難免帶來一些認識上的偏差。由於每星期出版一種，所以在點校和標點上極不盡如人意，僅用句號和引號標點，也因時間倉促和無參考書，同樣出現了不少錯誤。特別是「柳亭詩話」，是所出諸書中標點錯的最多的，請來斷句標點的人水準不夠。為此施蟄存承擔了叢書錯誤百出的責任。但在文末，施蟄存也發了一統牢騷，「但是雖然失敗，雖然出醜，幸而並不能算是造了什麼大罪過。因為我自問充其量還不過是印出了一些草率的書來，到底並沒有出賣了別人的靈魂與血肉來為自己的『養生主』，如別的一些文人們也。」

三

當然，對於出版「中國文學珍本叢書」的評述不止於此。魯迅在叢書目錄刊出後，就在一九三五年九月出版的《太白》半月刊第二卷第十期上，發表了一篇〈聚「珍」〉的短文，對於張靜廬和施蟄存所作的叢書廣告進行了諷諭。第二年魯迅又具體提出了批評意見，在一九三六年出版的《海燕》月刊第一期上，發表了〈「題未定」草（六）〉（後收入《且介亭散文二集》），在文章中，魯迅先生對「中國文學珍本叢書」中由劉大杰點校的《瑯嬛文集》進行了批評，所舉例子為《景清刺》。劉大杰是根據清光緒三年刻本整理斷句的，標點和斷句很有些問題的。如在「不稱王，向前坐。對御衣，含血唾」標點成「不稱王向前，坐對御衣含血唾」，令人啼笑皆非。對此魯迅在文章中寫道：「縱使明人小品如何的『本色』，如何『性靈』，拿它亂玩究竟還是不行的，自誤事小，誤人可似乎不大好。」按魯迅在當時文壇的聲望，他的出面批評，甚至指出其細節的錯誤，弄得劉大杰十分的尷尬，趕忙聲明此書非他標點，只是掛名而已。後此事漸成一樁公案。而魯迅的批評有憑有據，不管是否劉大杰點校的《瑯嬛文集》，「中國文學珍本叢書」的點校品質可見一斑。

林語堂也在一九三五年十二月出版的《宇宙風》半月刊第七期上，發表了一篇〈記翻印書〉的文章，對於當時社會上出現的翻印古書現象，作了較為中肯的評價。文章首先對翻印古書的上海雜誌公司（中國文學珍本叢書）和中央書店（國學珍本叢書）給予了肯定，「二者皆屬翻印明末清初珍本，於中國文獻上，有特別的貢獻，於人間世所提倡明朝小品，給以闡揚的實證，兼以專搜禁書珍本，又非普通無宗旨之翻印古書所可比。」林語堂的評述是較為中肯的，並且兩套叢書都以低價來給讀者優惠，是真正做到了普及。接著林語堂又分析了兩套叢書中選本之優劣，對於主張開暢性靈，文風逸致的篇什，頗多溢美之詞。「總之，明末清初之文學，從這兩部叢書可略窺一斑了。其閒散筆調風韻天然，正非未讀書者可謾罵抹殺。明末人懂得尺牘之佳境，又懂得筆調之清趣，又能評小說傳奇，又能搜山歌淫詞，雖然從前被正統文學所淹沒，到今日總應該又走紅了。」作為上世紀三十年代性靈小品文字的宣導者，林語堂對於晚明小品自然讚賞有加，而「中國文學珍本叢書」中就有不少晚明的精彩典籍。

從魯迅的直言不諱批評，到林語堂的讚賞，可見「中國文學珍本叢書」在當時社會上的受關注程度，以及在廣大讀者中所產生的巨大反響。施蟄存就在文章中寫到，由於出版後的選目和公佈的第一批書目有異，於是不少讀者來信反映，他們正是為了《唱經堂才子初稿》、《南北朝文歸》、《唐詩紀事》、《詞林紀事》等書才預訂的，他們寧可少「珍」些，也希望按原書目出版，為此施蟄存無所適從。這也從一個側面說明了「中國文學珍本叢書」在讀者心目中的地位，雖然有不少的缺點和錯誤，但對於普及古籍讀本，依然起到了十分重要的作用。

四

在「中國文學珍本叢書」出版過程中，有一個細節值得注意，那就是在鄧廣銘（鄧恭三）的《評中國文學珍本叢書第一輯》中有這樣一段文字，「欲以尅期出版的『金瓶梅詞話』對『世界文庫』予以先發制人之打擊，」這其中說明了兩個問題：即當時出版「中國文學珍本叢書」是為了和「世界文庫」形成競爭之勢；二是對於一九三四年北平圖書館收到明萬曆刊本《金瓶梅詞話》，影印出版後，出版商看中了其中的賣點，於是爭相出版標點本，由於種種原因不敢單獨出版，託叢書之名得以印行。

在施蟄存晚年所作的《浮生雜詠》（施蟄存著《沙上的腳跡》遼寧教育版）中有明確的回憶，《浮生雜詠》七十三詩云：

「詞話今聞古本珍，金瓶豔史又時新。北來秘笈成奇貨，一夕傳真化百身。」旁注寫道：「一九三四年，北平圖書館收到明萬曆刊本《金瓶梅詞話》，一時盛傳，以為絕世珍本。北平圖書館影印一百部，內部流傳。上海中央書店主人平襟亞輾轉得一部，用以翻印，亦一百部，外觀與北平本無異。每部定價二十五元，亦不公開發售。」

《浮生雜詠》七十四詩云：

「珍本叢書巧立名，鄭家文庫亦虛聲。北來秘笈成奇貨，掩護蘭陵笑笑生。」旁注寫道：「上海書商皆覬覦《金瓶梅詞話》，欲借此貿利而不敢。上海雜誌公司計畫印行《中國文學珍本叢書》，延阿英與我主事。生活書店請鄭振鐸編《世界文庫》，皆巧立名目，用以掩護《金瓶梅詞話》，免招物議。」

作為主編「中國文學珍本叢書」當事人之一的施蟄存，他的回憶是頗能說明一些問題的，珍本叢書從策劃到選題，他都是參與其中的。如此而不得不使人懷疑當初出版珍本叢書的真正目的所在，而張靜廬的在商言商，借機出版一些明清的禁書之目的，本是無可非議的。但因改珍本之名而隨意變更，倉促的出版使點校錯誤百出，張靜廬是要負一定責任的。而作為主編的施蟄存首當其衝，他在「中國文學珍本叢書」的編輯出版過程中扮演了一個有些尷尬的角色。這種尷尬表現為當初的美好想法和出版時的現狀形成了強烈的反差，而施蟄存作為主編有時也是無可奈何的。

為此施蟄存在文章中感歎道：「說到我之所以擔任主持這個叢書的原故，至今日為止，只有兩個人能瞭解的。而這兩個人都是我向未識面的在北京的朋友。一位是金克木先生，他在此叢書廣告刊出的時候就有信給我道：『近閱報悉又主編珍本叢書，恐亦為文飯故，並非閒情逸致也。究竟近來景況如何？……』這是最能看透我靈魂的朋友。還有一位便是鄧恭三先生了，他說出我是為了『養生主』，而非『逍遙遊』，對於我亦有與金克木先生同樣的瞭解。我曾對張靜廬先生說：『這個叢書，在你是成功了，在我是失敗了。』亦有感於此耳。」（〈關於中國文學珍本叢書——我的告白〉）

五

「中國文學珍本叢書」在上世紀三十年代的出版和發行，從表面上看是受當時出版界經濟利益的驅動，同時對於晚明性靈小品文的重新挖掘；也有因為北平圖書館影印出版明萬曆刊本《金瓶梅詞話》，所帶來的出版效應。但如果從更深度層次上去分析，這未必不是五四新文化運動以來，對於傳統文化和典籍的一種回歸。

眾所周知，發生在民國初期的五四新文化運動，是一個劃時代的文化變遷，其講求科學與民主的主旨，以及對傳統文化的批判，都是建立在現代知識份子形成的基礎上的，從反對文言文提倡白話文、以新詩取代舊體格律詩開始，新文學開始走上新的歷史舞臺。以胡適等為代表的五四精英分子，從來都把對傳統文化的批判作為一個支點（如在胡適的《白話文學史》和《五十年來中國之文學》中，可以清晰地看出對於傳統文化的批判），以期在知識文化結構上形成新的表達方式，隨著「文學研究會」、「創造社」等現代文學社團的成立，新文化運動逐步從理論宣揚到創作實踐的改變。但是任何一種新興文化的建立和發展，都有著傳統文化的影響和烙印。新文學也不例外，大多數的新文學作家，都有著深厚的國學底蘊，都受著傳統文化的薰陶，不少人都是從小受到傳統文學的薰陶，有的是從舊文學起步的。

五四新文化運動改變的是他們對於創作實踐的認識，改變著他們從事創作的目的和方式，但從根本上，是無法割去傳統文化對他們的深遠影響的。

到了上世紀三十年代中期，新文學經過不斷的錘煉和發展，已漸漸走上主流文壇，其創作和理論也在逐漸成形之中。進入後五四時期，文學的發展開始呈現多元化的格局。而對於晚明小品的標點和出版熱，則是循著傳統文學軌跡的。這種追根溯源和傳統的回歸，是和五四初期的思想主旨相違的，但未必不是後五四時期對於傳統的重新認識。而隨著現代都市的日益商品化，創作和出版亦形成了以經濟利益為驅動的局面。「中國文學珍本叢書」就是這樣一個例證，它的出版儘管有選目不精標點不準等缺點，但比起那些胡亂編印的「標點本」，「中國文學珍本叢書」還是較規範和嚴謹的，用名人來促銷，用禁書來吸引讀者，張靜廬和施蟄存等還是盡力在做一套不至於誤人子弟的普及讀本。可能實際的出版效果，並非如前所預料。

施蟄存在《浮生雜詠》七十四詩云：

「同床異夢各參商，各取所需亦未妨。豈意淞濱飛炮火，書林好景總收場」旁注寫道：「編印《珍本叢書》，張靜廬意在印行明刊本通俗小說。阿英意在收回歷年購置古籍所費。我意在印行《詞林紀事》、《宋六十家名家詞》、《元人雜劇全集》等實用書，其實不得謂之『珍本』也。三人意圖不同，豈非同床異夢？不久，抗戰軍興，上海出版界一時收歇，此叢書亦未完成計劃，倉促即止。」好一個「同床異夢」，真的有一語道破天機之感！

從施蟄存主編的刊物看文人辦刊

施蟄存在他一生的治學中曾有四窗，「東窗」為文學創作，「西窗」是外國文學的翻譯，「南窗」是古典文學研究，「北窗」為金石碑版研究。且在這四個領域內都取得了卓越的成就。施蟄存作為一個新文學史上的著名作家，一個傳統的知識份子，一生以寫作、教書、研究為伴，他曾經歷了二十世紀中國文學界學術界所有重要活動，但寵辱不驚地恪守著作為一個知識份子的操守。施蟄存是這樣回首他的治學經歷的。

「我的文學生活於一九二八年開始。最初的十年時間，即一九二八年至一九三七年，是從事創作的時期。我寫了約七十個短篇小說，只印出了五個結集。從一九三七年下半年起，擔任大學教席，直到一九八六年退休養老，古典文學研究是我的職責。所搜集到的一些有關古典文學的研究文字，大多是一九八八年以後發表的。一九五〇年到一九五八年，是我譯述外國文學的豐收季節。我大約譯了二十多本東歐及蘇聯文學。都是從英法文轉譯的，只是為出版社工作。從一九五九年起，忽然對碑版文物發生了興趣。賣掉了許多線裝書，改收碑版拓本，興之所至，寫了不少關於金石碑刻的文字。一九八〇年以後，印出了三四個單行本，還有許多零篇札記，沒有發表過。」（施蟄存《北山散文集》序言）

施蟄存在治學中除了四窗以外，還開過另外的一扇窗，那就是編輯期刊。

施蟄存的最早編刊經歷，要追溯到一九二五年他在震旦大學讀書期間，和戴望舒、杜衡合辦的一個小刊物《瓔珞》。在震旦大學法文特別班學習時，施蟄存和戴望舒、杜衡兩人成為好友，甚至相約一年後去法國留學。共同的文學理想使他們走到了一起，一九二五年春季，他們一時高興，辦了第一個新文學同人小刊物《瓔珞》。這本刊物三十二開十六頁，旬刊，但只印了四期。刊物的內容都是施蟄存等三人的詩作、散文和譯文。《瓔珞》上的主要文章有戴望舒的〈讀仙河集〉和杜衡的〈參情夢及其他〉，對李思純譯的法文詩《仙河集》及傅東華譯的詩劇《參情夢》進行了批評，指摘了其中的許多錯誤。發表後引起了兩位譯者的不滿。這本沒有多少人看到的同人小刊物，起到了意想不到的效果。這是施蟄存最初的嘗試，憑著好奇和衝動邁出了辦刊第一步。

一九二七年左右，國民黨悍然發動反共浪潮。施蟄存和戴望舒、杜衡只能從震旦大學肄業，暫避松江老家，但他們旺盛的創作熱情並未被泯滅，合計著又辦了一個叫《文學工廠》的小刊物，可惜未出版就夭折了。施蟄存回憶道：「光華書局同意為我們出版一個小型同人刊物，以《莽原》為模式，發表我們的譯文和作品，刊名就叫《文學工廠》。第一期文稿很快就編定，交與光華書局。當時排版印刷都快，小小一本四五萬字的刊物，兩個星期就排出來了。光華書局老闆沈松泉看了清樣以後，覺得內容激烈，通知我們不能出版這樣的刊物，決定將已打好的紙版送給我們，就此了事。」（施蟄存〈最後一個老朋友——馮雪峰〉）

到一年以後的一九二八年，施蟄存由劉吶鷗出資，辦了第一種公開出版的刊物《無軌列車》。同時創辦了第一線書店。

《無軌列車》創刊於一九二八年九月，半月刊。創辦人為劉吶鷗。施蟄存為編輯。《無軌列車》在思想內容上傾向進步，發表過介紹普羅文學的譯文，反映工人罷工和武裝起義的小說。馮雪峰的重要論文〈革命與知識階級〉就在該刊創刊號上發表發表。同時又以較多的篇幅介紹了外國的文學理論和作品。該刊還是以施蟄存等的文學創作和翻譯為主，取名無軌即有自由之意。誰知沒出幾期就引起了國民黨當局的注意，出到第八期被迫終刊。又過了一年，一九二九年的秋天，施蟄存又和劉吶鷗、徐霞村、戴望舒共同創辦了《新文藝》月刊。該刊在馮雪峰的推動下，在政治上進步傾向明顯。在辦刊方針和內容選擇上繼續著《無軌列車》的風格，甚至在一卷五期上公然聲明要改變風格支持普羅文學，大量譯介高爾基等俄蘇作家的作品。《新文藝》的最大貢獻在於開始關注發表作品的品質，如施蟄存的《鳩摩羅什》、穆時英的《黑旋風》、戴望舒的詩作《少女》、李金髮的譯作《馬拉美詩抄》，都有一定的影響力。可惜出至八期後又因查封而終刊。

從《無軌列車》到《新文藝》，施蟄存開始在編刊中小試牛刀，似乎在編輯刊物上的很大一個原因，是可以大量的發表作品。同時亦可以實現自己的文學夢想。但施蟄存也認識到，五四以來的新文學刊物，大多數為同人刊物，寫稿就這幾個人，有較大的局限性，一旦同人間思想上發生分歧，刊物就辦不下去了，對於刊物的影響力和文學的發展，都是不利的。他總在尋找這樣一個機會，辦一份沒有同人局限，能博採眾長傾向中立的刊物。

這個機會終於在一九三二年出現了。一九三二年初發生了著名的「淞滬之戰」，使上海的經濟文化和民生都遭到了極大的破壞，幾乎所有的文藝刊物都停刊了。上海現代書局出於商業的考慮，看到了潛在的市場。於是張靜廬急邀政治上保持中立的施蟄存出山，看中的是他的辦刊經驗和在文壇上的人脈。經過精心的謀劃和準備，一九三二年五月一日《現代》正式創刊。施蟄存在〈創刊宣言〉中闡述了辦刊的主旨，「本志是文學雜誌，凡文學的領域，即本志的領域。因為不是同人雜誌，故本志並不預備造成任何一種文學上的思潮、主義或黨派。並希望得到中國全體作家的協助，給文學嗜好者一個適合的貢獻。」《現代》創刊號出版後引起了較大的反響，屢次重印發行量超過了幾萬份。施蟄存主編了前二卷共十二期，第三卷開始和杜衡合編，由於杜衡的加入和施蟄存魯迅有關書目問題的論爭，銷量已大不如前。到六卷一期後由汪馥泉接編，出三期後因現代書局內部矛盾而終刊，共出六卷三十四期。

《現代》作為上世紀三十年代的一份重要文學刊物，發表了不少在文學史上有影響的作品，如魯迅的《為了忘卻的紀念》、茅盾的《春蠶》、郁達夫的《遲桂花》、巴金的《海的夢》、老舍的《貓城記》、洪深的《香稻米》、沈從文的《春》、張天翼的《洋涇浜奇俠》等。同時也刊發了不少具有現代派特色的作品，如穆時英的《公墓》《上海狐步舞》、劉吶鷗的《赤道下》、施蟄存的《四喜子的生意》《薄暮的舞女》、葉靈鳳的《紫丁香》等。還有戴望舒、施蟄存、李金髮等的現代派詩歌，同時還有文學評論和外國文學的譯介。可以講《現代》雜誌彙集了當時中國最好的作家、文學評論家、翻譯家和詩人。除此以外，《現代》還引發和參與了一九三〇年代兩次重要文藝論爭，即「關於第三種人」和「京派與海派之爭」，擴大了刊物的影響和地位。特別是「第三種人」的論爭，由於蘇汶（杜衡）為《現代》編輯之一，能在論爭中保持中立的發表各方的文章，顯示了《現代》的大氣。在美術圖片和裝幀設計上，《現代》亦頗有特色。

《現代》的成功顯示了施蟄出色的編輯水準和理念。首先是博采眾家所長，在作品的取捨上不受政治流派等限制，以作品本身的品質來說話，所以才會湧現那麼多優秀的文學作品。同時同步跟蹤和譯介國外文學，如一九三三年高爾斯華綏獲諾貝爾文學獎以後，即在第二卷第二期上發表蘇汶的評論以及小說《品質》短劇《太陽》，並刊發了他的著作編目和相關的圖片。還在「藝文情報」欄中及時傳遞國外文藝動態。其次《現代》始終保持中立的立場，不激進也不消極，如在幾次的文藝論爭中都能公平地發表文章，對所刊的批評文章也勇於承擔責任。在刊物的行銷手段上用「增大號」、「特大號」、「狂大號」等增加篇幅來吸引讀者。第三是《現代》注重和作者和讀者之間的交流，每期都有「編輯座談」（「社中日記」、「社中座談」），溝通和讀者間的交流，並向讀者介紹自己的辦刊理念、每期的作品和組稿情況以及新的設想，這種良好的互動關係是《現代》受到讀者歡迎的重要原因。

施蟄存主編的《現代》，一段時間以來有的認為《現代》是「第三種人」，也有認為是現代派的期刊，是有所誤解的，施蟄存非有意而為之，他只想辦好一本真正的文學刊物，之於所取得的成績和不足，也是客觀存在的。施蟄存所編的《現代》達到了他編刊生涯的頂峰。

一九三四年六月，施蟄存還主編了《文藝風景》月刊，由文藝風景社編，光華書局出版發行。在創刊號上的「編輯偶記」中闡明了辦刊的方針：「本刊希望成為一個專載精緻、短小、輕倩、新銳，而不流於惡俗低陋的文藝作品的小月刊。」所刊的主要作品有：張天翼的小說《直線系》、丁玲的書信《離緒——寄胡也頻信三通》、郁達夫的遊記《屯溪夜泊記》、阿英的小品《海天漫記》。《文藝風景》還重視對外國文學的介紹，有趙家壁、戴望舒、徐霞村等介紹外國文學的評述和翻譯。該刊作者還有劉吶鷗、沈從文、李長之、李健吾等。可惜僅出了兩期就於同年七月停刊了。一九三五年二月，施蟄存和康嗣群又合編了一本小品文的期刊《文飯小品》，由脈望社出版部發行（其實是由張靜廬的上海雜誌公司代辦發行）。這次施蟄存任發行人，由康嗣群主編。「欲以西洋絮話散文之清新風格，在中國新文學中之散文一門中盡相當的努力。文字以清麗蘊藉為依歸，思想不舊不偏為主。」主要發表抒情散文、雜文、詩歌等。主要作者有林語堂、梁宗岱、豐子愷、戴望舒、南星、李金髮、金克木等。僅出六期便終刊了。在這前後施蟄存又參與編輯了《中學生文藝月刊》（一九三四年）、《現代詩風》（一九三五年）、《活時代》（一九四六年）等刊的編輯，但都僅出一至二期，沒有造成什麼影響。

施蟄存在〈《文飯小品》廢刊及其他〉（《現代詩風》）中，道出了辦刊短命的原因：「《文飯小品》曾出版了六期，已經廢刊了。這又是鄙人的一次失敗，對於愛護《文飯小品》的作者和讀者，以及編者康嗣群先生，都非常抱歉。現在這個《現代詩風》兩月刊，說不定又是一筆虧本生意，鄙人因為自己也不敢擔保它壽命，所以這回不再預訂了。」言語中充滿了無奈，而不幸被言中的是《現代詩風》僅出一期即止。在施蟄存後期所辦刊物都不如《現代》，這其中有著種種原因。抗戰的爆發和社會的不穩定，作為期刊的出版方過於考慮商業利益，再加上施蟄存的文學立場趨於中立，不屬於任何一個文學派別（現代派為後人所封），種種的局限也是文人辦刊過程中所碰到的問題，施蟄存也未能倖免。

施蟄存的辦刊生涯主要集中在一九二八年到一九三五年之間，他所開的第五扇窗，因為主編《現代》而名垂刊林。而這一時期也是施蟄存文學創作的全盛時期，作為一個文人，他在作品中盡情地抒發著自己的文學夢想。作為一個期刊的編輯者，他在編刊才華在主編《現代》時得到了盡情的發揮。從兩三知己的同人刊物，到擁有幾萬讀者的大型文學期刊，施蟄存把文人辦刊的水準，發揮到了淋漓盡至。這第五扇窗絲毫不遜於四窗。而從施蟄存的第五扇窗，可以看到文人辦刊在民國時期的表現和局限，並不僅僅因為有了《現代》，從《無軌列車》開始，施蟄存總在一次又一次的嘗試，失敗了重新再來。體現了像施蟄存這樣的文人知識份子，把辦刊物當成對社會的吶喊和抒發自己文學情感的方式，並且試圖以這種方式來改變社會文化的審美觀，這也是文人辦刊的理想所在。

中國期刊的發生和發展是近一百多年以來的事，從第一份由外國傳教士所辦的中文期刊《察世俗每月統記傳》開始，到晚清五四以後的民國時期漸成高潮。文人辦刊在其中起著重要的作用。從晚清時文言小說類期刊的盛行，到五四新文化運動《新青年》的引領作用；從各大民間出版機構如商務中華紛紛以期刊佔領文化市場，到左翼期刊的號召民眾革命；從一九三三年期刊繁榮時期的所謂「雜誌年」，到上世紀四十年代政論期刊盛行。文人知識份子都在其中佔有主導地位，他們或為了實踐參政議政而針貶時弊縱論時事，或為了宣傳各自的學說和思想，或為了實現自己的文學主張和文學理想，紛紛把創辦期刊作為首要選擇，從而促使了期刊的繁榮。

晚清文人辦刊的代表人物是梁啟超。作為維新派的代表人物，梁啟超曾主編過《時務報》、《清議報》、《新民叢報》、《新小說》、《庸報》等期刊，以宣傳維新變法、救亡圖存為宗旨，以發表時事政論為主，並且介紹了西方各國的文化政治經濟情況。體現了晚清知識份子改良社會的意願和主張。以使國民增進道德增長知識，達到維新之目的。

到了二十世紀初期又出現了一波文言小說期刊的高潮，有李伯元所編的《繡像小說》，吳趼人的《月月小說》，陳景韓的《新新小說》、曾樸的《小說林》等，稱之晚清四大小說期刊。文人知識份子看到了小說是思想啟蒙的重要工具，是社會改革運動的必需，則紛紛創辦小說雜誌。為此魯迅曾有精闢論說：「群乃知政府不足與圖，頓有掊擊之意矣。其在小說，則揭發伏藏，顯其弊惡，而於時政，嚴加糾彈，或更擴充，並及風俗」。（《中國小說史略》）

辛亥革命以後，出現了以舊派文人為代表的鴛鴦蝴蝶派期刊的興起。代表刊物有《禮拜六》（王純根、周瘦鵑）、《遊戲雜誌》（天虛我生）、《小說叢報》（徐枕亞）、《香豔小品》（胡寄塵）等。近代工業革命的興起，使上海天津等成為通商口岸，都市市民的大量聚集引發了市民文化的需求。舊派文人知識份子正是看到這樣一個商機，用媚俗、遊戲等方式來辦期刊吸引讀者。這未嘗不是舊派文人們實現理想的好機會。

一九一九年到來的五四新文化運動中，以《新青年》（陳獨秀）為代表的期刊發揮了重要的作用。不僅提倡人的解放和思想的覺醒，而且對舊文化進行了蕩滌，用白話文替代文言文，使用新式標點，並出現了第一批白話小說和詩歌。產生了一批具有廣泛影響的新文學作品，《新青年》的產生有著劃時代的歷史意義，它是中國文人知識份子參與社會和文化革命的重要一步，也是宣傳和介紹馬克斯無產階級革命的先導。同時期文人所辦重要期刊還有，《少年中國》（李大釗）、《每週評論》（胡適）、《新潮》（傅斯年）等。

五四新文化運動以後，一些社團主辦的期刊盛行，如「文學研究會」的《文學週報》（鄭振鐸等）、「創造社」的《創造月刊》（郁達夫）《創造季刊》（郭沫若等）、「語絲社」的《語絲》（孫伏園）、「太陽社」的《太陽月刊》（阿英）等。這些文化社團都以創辦期刊為己任，以宣傳自己的學術思想和文學主張，為新文化運動的發展作出了貢獻。其中以魯迅為代表的現代知識份子，認識到期刊在文學革命發展中的重要性，魯迅自己主編和支持創辦的期刊不下十種，如《莽原》、《朝花旬刊》、《譯文》、《奔流》、《萌芽》、《前哨》等，其中大部份為左聯成立前後創辦的。

在民國期間的期刊中，有不少是民間出版機構如中華、商務創辦的。如商務印書館的《東方雜誌》創刊於一九〇四年，出版了將近三十多年，在讀者中有廣泛的影響力。商務印書館主辦的其他期刊還有《小說月報》（惲鐵樵、茅盾等）、《婦女雜誌》、《教育雜誌》、《學生雜誌》等。商務所辦期刊都具一定的水準，這和其負責人張元濟等對於辦雜誌傳播思想的認識有關，其目的為了學習國外先進的思想，以引導國內思想文化新思潮。體現了文人知識份子在辦刊中的深謀遠略。

綜上可看出，在中國期刊的發展過程中，文人知識份子所起到的重要的作用。他們以自己的學識和才華，在社會文化發展中以期刊來傳播思想實現各自的文學主張。到上世紀三十年代，由於社會的動盪，外來文化對中國文化的影響和衝擊，以及廣大民眾對文化消閒的需求，再加上各文學流派間的碰撞，成本低、發行快、有時效的期刊呈現繁榮之勢使之必然。自然文人辦刊也有缺陷，多為同人刊物而排他者學說；有時同人間思想主張發生差異而使期刊無疾而終；同時文人辦刊憑一時衝動有較大隨意性，一旦熱情退卻就不了了之；文人辦刊亦需有堅強之經濟後盾和出版方的支持。

在施蟄存晚年的回憶中，他的創作和辦刊的經驗，是受到《小說月報》（惲鐵樵）、《禮拜六》（王純根）、《創造週報》（郁達夫）等的影響，年少時不僅常讀這些刊物，而且還嘗試著投稿。這些刊物不僅對使施蟄存走上創作的道路，而且對於他創辦期刊起到了潛移默化的作用。何時能辦一份令人矚目的大型期刊，成為施蟄存心靈深處的夢想。而現代書局幫施蟄存實現了夢想。從施蟄存的第五扇窗，可以清晰地看出文人知識份子在辦期刊中所起到的重要作用，以及所辦期刊在民眾中的影響力。也可以看出一個傳統的知識份子，如何在社會文化變遷的大潮中把握自己的理想和信念，使所辦期刊真正能成為，體現社會進步思想、傳播優秀文化、表現文學真諦、教育娛樂大眾的刊物。施蟄存的《現代》無疑可成為文人辦刊的典範！

邵洵美和《萬象》畫報

一日於文廟舊書市場淘得一冊《萬象》畫報，由於年代久遠，所淘《萬象》畫報已成散片，裝在一塑封袋中。攤主是一廣東人，說此刊乃從一逝去教授家中收得，於是還價百元購得《萬象》畫報第三期。《萬象》畫報為張光宇和葉靈鳳編輯，出版於一九三五年六月，由上海時代圖書公司出版發行。七十三年過去了，依舊掩飾不住《萬象》畫報精美。

說到《萬象》，首先想到的是創辦於上世紀四十年代由柯靈和陳蝶衣主編的《萬象》，此刊為上世紀四十年代方型類期刊的代表，以包羅萬象和圖文並茂而見長，前後共出版四十三期（包括一期特刊）。其實還有好幾種稱為《萬象》的期刊，比較著名的有胡考的《萬象》圖畫（一九三六年）、曹涵美的《萬象十日刊》（一九四一年）、張光宇葉靈鳳的《萬象》畫報（一九三四年）等。

《萬象》畫報創刊於一九三四年五月，小八開，張光宇和葉靈鳳編輯，發行人張光宇，上海時代圖書公司出版發行。一九三四年出版二期後暫時休刊，至一九三五年六月復出第三期後停刊。所淘的《萬象》畫報第三期的封面畫為《蟲鳥魚獸圖》，特地選製了民間剪紙，讓大眾藝術走入藝術的殿堂。編者在前記中寫道：「這一期封面的《蟲鳥魚獸圖》和《雕紙》這一批材料，是承丁濟南先生特地從北京寄來的，尤其是封面用的那幾張染色的圖畫，更是鮮豔無比，封面全幅的取意是說明中國人用蟲鳥魚獸等形狀巧妙地組成了吉祥圖案，對宇宙萬物，隨處祝福。中國真是一個愛好和平的民族。」

在《萬象》畫報第三期上，有吳天翁先生摹集的清代十一畫家的圖像和小傳；有張光宇作的彩色系列畫《中國神話畫》；張光宇記的《吳稚暉先生談世界畫報》等精彩內容，還有邵洵美的《主動的外交》、徐訏的《三種聲音》、李寶泉的《白俄在上海》、張若谷的《陸徵祥比國出家記》，有但杜宇的《銀灰色的構圖》四幅、魯少飛的《萬年曆圖》三十幅、胡考的《銀漢七斗》七幅、《梅蘭芳、胡蝶赴俄宣傳戲劇》照片一組、《各有所好也各有所長》攝影作品五幅等。真可謂精彩絕倫。

其中張光宇記的《吳稚暉先生談世界畫報》則是一份重要的史料。《世界畫報》為吳稚暉、褚民誼、李石曾三位在海外創辦的中國第一份畫報，作者張光宇特地走訪了吳稚暉先生，獲取了大量的第一手資料。如吳稚暉等怎樣創辦世界社，為了在海外編印畫報，特地把鉛字運到法國，因外國的排字工人不識中國字，吳稚暉等只能親自排字。使《世界畫報》成為瞭解近代中國的一個視窗。《世界畫報》也成為中國畫報業的開山鼻祖，儘管只出版了短短的二期。還有胡考所繪的《銀漢七斗》，用誇張的手法和絢麗的色彩，把七位最美的當紅女星，幻成天際的七顆星辰，傳說世上的許多英雄豪傑是天上的巨星下凡到人間來做一番事業的，喻銀漢七斗光芒閃爍，真是一組富有想像力的圖畫。胡考用粉筆精心描繪，有意思的是原畫均有每個明星自己收藏。

《萬象》畫報的出版發行，引起整個出版界的轟動，其精彩的內容、精美的裝幀版式、優美的圖片，成為了同類型期刊的翹楚。但主辦者邵洵美顯然高估了讀者的欣賞能力和接受能力，叫好但不叫座，於是出版了二期以後不得不暫時休刊。隔了一年後勉強又出了一期，竟然成了終刊號。邵洵美在《論語》第五十三期上，特撰文「萬象停刊啟事」，細訴了《萬象》畫報所面臨的困境。

「總以為中國讀書界對文藝作品的欣賞興趣已提高到了水平線上，對雜誌的購買力已非常高，所以《萬象》從內容與印刷力求新穎豪華。從創刊號問世，的確震撼中國出版界。雖擁護者不為不多，但營業統計報導失望。苦鬥下，第二期雖然出版，銷數上升，但損失已出乎雜誌界同人的意料之外。慎重考慮，決定暫時停刊，以有限精神努力經營《時代畫報》、《時代漫畫》、《論語》、《時代電影》。這不算是我們的慘敗，的確是我們衝鋒太厲害，希讀者原諒。」

中國畫報的產生和發展，從晚清即始，發行於清光緒十年（一八八四年）的《點石齋畫報》，為中國畫報之始祖。《點石齋畫報》旬出一刊，每冊凡新聞八頁，連史紙石印，由當時名畫家吳友如等繪製圖畫，報導各類社會新聞、要聞。後有同類型的《飛影閣畫報》、《圖畫日報》等畫報，均石印宣紙線裝。至民國始有銅版畫報出版，如上海《時報》之《圖畫週刊》，刊有人物肖像、中外時事新聞、藝術作品、漫畫、戲曲時裝等。後又用洋宣出版畫報，至民國十四年進入全盛時期，有《上海畫報》、《攝影畫報》、北京之《星期畫報》、天津之《北洋畫報》、瀋陽之《大亞畫報》等。一直到民國十九年，始有影寫凹版興起，中國首創為商務印書館的《東方雜誌》前之插圖。真正意義上的大型畫報是一九二六年由良友圖書公司出版的《良友》畫報，一大冊二十四頁之月刊，注重新聞、藝術、名閨等照片及小品文字，力求精美，給人帶來視覺上的衝擊，故而暢銷一時。至民國十九年（一九三〇年）增至四十二頁，並改用影寫凹版印刷，有三頁精印五色彩畫，成為中國印刷最精美之畫報。並且盛行一時。後有同類仿製之畫報，如《文華》、《現代畫報》、《申報畫報》、《文藝畫報》等，但影響力和精美程度均不及《良友》。

一直到被稱為「雜誌年」的一九三四年，產生了一本可以和《良友》比肩的《萬象》畫報。在影響力和持續性上，《萬象》畫報依舊不如《良友》，但在刊物的裝幀精美和文章內容上已不遜《良友》。這可能是主辦者邵洵美心裡的一個潛在的目的，怎樣使一本畫報做到出類拔萃和高雅精緻，邵洵美煞費苦心，他周圍不乏一流的作家畫家朋友。他選擇了葉靈鳳和張光宇來作編輯，一個是著名的藏書家、文學家，在藝術鑒賞上有很高的造詣；一個是著名的漫畫家，也是書刊裝幀的高手，《萬象》畫報的三期封面均由張光宇設計。有了好的編輯，再加上不少作家畫家的助陣，經過綢密的策劃和精心的準備，《萬象》畫報終於出版了。

邵洵美在《萬象》的出版發行中起到了至關重要的作用。邵洵美，著名的小說家、詩人、翻譯家和出版家，在他身上有著非常濃郁的詩人氣質，也是一個典型的書生和有文化人。在二十世紀二、三十年代的文化圈內，邵洵美以寫詩和辦雜誌而聞名。邵洵美留過洋，也較早地接受新文學的思想的影響，並且在他的周圍聚集了一大批的文學家和畫家朋友，由於邵洵美熱情好施出手大方，所以在朋友圈內極有人緣。邵洵美十分鍾情於辦刊事業，他認為期刊可以宣傳和達到自己的文學理想，可以自由地表現先進的思想和文化。在留洋歸國途中見到滕固主辦的《獅吼》半月刊以後，便堅定了要辦期刊的決心。由於有豐厚的家產作保證，再加上二十世紀二、三十年代相對寬鬆的辦刊環境，邵洵美便一發而不可收拾。曾先後主辦過以下期刊：《金屋月刊》、《時代畫報》、《時代漫畫》、《論語》半月刊、《時代電影》、《萬象》畫報、《文學時代》、《十日談》旬刊、《人言週刊》、《聲色畫報》、《詩刊》、《自由譚》等。邵洵美的前半生，在辦刊上傾注了大量的心血。邵洵美在文章中寫道：「我是一個對一切藝術都感到興趣的人，又是喜歡趕熱鬧的。七年前無日不慫恿著會著作的朋友寫文章，會畫畫的朋友開展覽會，結果什麼都失敗了。從那時起，就想到了要去組織這個文化的班底。一個人的能力有限，當然不能顧全全方面，自已又是喜歡寫文章的，所以便從出版方面進行。第一便是設法養成一般人讀書習慣了；要引起他們的興趣，於是從通俗刊物著手，辦畫報辦幽默雜誌，辦一般問題的雜誌；五年來總算合起來已有近十萬讀者。這十萬讀者，無疑是一個極大的文化班底了。我希望他們把看雜誌當成娛樂以外，再能進一步去探求更深的修養，那麼我初步計劃便成功了。」邵洵美的良苦用心昭然若揭，辦刊和提高讀者修養聯繫在了一起，所以從辦通俗的期刊嘗試開始，到終於有了一本「將現代整個尖端文明的姿態，用最精緻的形式，介紹於有精審的鑒別力的讀者」的美侖美煥的《萬象》畫報。邵洵美似乎完成了自己的理想，似乎離自己的目標越來越近了。

《萬象》畫報雖然在出版發行之初給人以一種驚豔的感覺，但是由於出版週期太長，形式和內容則追求獵奇和趣味，有深度的文章太少，且每期的內容無延續性，所以僅出三期即告終。而更深的原因在於，邵洵美雖熱衷於辦刊，但不善於經營期刊。在邵洵美主辦的期刊中，不少都是曇花一現。從本質上說邵洵美是一個文人一介書生，而根本不是一個合格的商人，更不是一個成熟的企業家。他做的很多事從來沒有周詳的考慮，只是憑興趣出發，他認為做事的過程就是一種享受，而不去計較應該關心的結果。一次次的失敗，從不在意，最多重新來過。一份偌大的家業消耗殆盡，但同時留下了許多精彩的出版物。

有些悲壯有些唯美更有些情趣的邵洵美，是一個雖敗猶榮的出版家。在二十世紀二、三十年代的文壇，邵洵美始終都不是一個主流人物，尤其被魯迅譏諷以後，很長的一段時間裡，被人們所遺忘。但我們客觀地說，邵洵美是一個優秀的出版家和優秀的詩人，更是一個辦刊的高手。已經發黃變脆的《萬象》畫報放在我的面前，雖然已經過七十多年風雨的磨勵，依舊有一種唯美的情趣和雅致，把人打動。穿過時光的歷史隧道，我似乎觸摸到那個時代的風花雪月，彷彿可以看到一個瘦瘦長長的人夾著一捆稿子，穿行於茫茫的人潮之中……

《萬象》畫報的成與敗，《萬象》畫報的轟動與消失，都給民國時期的雜誌界留下了濃重和精彩的一筆。隨著歲月流逝而漸被人所淡忘的《萬象》畫報，和它的創辦人邵洵美，都是在那個年代有過輝煌的。時光早已翻開了新的一頁，七十多年前的老期刊老畫報，染上了時間的風塵，只是我們依舊廝守著一種懷舊的情愫，久久的難以忘卻。

《青鶴》雜誌中的吳大澂日記

秋日的午後，閒來翻閱民國《青鶴》雜誌，已是陳舊著飄落一地紙屑。《青鶴》雜誌是一本創辦於上世紀三十年代的文史類刊物，在五年半的存續時間裡，共出版了一百三十期，其所刊文章和所設欄目，均以匯集近代名人的著述而見長。其社長陳贛一在創刊詞中云：「本志之作，新舊相參。頗思於吾國固有之聲名文物，稍稍發揮，而於世界潮流，亦復融會貫通。勤求理論，不植黨援，不分畛域，靡不相容並蓄；而孤本，未刊本之純粹者，俱致力搜羅，期與國人交相討論。」其刊物內容以反映前朝事略居多，所刊文章大多具史料價值。在《青鶴》雜誌中，見有吳大澂的《聊齋日記》，記錄的是咸豐十一年（一八六一年）之事，此年吳大澂避兵滬上，日記所載為元月至三月，其中既有關於戰亂情況的記載，和個人心境的敘述，亦有不少尋訪文物及交遊記錄。

吳大澂（一八三五年—一九〇三年），字清卿，號恒軒，江蘇省吳縣人，清同治七年進士，一代晚清名臣，同時又是清代大收藏家，一生仕途坎坷，幾起幾落，不僅最高官職至於湖南巡撫，且在金石、書畫領域頗有建樹，一生醉心於古器物的收集和研討。著有《說文古籀補》、《古玉圖考》、《權衡度量考》、《聊齋集古錄》、《恒軒所見所藏吉金錄》、《聊齋文集》等，可謂是一個能文能武的晚清人士。

在《聊齋日記》所記錄的咸豐十一年一月至三月，時年吳大澂僅二十七歲，功名還未考取，時避滬上，是因戰亂的原因。而其戰爭的原因正是中國歷史上著名的太平天國運動，一八五三年三月太平軍攻佔南京，改名「天京」並定都在此，隨即展開北伐及西征。當一八六〇年夏克復蘇州、嘉興後，李秀成率太平軍即向上海進軍，擊敗了由華爾指揮的洋槍隊，並分別攻克了倉州、嘉定、南翔、奉賢、青浦、寶山等，粉碎了清兵和洋槍隊的進攻。在吳大澂日記有所體現。「連日賊烽甚緊，青浦一股，竄擾泗涇，蔓延至於真如、大場，距城不過二十餘里，上海人心頗覺驚慌。」（二月初四日）「詢係撫轅武巡捕方連三帶兵七百人，攻打南翔賊巢，竟為所敗，死傷不計其數，狼狽進城。市人紛紛駢立而觀，互相驚詫」（二月初六日）「聞松江官兵大獲全勝，逆賊敗回，且有夷兵導賊，為我兵炮擊傷，斃夷酋，賊烽大挫」（二月初九日）從日記中可見當年之烽火場景，也可見吳大澂之立場是站在清政府一邊的。

時居滬上的吳大澂，是應吳平齋先生之招，辦理筆墨。在《聊齋日記》前言中，可見他其時的境況：「兵戈滿眼，跡等萍浮，物候驚心，春生梅點。入新年而荏苒，恐舊學之荒蕪，鴻爪易陳，駒光難駐。況潘嶽閒居之日，正蘇公發憤之年。家富芸編，惜付楚人之一炬；胸慚茅塞，宜勤君子之九思。逝者如斯，日惟不足，偶貪稽懶，未免邊嘲。問奇書而莫借荊州，盟暗室而猶防草竊。韋弦可佩，座亦留箴；簿錄有稽，珠還記事。凡見聞之所及，雖瑣屑而必書，庶尋常日用之間，亦檢點身心之助云爾。」

在日記中，吳大澂所記大都和收集筆墨字畫有關，如「出北門至陳家木橋，喝吳平齋太守。見四王、惲、吳扇面畫冊，內有八大山人、石濤和尚兩呋，尤為其妙。（初四日）」

「居停出示田黃印章三十餘方，皆極精珍品，中有田白數方，質尤溫潤而明淨，微帶蘿蔔紋，從未曾見。（二十五日）」

「潘椒坡送來扇面三冊，前明名人書畫原合扇面六十幅一冊，又人物書畫一冊，自前明袁尚統、丁南羽起，以期國朝翟琴峰、改七薌止，共計書畫各十六幅，

皆名人真跡，精妙之品無以復加。又明代忠貞書扇一冊十二幅，始於忠肅，終金存章」（二月初六日）

「是日，有書賈持書數十本索售，中有乖崖《文行錄》，明弘治間山西左布政使劉公忠所編，較《厚德錄》所采事蹟尤詳，因得知梗概如此。」（二月初二十一日）

而其中得一書畫冊尤為感人「居停接到新河鎮寓中寄出書畫，箱內有徐青藤冊三十六幀，人物、山水、花鳥、蟲魚無一不備，且無不精妙絕倫，用筆奇恣，天趣生動，勃勃紙上。余一展視，似曾相識。卻憶十二三歲時，嬉戲韓氏寒碧齋，外祖以此出示，見而愛之。……日月如梭，不意兵燹之餘，重見此冊，回首前緣，已隔十四五年。兒時光景，不可復得，老成凋謝，誰與提攜？雲煙過眼，令人悵惘不已！」（二月朔日）從兒時所見字畫冊，悟出人生之百般感歎，倒也觸物生情，全然一付文人的作派。怎會曾想多年之後金戈鐵馬，仕途浮沉。

對於自己的沉湎於書畫，吳大澂自己也有所剖析，「詩、畫二事，皆余夙好，童而習之，然亦是玩物喪志，不足為重，甚不欲以此見長。少陵云：『詞賦工無益。』昌黎亦曰：『余事作詩人；甚於畫作稱工，稱匠，縱使神乎其技，亦不過供人玩弄。』左相宣威沙漠，右相馳譽丹青，前人能事，貽誚千古，遏足道哉。」（二月朔日）從這段表白中不難看出吳大澂的雄心壯志，是和那時的教育所契合的，或許追求文武雙全，也是志向之一。同時也表明了吳大澂所處的時代，對於功名利祿的追求。比較有意思的是吳大澂經過努力，竟然實現了「左相宣威沙漠，右相馳譽丹青」的宏願。

自同治元年，也就是日記所載的第二年，吳大澂從應京兆試、應禮部試等，於七年後三十四歲時，考中第三名貢士，從而進入仕途。歷任河南山東河道總督，曾隨吉林將軍銘安隨行幫辦，光緒十八年授河南巡撫，官至最高級別。光緒二十年甲午中日戰爭起，吳大澂主動請旨帶師北上，二十一年初，率湘軍出關至遼寧，被日軍聲東擊西戰術所惑，吳大澂之部署大亂，潰不成軍，湘軍盡覆，清廷以吳大澂「徒托空言，疏於調度」之罪名革職，永不敘用，時年吳大澂已六十有三。吳大澂仕途也由此戛然而止。

光緒二十一年（一八九五年），清廷派李鴻章赴日談判，簽訂了喪權辱國的「馬關條約」，不僅要割讓土地，而且賠款兩億兩白金。為此舉國譁然。吳大澂得知後，自責於在遼寧兵敗日本，於是給湖廣總督張之洞發急電，欲以他的收藏來抵充賠款，「倭索賠款太巨，國用不足，臣子當毀家紓難。大澂廉俸所入，悉以購買古器，別無積蓄，擬以古銅器百種、古玉器百種、古鏡五十圓、古瓷器五十種、古磚瓦百種、古封泥百種、書畫百種、古泉幣千三百種、古銅印千三百種，共三千二百種，抵於日本，請減去賠款二十分之一。請公轉電合肥相國，與日本使臣議明，作抵分數，此皆日本所稀有，置之博物館，亦一大觀。彼不貫一錢而得之，中國有此抵款，稍紓財力，大澂藉以伸報效之憂，一舉而三善備焉。……」發電後，見張之洞未答，又復電敦促此事。惜張之洞聞訊不以為然，對於棄臣此舉覆信譏諷，事也便不了了之。

從一介書生到晚清重臣，從高官巡撫到革職草民，吳大澂此舉表現了對清政府的忠誠，和對兵敗日本的自責，其所陳完全是一派書生意氣，全然不知他畢身所集之古玩文物，其中有不少是國之瑰寶，如此抵於日本實屬不妥。可惜當權者對於棄臣的表忠心全然不當一回事。

而從電報中所例舉的古玩文物來看，吳大澂是晚清一代收藏大家，果名不虛傳。從中我們也可以發現吳大澂的收藏究竟有多少。而十分具有諷刺意味的是作為晚清名臣的吳大澂，在歷史上的功績幾被湮滅，如治理河道，在吉林時使中俄邊界還原疆域十多公里等。而人們更多記住和關注的是他在收藏領域，以及書法藝術上的成就。

《青鶴》雜誌中的吳大澂日記，展現的是他早年生活的一個片斷，卻能透現出晚清社會的一些場景，和吳大澂在古器物研究和文物收藏的潛質。以及在功名利祿之前，吳大澂較為本色的一面，對於他之後的仕途坎坷，埋下了一個伏筆。從《青鶴》的陳年舊事，到吳大澂的至性文字，一切都在歷史的長河中留下了一段記憶。

平襟亞〈書城獵奇〉

說到平襟亞，就使人想到民國時期出版的《萬象》雜誌，以及其所辦的中央書店和萬象書坊，平襟亞是一個出色的出版家，民國時期盛行的「一折八扣書」就是他的獨創，他還出版過《刀筆精華》、《中國惡訟師》等暢銷書，可謂深諳民國時期出版界的內幕，在其晚年為香港《大成》雜誌所作〈六十年前上海出版界怪現象〉（一九八八年《大成》第一百七十期）中，為我們留下了當年上海出版界的諸多史料；同時平襟亞也是一個優秀的小說家，他於一九二七年三月出版的創作小說《人海潮》曾轟動一時，袁寒雲在序中言：「上海灘上凡藝林、花叢以及種種秘幕未經人道者，皆網羅其內。」實一語道破，平襟亞也因《人海潮》而擠身舊派文學名家之林，成為民國時期鴛鴦蝴蝶派的代表作家。

平襟亞主辦的《萬象》雜誌創辦於一九四一年的孤島時期，在前後共出版四十三期（另有號外一期）中，分別由陳蝶衣、柯靈主編，其內容也相應有新舊文學之別，在陳蝶衣主編的第一年、第二年，《萬象》雜誌所刊內容以舊文學為主，作者中有鄭逸梅、程小青、周瘦鵑、徐卓呆、孫了紅、包天笑、胡山源等；第三年開始由柯靈接編，文章側重於新文學內容，作者中有阿英、師陀、王統照、李健吾、唐弢、石揮等。平襟亞不僅是《萬象》的創辦人和發行人，也是刊物最積極踴躍的執筆人，幾乎每期都有署名「秋翁」、「網蛛生」的平襟亞作品，有仿魯迅《故事新編》體例撰寫的時論文字，亦有隨筆性質的《秋齋筆談》、《秋齋說笑》等，對時事新聞、歷朝典故、婢妾制度、重男輕女等加以分析和抨擊，借古喻今，喟歎淪陷區民眾生活的艱厄哀斃。陳蝶衣曾如此評述「秋翁先生的一枝筆，就妙在能抓住現實，予以有力的諷刺。」

而在平襟亞的文字作品中，有一些有關藏書、品書的書話類作品，卻是表現了那時代文人的一些品味。比較著名的如〈三十年前之期刊〉（第四年第三期），對於民國初年出版的期刊進行了全景式的描述，對於三十年前出版的《民權素》、《小說叢報》、《春聲》、《小說時報》、《小說月報》、《七襄》、《月月小說》、《繁華雜誌》、《白相朋友》、《眉語》等刊物，都作了比較中肯的分析和評價。由於平襟亞是那個時代的親歷者，為我們提供了不少早期期刊出版的史料。

近在翻閱《萬象》雜誌時，又發現一篇平襟亞的書話作品〈書城獵奇〉，其中多為淘書訪書的見聞錄，用絮語式的寫作方法，讀來頗有趣味。〈書城獵奇〉刊登於《萬象》第二年第十一期，共由十三個片斷組成，在文中，平襟亞（秋翁）通過淘書和訪書的經歷，敘述了不少書林掌故。如在描寫虞山瞿良士為保存先人「鐵琴銅劍樓」藏書一文中，對於商務印書館在印行四部叢刊過程中，借得瞿氏藏書拆裝影印，又將原舊線及綾角原樣裝訂，完整地保留了瞿氏藏書，也實現了不毀珍本古籍的承諾；戰爭爆發後，瞿良士又將藏書從虞城移至滬上某藥廠棧房，保存了一大批珍貴典籍。又如秋翁從冷攤三十金得明版《童婉爭奇》一書，是男妓「少朝」與女妓「賽真」互罵，作者考證出此類「爭奇」為明代流行之書，類似於當時代「某某大觀」、「某某奇案」之類，其所附版畫甚是精美，奉為奇書。

在平襟亞的〈書城獵奇〉中，還有不少段落十分的精彩。

「三十年前，予就學時，偶於冷攤得見絳雲樓爐餘殘編二冊，乃為宋版『常建詩集』，中有柳如是鈐記，暨蠅頭小楷之眉批，實貴可知。時出售者僅索二百金，然已非予能力所及，當急向親友處借貸，致稽時日，為邑紳丁芝蓀先生見眼，立即購去。後覓友向丁先生作先容。訂交時即假歸閱讀，窮一日夜讀畢，愛不忍釋，卒以奉還。……後終於以二萬金售於當道，保存於海上商務印書館。睹物懷人，曷勝悵觸。」

「先人幸苦求書，後人視為糞土，此乃人間最痛心事。清初，濟甯陳仲魚，愛書若命，每獲一編，必以『仲魚戴笠圖』鈐於冊者，且自題云：『得此書，費辛苦，後之人，其。我。』生前愛護若是；身後子孫無識，所藏悉為苕上書估賺去。故曠達之士如我虞李鹿山，每一編上，所加蓋之鈐印云：『曾在李鹿山處』，其識見自非常人所及。」

「近見某刊物中，狂捧羅振玉，查羅振玉印行《夢郼艸堂吉金圖》三卷於日本，時在民國二三年間事，而羅氏書上竟署印宣統年號。且於序文中稱『武昌起義』為『盜起武漢』。時于右任先生方主海上神州日報筆政，見之甚怒，罵羅為『喪心病狂，至於此極，彼自命為遺老，遁跡海外，大搜國中字畫金石，售之外人，凡尋常市儈所不能為不敢為不忍為者，彼獨優為之，實一文明之盜國者，國有耆宿而行為悖謬若是，能不浩歎。』（樹齋見聞隨筆）茲已事過境遷，想海內外對羅之往事，亦幾淡忘，故不惜費辭為之一捧再捧。苟國人不忘十月十日武漢起義為我中華民國開國紀念日者；請於捧羅時稍加思索及之則得矣。」

「近年以來，線裝古籍，坊間幾將絕跡，莫言宋槧元刻，朗明版善本書，亦如鳳毛麟角，一般暴發戶，為裝點書架，到處搜刮，不問版本，不看內容，而對於書估之索值，也從不還價；因此真正讀書人，將無從問津。至於各地有名藏書家，或捆載遷移他處，或毀於兵災，或被子孫出售，數百年來保存之典籍一朝散佚盡矣。偶讀呂晚村詩云：『阿翁銘志醉猶新，大膽論觔換直銀，說與癡兒休笑倒，難尋幾世好書人。宣綾包角藏經箋，不抵當時線裝書，豈是父書渠不惜，只緣參透達摩禪。呂晚村曾與費南雷、吳孟峯，合購澹生堂藏書，感賦此詩。使之收藏家之祖先讀之，悲感不能自已也。』」

或談收集版本之趣味，或談舊藏詩文之妙處，或從舊藏言及時弊，平襟亞的〈書城獵奇〉甚為精彩，所言版本典故，尤為諳熟，看似信手拈來，實則頗有見地，不愧為一書話佳文。但翻閱《萬象》雜誌的選本《無花的春天》（上海古籍出版社一九九九年版），亦未選入此文，倒是〈三十年前之期刊〉一文，屢被選入，例張靜廬的《中國現代出版史料》、《無花的春天》等。實〈書城獵奇〉對於民國時期收藏古書的境況，提供了不少有價值的史料。

平襟亞（一八九二—一九七八），江蘇常熟人，原名平衡，號襟霞閣主，筆名網蛛生、襟亞閣主人、秋翁，出身貧寒，早年做過學徒當過小學教師。一九一七年隻身來到上海闖蕩世界，從向《時事新報》等報刊投寄短文開始，逐漸以賣文為生。在結識朱鴛雛、吳虞公後，三人辦過一個小的出版機構襟霞圖書館，出版過《刀筆精華》等圖書，並是他之後從事出版發行業的開端。一九二六年，在他所辦《開心》小報上刊登的文章有影射之嫌疑，於是遭到了當年有名女作家呂碧城控告，而逃避蘇州閉門寫作。因禍得福，經過幾個月的努力，寫成了將近六十萬言的《人海潮》，並一舉奠定了平襟亞在文壇的地位。從上世紀三十年代開始，平襟亞在寫文章的同時，也做生意，在福州路書錦里租了一幢雙開間門面的石庫門房子，開了一爿中央書店，出版自編的《上海門徑》等休閒讀物和一折八扣的書，頗賺了點錢，於是又開動腦筋辦起萬象書屋，出版《萬象》雜誌來。在他主編下，《萬象》除發表通俗文學作品外，也發表不少大學生的文藝創作，商業性、趣味性極濃，正好給極端苦悶的鐵蹄下的上海小市民消遣解悶。使《萬象》雜誌成為了當時有名的刊物。新中國成立後，主要從事彈詞寫作，先後編創的長篇彈詞有《三上轎》、《杜十娘》、《情探》、《陳圓圓》、《借紅燈》、《錢秀才》等多部，成為著名的彈詞作家，晚年被聘為上海文史館館員，一九七八年去逝。

作為一個舊時的文人，平襟亞歷經了民國多個時期，從初闖上海灘以賣文為生的文學青年，到擁有書店印行各類暢銷讀物的出版人，進而以萬象書坊和《萬象》雜誌蜚聲上海灘，似乎亦商亦文之間，平襟亞完成了華麗的轉身。在《萬象》雜誌第二任主編柯靈的筆下，曾描述《萬象》編輯部就設在樓上廂房間，隔著一道門，就是平襟亞夫婦的臥室。當《萬象》一舉成名時，發行人平襟亞和主編陳蝶衣卻產生了矛盾，都是金錢惹的禍（後張愛玲和平襟亞矛盾也是經濟原因）。柯靈接編的結果使《萬象》更側重於進步的新文學，這無意間也提升了《萬象》雜誌的影響力。從骨子裡說，平襟亞還是一個文人，盡管亦商的結果是惹了不少事非，但從其書話〈書城獵奇〉來看，平襟亞對於傳統古籍的收藏和評析，還是頗有點見地，特別在文中所流露出來為人的耿直和書生氣，全然不像生活中為斗金斤斤計較的老闆。在大是大非面前，平襟亞還是能保持應有的節守。

〈書城獵奇〉為我們描述了一段段民國時期搜求珍本古籍的經歷和趣聞，和那個時代圖書出版界的一些資料；同時也為我們勾勒了一個不一樣的秋翁（平襟亞），似乎在金錢銅臭之外，還有一個文化人應有的眼光和品味，可惜秋翁此文提及較少，僅姜德明在《書攤尋夢》中有所提及，稱〈書城獵奇〉為「訪書見聞錄」。而由秋翁之文起出的話題，卻是有關古書收藏的傳承問題，從而引起我們的一些思考。

茅盾和《小說月報》革新前後的新舊文學之爭

一

一九二二年七月一日出版的《小說月報》第十三卷第七期上，刊登了茅盾的文章〈自然主義與中國現代小說〉，文中對於三種形式的舊派小說進行了批判。其中舉例分析的就是《禮拜六》上的〈留聲機片〉，不僅內容是「記帳」似的，而且思想方面也沒有確定的人生觀，是舊小說「拜金主義」和「遊戲消遣」的代表。認為只有自然主義客觀的態度和為人生的目的，才能擔當中國現代小說的重任。「舊派小說的錯誤，十餘年來給予社會的暗示，無論在讀者方面在作者方面，無形中已經養成一股極大的勢力，我們若要從根本上劃除這股黑暗勢力，必要先排除錯誤的觀念，以提倡文學上的自然主義。」

茅盾的文章引起了強烈的反響。這是自五四新文化運動以來，新文學和舊文學之間的重要交鋒。

其實在一九二一年，舊派文學的陣地就開始被新文學所奪取。商務印書館老牌的《小說月報》原以刊登鴛鴦蝴蝶派等舊派文學作品為主，先後擔任主編的有王蘊章、惲鐵樵。曾經刊登了鴛蝴派的重要作品《玉梨魂》（徐枕亞）等。自第十二卷第一期起全面革新，並且由茅盾接任主編，以刊發新文學作品為主，拒載鴛蝴派的作品。這引起了舊派文學陣營的強烈不滿。「當《小說月報》初改革時間，他們卻也感覺到自己的危機的到來，曾奪其酒色掏空了的精神，作最後的掙扎。」（鄭振鐸《中國新文學大系・文學論爭導言》）

以「鴛鴦蝴蝶派」為代表的舊派文學，在晚清至民初的一段時間內幾乎統治了文壇，他們以遊戲消閒為文學目的，作品內容十分的繁雜，分為社會黑幕、娼門、哀情、言情、家庭、武俠、神怪、軍事、偵探、滑稽、歷史、宮闈、民間、反案等等。並且以言情和娛樂消遣來吸引廣大的市民，由鴛蝴派作者主辦編輯的報刊約一百多種，包括《禮拜六》、《眉語》、《香豔小品》、《情雜誌》、《銷魂語》、《快活》、《消閒鐘》、《滑稽世界》、《白相朋友》、《荒唐世界》、《遊戲世界》等等。

而自《新青年》創刊，新文化運動的伊始，陳獨秀、胡適、劉半農、錢玄同就各自發表文學革命的主張。其主旨為文學的改革，提倡白話文反對文言文，而主要改革的對象為以鴛鴦蝴蝶派為代表的舊文學。《新青年》的諸多文學改革的措施，僅僅停留在理論上，對於和舊文學爭奪讀者的新文學創作，顯然還處在萌始階段。雖然胡適、劉半農等嘗試以新詩的創作來代替舊體格律詩，也造成了一定的影響，但十分的有限。如何在新文學的創作上形成氣勢，重要的是必須要有一個陣地，但一九二〇年代的報刊雜誌幾乎都是鴛鴦蝴蝶派的天下，偶有北大主辦的《新潮》也是曲高和寡，形不成文學革命在創作領域的氣候。商務印書館的《小說月報》革新正逢其時。

二

商務印書館作為民國時期著名的出版機構，對於中國傳統文化的解讀和傳播近代思想文明方面，作出了重要的貢獻。而商務所辦的期刊，如《小說月報》、《婦女雜誌》、《教育雜誌》、《東方雜誌》等，都具有較強的號召力。以張元濟、高夢旦為主的商務領導層立場卻趨於保守，他們怎麼會想到革新《小說月報》呢？

新文化運動發生以後，引起了商務高層的注意。以張元濟為代表的商務知識份子在注重商業利益和企業生存發展的同時，也堅持改良主義的方針。而一九一〇年創刊的《小說月報》經過王蘊章和惲鐵憔兩任編輯的辛勤經營，專門刊登文學作品，在市民中贏得了相當大的讀者群。當新文化運動發生以後，《小說月報》的發行量卻開始下降，這引起了商務高層的不安。張元濟和高夢旦曾專程赴北京，以尋訪新文化運動的領導人，並且經蔣百里介紹結識了鄭振鐸等人。除探尋新文化運動對於出版業的影響以外，另一目的就是革新《小說月報》。本來鄭振鐸提出的是另出一本專刊新文學的刊物，但張元濟等經過考慮以後認為不想放棄《小說月報》這一品牌刊物，其革新《小說月報》要比新辦一刊風險要小，以商務的穩健風格只能走革新《小說月報》這條路。

商務印書館高層看中茅盾擔任革新後的《小說月報》的主編，在於茅盾已於商務工作多年，且在《學生雜誌》和《婦女雜誌》上寫稿頗多，且有時任《婦女雜誌》主編王蓴農的推薦。茅盾接編以前也提出了一定的條件，最主要的一條是不准干涉編務。茅盾在籌備革新號時，封殺了商務化高價買來的大量鴛蝴派的稿件。在稿源上得到了當時文學研究會的大力支持，時在北京的鄭振鐸的寄來了冰心、葉紹鈞、許地山、王統照、瞿世英等人的稿件。

一九二一年元月《小說月報》革新號正式亮相。茅盾在〈改革宣言〉中提出：「小說月報行世以來，已十一年矣，今當第十二年之始，謀更薪而擴充之，將於譯述西洋名家小說而外，兼介紹世界文學界潮流之趨向，討論中國文學革進之方法。」「一國文藝為一國國民性之反映，亦唯能表現國民性之文藝能有真價值，能在世界文學中占一席地，」「中國舊有文學不僅在過去時代有相當之地位而已，即對於將來亦有幾分之貢獻，」「廣泛介紹歐洲各派文藝思潮以為借鑒，對於為藝術的藝術與為人生的藝術，兩無所袒。」《小說月報》第十二卷第一期刊登了冰心、周作人、許地山等的作品，以及耿濟之、周作人、孫伏園、鄭振鐸等人的譯稿。

三

《小說月報》革新號出版以後，引起了強烈的反響且銷量大增。並且得到了廣大讀者的好評，署名李石岑的讀者就《時事新報》副刊「學燈」上撰文評價《小說月報》：「其中佳著固多，其尤使余喜入心脾者，為冬芬君所譯〈新結婚的一對〉，周作人君所譯之〈鄉愁〉，亦使余閱之俟仰不置，默坐冥思者移時，復次為王統照之〈沉思〉，許地山之〈命命鳥〉，亦耐人尋味之作。」「在中國現時的小說界中，今年的小說月報算是出人一頭的了。《小說月報》革新號出版，當然也引起了舊文學界的不滿，特別是茅盾的拒發鴛蝴派稿件，使舊文人不能眼見以往自己的陣地被新文學所佔據，於是在報刊上對茅盾主編的《小說月報》和文學研究會進行攻擊，如胡寄塵的〈一封被拒絕發表的信〉（《最小報》第八號）、張舍我的〈誰做黑幕小說〉（《最小報》第十四號）、寒雲的〈辟創作〉（《晶報》）等文，認為新文學不該對舊文學一概抹殺，而新文學也有創作上的局限和不足。這些文章倒也筆調冷靜從容。

而袁寒雲致茅盾的一封信，則對革新後的《小說月報》盡其挖苦和攻擊。「鶩雪老友請了。小弟是個小說迷，是久在老友洞鑒之中的啊。小弟對於小說尤其歡迎的，就是小說月刊。接辦，越發的欣快了，連忙匯了兩隻大洋，定了全年一份。好不容易把第一期盼來了，急急的拆開一看，只見裝樣，的確有革新的氣象。接著就看小說，誰知越看越弄不明白，難道我的眼睛花了不成。立刻用西湖水，把兩眼洗了又洗，四面一望，覺得甚是清楚，遂又展開來看，不指望不但弄不明白，連字句都看不晰了，我想大約頭一篇太高深了，遂接著看第二第三，看了下去，一直看到末了，彷彿在雲裡霧裡，簡直是莫名其妙。哦，明白了，我自己不怪我的學識太淺，不配看這種高妙的作品，……」（《晨報副刊》一九二三年一月十五日東枝的《小說世界》）在舊派文人的眼中，革新後的《小說月報》上的作品難以看懂，並盡其挖苦之言，連收舊書的也不要。

茅盾隨後在《小說月報》上發表了一系列的文章，如〈真有代表舊文化舊文藝的作品嗎？〉、〈文學與政治社會〉、〈文學者的新使命〉、〈反動？〉等，繼續闡述自己為人生的文學主張，並對鴛鴦蝴蝶派文學進行批判。茅盾立論的關鍵點是文學的目的性，而這一點也正好契合了新文學的要求。至於說到文學的目的性是革命鬥爭，則和舊文學的消遣和遊戲性則有著天壤之別。

四

而在《小說月報》革新前後，發生了兩件事，影響了新舊文學之爭的進程。一件是一九二一年一月四日，文學研究會在北京成立，這是中國新文學史上著名的社團。發起人有茅盾、葉聖陶、鄭振鐸、王統照、周作人、耿濟之、孫伏園等十二人，他們的文學主張為「反對把文學作為消遣品，也反對把文學作為發洩個人牢騷的工具，主張為人生的文學。」並且在《小說月報》第十二卷第一期革新號上，用附錄的方式刊登了〈文學研究會宣言〉。文學研究會的成立是新文化運動走向深入的一個標誌，也是新文學創作邁入現實主義軌道的一個開始。如何在文學創作和翻譯上出好的作品，文研會作了較多的努力和嘗試，茅盾接編的《小說月報》是一個舞臺，而《文學週報》（《文學旬刊》）才是其主要的陣地。

時任文學研究會秘書長的鄭振鐸，發表了大量文章，對以鴛鴦蝴蝶派為主的舊文學進行了猛烈的抨擊。他指責鴛蝴派是思想上的蝙蝠，「作者的思想本來是純粹中國舊式的，卻也時時冒充新式，做幾首遊戲的新詩」。（西諦〈思想的反流〉）並否定鴛蝴派文學的商業性，痛斥寫消閒小說的鴛蝴派作者為「文丐」、「文娼」，是通俗文學最大的醜惡。提出了建立新文學觀，「我們要改造中國的舊文學，要想建立中國的新文學，卻不能不把娛樂派和傳道派的文學觀盡力的廓清，盡力的打破，同時即去建設我們的新文學觀，就是：文學是人生的自然的呼聲。人類情緒的流泄於文字中的，不是以傳道為目的，不是以娛樂為目的，而是以真摯的感來引起讀者的同情的。」（西諦〈新文學觀的建設〉）

另一件是在《小說月報》革新號出版以後，發表了大量批判鴛蝴派的文章，引起了舊文人和鴛蝴派作家的強烈反應，特別是袁寒雲的不同意見。在當時的文壇，以鴛蝴派為代表的舊文人還有相當的勢力，他們對於革新後的《小說月報》的不同意見，給了商務印書館極大的壓力。於是商務印書館於一九二三年一月創辦了《小說世界》，刊登了包天笑、李涵秋、林琴南、趙苕狂的作品，又重拾了鴛蝴派的大旗。商務印書館的這種折中的態度，是不想放棄他們在期刊領域的主導地位。而《小說世界》的出版正好用上了被茅盾拒發的鴛糊派稿件，試圖再拾休閒文學這個地盤，卻早已時過境遷，《小說世界》的出版並未達到預期的效果。相反倒是復刊後的《禮拜六》和由世界書局出版的《紅玫瑰》，取得了不錯的市場效應。

茅盾也在主編了兩卷《小說月報》以後辭去了主編之職，而由鄭振鐸接編。同時文學研究會的成立團結了一大批現實主義的作家，也使新文化運動在創作上，有了較為深厚的基礎。文學研究會和革新後的《小說月報》與以鴛鴦蝴蝶派為代表的鬥爭，只是取得了階段性的勝利，奪取了部份的文學市場。隨著《小說世界》的創刊和《禮拜六》的復刊，在市民讀者中佔有較大比重的舊文學並未徹底敗下陣來，相反在之後的很長一段時間裡，新舊文學繼續著爭奪市場和爭奪讀者的鬥爭。

五

在上世紀二十年代初的文學大環境中，隨著五四新文化運動的深入，以及新文學社團的不斷崛起，中國的新型知識份子希望在文學創作領域，用新文學來代替舊文學的決心，比以往任何時候都更為強烈。而爭奪報刊市場之話語權，是新舊文學之爭的關鍵。商務老牌刊物《小說月報》的變化和革新，無疑是一個信號的開始。以茅盾、鄭振鐸為代表的新文學大家們，試圖以新的理論和文學主張，來詮釋和創作屬於中國的現實主義的新的文學，以此來代替舊文學，這種想法和做法顯然是符合當時文學規律的，也契合了新文化運動的主旨。只是和舊文學之爭遠比預想的要艱難。

自茅盾接編《小說月報》第十二卷第一期革新號以後，為《小說月報》寫稿的都為文學研究會成員，所以外界誤會其為文學研究會的機關刊物（文學研究會的機關刊物為《文學旬刊》《文學週報》），在創作和翻譯上的巨大成功，使《小說月報》成為了新文學的搖藍。而這種變化所帶來的是新文學的創作漸入佳境，至此也培養了張天翼、丁玲、彭家煌、老舍等新文學的作家。

而《小說月報》和文研會對於舊文學的批判上，主要在於文學的目的性和文學應該為誰服務的問題。同時主張「為人生」的文學，以現實主義為號召，「將文藝當作高興時的遊戲或失意時的消遣的時候，現在已經過去了。我們相信文學是一種工作，而且又是人生很重要的一種工作；治文學的人也當以這事為他終身的事業，正同勞農一樣。」（〈文學研究會宣言〉）而茅盾的〈自然主義和中國現代小說〉則更為直接的批判了舊文學，「作者自己既然沒有確定的人生觀，又沒有觀察人生的一副深炯眼光和冷靜頭腦，所以他們也做了人道主義的小說，其結果是人道主義反成了淺薄的慈善主義。」並且提倡自然主義和現實主義文學。在新舊文學的交鋒中，茅盾正是巧妙地借用了自然主義，從文學的角度強調社會功能。而這一提法，正是要求在寫實中顯示人類對抗黑暗現實的信心，和黨所宣導的革命文學相吻合的。是文學和民族解放運動結合的開始。

當然以鴛蝴派為代表的舊文學在交鋒中雖處下風，但未完全的落敗。特別是舊文學中強調文學的閱讀趣味，以及以通俗性來吸引讀者，正是五四以來新文學所缺乏的。而在上世紀二十年代初期復刊後的《禮拜六》銷量超過革新後的《小說月報》，說明新文學儘管在理論和發展趨勢上戰勝了舊文學，但要在文學書刊的出版領域全面超越，還有很長的路要走。尤其在創作上如何被廣大民眾所接受，並非喊幾句口號那樣簡單。只有努力創作被民眾所接受的作品，才能真正的取代舊文學。新文學和舊文學的交鋒一直持續到上世紀三十年代，《申報・自由談》被黎烈文接編以後，新文學的上升趨勢和舊文學的沒落，才成為不爭之事實。

六

悠遠的現實主義的簫聲，穿過了幾十年歷史的長河，依然迴盪在我們的耳畔。客觀而又公正地看待幾十年以前的這場交鋒，可以明白新文學並非一日鑄就，而是眾多文學大家的共同努力和奮鬥，才會影響一代又一代的年青人。

來自上世紀二十年代初期的自然主義的簫聲，反映了那個特殊的年代裡，原先的眾聲喧嘩，以及舊文學休閒趣味的笛聲，被現實主義的簫聲所蕩滌。遙遠的簫聲，依舊可以感受到一輩新文學的大家們，為現代文學發展所作出的努力。

儘管時光已過去了將近一個世紀，聆聽現實主義的簫聲，瞭解新舊文學的交鋒，於我們亦是一件有益的事！

新銳文學叢書 PC0303

新銳文創
INDEPENDENT & UNIQUE

文學背後的世界

——民國文人寫作、出版秘事

作　　者　姚一鳴
主　　編　蔡登山
責任編輯　邵亢虎
圖文排版　陳姿廷
封面設計　陳佩蓉

出版策劃　新銳文創
製作發行　秀威資訊科技股份有限公司
114 台北市內湖區瑞光路76巷65號1樓
電話：+886-2-2796-3638　傳真：+886-2-2796-1377
服務信箱：service@showwe.com.tw
http://www.showwe.com.tw
郵政劃撥　19563868　戶名：秀威資訊科技股份有限公司
展售門市　國家書店【松江門市】
104 台北市中山區松江路209號1樓
電話：+886-2-2518-0207　傳真：+886-2-2518-0778
網路訂購　秀威網路書店：http://www.bodbooks.com.tw
國家網路書店：http://www.govbooks.com.tw
法律顧問　毛國樑　律師
圖書經銷　貿騰發賣股份有限公司
235 新北市中和區中正路880號14樓
電話：+886-2-8227-5988　傳真：+886-2-8227-5989

出版日期　2013年5月　BOD一版
定　　價　370元

Printed in Taiwan

國家圖書館出版品預行編目

文學背後的世界：民國文人寫作、出版秘事 / 姚一鳴著.--
初版. -- 臺北市：新銳文創, 2013.05
面； 公分. -- (新銳文叢；PC0303)
ISBN 978-986-5915-71-1(平裝)

1. 中國文學史

820.908　　102004648

讀者回函卡

感謝您購買本書，為提升服務品質，請填妥以下資料，將讀者回函卡直接寄回或傳真本公司，收到您的寶貴意見後，我們會收藏記錄及檢討，謝謝！
如您需要了解本公司最新出版書目、購書優惠或企劃活動，歡迎您上網查詢或下載相關資料：http:// www.showwe.com.tw

您購買的書名：________________________________

出生日期：________年________月________日

學歷：□高中（含）以下　□大專　□研究所（含）以上

職業：□製造業　□金融業　□資訊業　□軍警　□傳播業　□自由業
□服務業　□公務員　□教職　□學生　□家管　□其它____

購書地點：□網路書店　□實體書店　□書展　□郵購　□贈閱　□其他

您從何得知本書的消息？

□網路書店　□實體書店　□網路搜尋　□電子報　□書訊　□雜誌
□傳播媒體　□親友推薦　□網站推薦　□部落格　□其他________

您對本書的評價：（請填代號　1.非常滿意　2.滿意　3.尚可　4.再改進）

封面設計____　版面編排____　內容____　文／譯筆____　價格____

讀完書後您覺得：

□很有收穫　□有收穫　□收穫不多　□沒收穫

對我們的建議：________________________________

____

____

____

請貼
郵票

11466
台北市內湖區瑞光路 76 巷 65 號 1 樓
秀威資訊科技股份有限公司 收
BOD 數位出版事業部

(請沿線對折寄回，謝謝！)

姓　　名：____________　年齡：______　性別：□女　□男

郵遞區號：□□□□□

地　　址：____________________

聯絡電話：(日) ____________ (夜) ____________

E-mail：____________________